김정길의 희망

김정길의 희망

초판 1쇄 펴낸 날 / 2011년 6월 3일

펴낸이 • 임형욱 | 지은이 • 김정길 | 책임편집 • 임형욱
편집주간 • 김경실 | 편집장 • 정성민 | 디자인 • 조현자 | 영업 • 이다윗 | 교정 • 김경실 김두경 허진영
펴낸곳 • 행복한책읽기 | 주소 • 서울시 중구 필동3가 15 문화빌딩 403호
전화 • 02-2277-9216,7 | 팩스 • 02-2277-8283 | E-mail • happysf@naver.com
필름출력 • 버전업 | 인쇄 제본 • 동양인쇄주식회사 | 배본처 • 뱅크북
등록 • 2001년 2월 5일 제2-3258호 | ISBN 978-89-89571-72-8 03810 값 • 14,000원

ⓒ 2011 행복한책읽기
Printed in Korea

김정길의

김정길 자전에세이

행복한책읽기

차례

실천만이 세상을 바꾼다

서너 해 전부터, 내 삶을 정리하는 자서전을 한 권 썼으면 하고 생각했다. 실제로 내 삶을 본격적으로 돌아보며 정리하기 시작한 것은 일 년 전 부산 시장 선거에 나갈 무렵이었다.

다른 사람들에게 김정길이란 어떤 존재인지, 내가 생각하는 나는 누구인지 돌아보고 싶었다.

사람에 따라 김정길에 대한 판단은 다르다. 어떤 분은 '김정길' 하면 '3당 합당에 반대하며 부산에서 수없이 떨어진 사람'으로 기억하고, 또 어떤 분은 '44.6%로 부산 시장 선거에서 아깝게 떨어진 사람'으로 기억한다. 또 어떤 사람들은 나를 국회의원 김정길, 행정자치부 장관 김정길, 정무수석 김정길, 대한체육회장 김정길 등으로 기억하기도 한다.

친구들이나 동지들에게 나는 어떤 존재였을까. 어떤 김정길이었을까. 나는 과연 좋은 남편, 좋은 아빠였을까. 솔직히 나는 좋은 남편도 좋은 아빠도 아니었던 듯하다. 그렇다고 좋은 친구나 동지, 선후배 노릇을 한 것인지도 자신 없다.

내가 내 역할을 제대로 한 때는 오로지 정치인일 때였다. 국회의원, 원내총무, 장관, 정무수석… 정치인이었을 때의 김정길만 온전한 모습의 김정길이었던 듯하다.

언젠가 정신과 전문의 정혜신 박사가 "역할에 따라 여러 개의 탈(페르소나)을 잘 꺼내 쓰는 사람이 건강한 인격이다"라고 이야기하는 것을 들은 적이 있다. 집에서는 자상한 남편이자 아빠의 탈을, 직장에서는 상사를 잘 모시고 후배들을 잘 챙기는 직장인의 탈을 그때그때 잘 바꾸는 사람이 건강한 삶을 산다는 것이다.

그 이야기를 들으니 한 사람의 인격이란 것이, 늘 고정되거나 한 가지인 것은 아닌 듯싶다. 대상에 따라 역할이 달라지기도 하고, 사람에 따라 평가가 달라지기도 한다. 그래야 건강하다고 한다.

그래서 나는 궁금하다. 나는 누구인지. 남이 보는 나와 내가 보는 나는 어떻게 다른지. 내가 바라본 나는 과연 누구인지. 이 책은 어쩌면 '나는 누구인가'라는 나 스스로의 질문에 답을 찾아가는 과정인지도 모르겠다.

한 사람의 작가를 제대로 보려면 그 사람이 쓴 글을 보면 된다. 글은 곧 그 사람이다. 한 작가의 정체성은 그가 쓴 글과 책 속에 들어 있다.

한 사람의 정치인을 제대로 보려면 그 사람이 살아온 삶을 보아야 한다. 정치인에게는 삶이 곧 그 사람이다. 정치인의 정체성은 그가 살아온 삶 속에 기록되어 있다. 나는 그렇게 생각한다.

아무리 그를 둘러싼 이미지들이 그럴듯해도, 아무리 그의 입에서 쏟아지는 말들이 화려해도, 한 사람의 정치인을 알아보는 방법은 그 사람이 걸어온 길, 살아온 삶을 확인해보는 것이 가장 정확하다.

이 책을 통해 나는 그동안 내가 살아온 삶은 온전히 드러냈다. 이제

내 삶에 대한 평가는 독자들의 몫이다.

돌아보면 내 삶은 참 좌절과 고난의 연속이었다. 승리했던 때보다는 패배했던 때가 훨씬 더 많았다. 그러나 나는 나의 좌절과 고난이 실패였다고 생각하지는 않는다. 산이 높아야 계곡도 깊은 법이다. 물이 깊어야 큰 배가 뜬다고 했다.

모든 사람들이 한쪽 길로 몰려갈 때 다른 편에서 "그 길은 길이 아니다" 외치는 사람이 단 한 사람이라도 있어야 역사는 바른 길과 그른 길을 기록할 수 있다. 대부분의 정치인들이 자기 정치적 이익을 따라가 기득권을 누릴 때 누군가는 정치적 불이익과 손해를 감수하더라도 자기의 정치적 소신과 신념을 지켜야 한다.

나는 그렇게 생각했고, 그렇게 살아왔다.

나는 이 책을 통해 많은 사람들이 내가 사람들 속에서 발견한 희망을 같이 발견하게 되기를 소망한다. 그러기 위해 이 책을 썼다.

내가 정말 바라는 것은 나를 알리거나, 생각을 바꾸거나, 희망을 갖게 하는 것만이 아니다.

글이 사람의 생각을 바꿀 수는 있다. 생각이 바뀐 사람은 어제의 그 사람이 아니다. 그러나 세상은 생각만으로 바뀌지 않는다.

세상을 바꾸는 것은 오로지 실천이다. 실천만이 세상을 바꾼다. 세상을 바꾸는 일, 우리가 사는 세상에 밝은 희망 하나를 띄우는 일에 이 책이 조금이라도 보탬이 되었으면 좋겠다. 내 삶이 조금이라도 도움이 되었으면 좋겠다.

내 삶의 이야기를 듣고 자료들을 정리하여 글로 옮기는 일은 행복한 책읽기의 임형욱 대표가 수고했다. 일단 완성된 글을 고치는 일은 황보 성 전 비서실장 등이 도와주었다. 덕분에 좋은 글로 다듬어질 수 있었다.

이 책에 담긴 모든 이야기는 내가 직접 구술했다. 글로 옮겨진 원고는 여러 차례에 걸쳐 직접 고치고 덧붙이고 뺐다. 그럼에도 책을 읽는 과정에 혹시 오류나, 원치 않게 누군가의 가슴을 다치게 하는 일이 생긴다면 그것은 전적으로 이 책의 저자인 나의 몫이다. 미리 이해와 용서를 구한다.

2011년 5월, 김정길

언제나 중요한
것은 사람이다

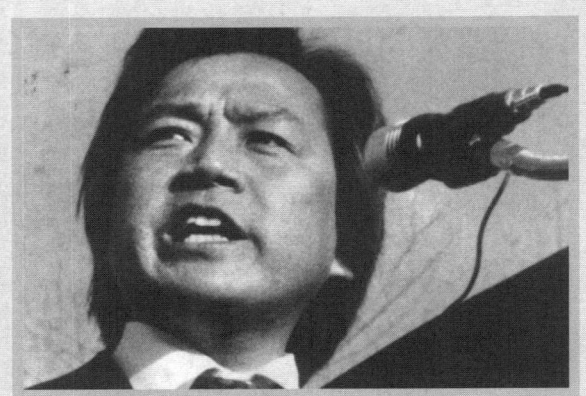

처음 국회의원에 도전했다 낙선한 10대 총선 연설장에서

'이건 아니다, 정말 이건 아니다!'

누구나 한 번쯤은 인생의 전환점이 있다

누구에게나 인생의 전환점이 있다. '이전의 나'와 '이후의 나'가 확연하게 달라져버리는, 터닝포인트가 있다. 평범한 삶을 살았든 남다른 삶을 살았든 간에 누구나 인생에 한두 번쯤은 전환점이 있게 마련이다.

내 경우에는 세 번의 전환점이 있었다. 3당 합당 거부, 노무현 대통령의 서거, 그리고 부산 시장 선거 기간의 '그 일'….

3당 합당 거부는 내 인생의 거대한 전환점이었다. 3당 합당을 거부한 이후 20년을 넘게 지역주의에 맞서 싸운 나는 부산에서만 6번의 낙선을 경험했다. 민주화의 성지 부산을 포기하지 않고 지역주의와 맞서 싸운 결과였다.

노무현 대통령의 서거는 현실 정치에서 한 걸음 물러나 있던 나를 다시 현실 정치로 불러들였다. 나는 못 다 이룬 우리의 꿈을 이루기 위한 동지들의 부름을 외면할 수 없었다. 도저히 피할 수 없는, 절대로 피해서는 안 되는 싸움이었다.

3당 합당을 거부한 것은 내 정치인생 전부를 건 정치적 결단이었다. 그 이후 내 삶은 변했다. 하지만 '나' 라는 사람이 변한 것은 아니었다. 3당 합당 이전과 3당 합당 이후의 나는 언제나 나, 김정길이었다.

노무현 대통령의 서거는 나를 부산 시장 선거에 출마하게 했다. 내가 아닌 다른 더 좋은 후보가 나서주길 바랐다. 그러나 당과 오랜 동지들은 모두 한 목소리로 내가 나가야 한다고 했다. 그래서 은퇴를 준비하던 정치인 김정길은 다시 현실 정치인 김정길로 돌아왔다.

세 번째 전환점, 당감동 독거노인과의 만남

나를 변화시킨 세 번째 터닝포인트는 부산 시장 선거를 치르는 과정 중에 일어났다.

부산 시장 선거는 여느 때의 선거와 크게 다르지 않았다. 선거 분위기도 해볼 만했다. 나도, 참모들도, 자원봉사자들도, 불리한 여건 속에서 신명과 열정을 가지고 열심히 뛰었다.

선거를 일주일쯤 남겨놓고 '그 일' 이 일어났다.

당감동을 방문했을 때다. 부산진구 당감동에는 중산층들이 사는 아파트촌이 있다. 그리고 그 옆에는 도심 한복판에 버려진 판자촌이 있다. 나는 아무도 관심을 갖지 않는 그곳의 독거노인들을 만날 예정이었다. 선거 일정의 하나였다.

나를 안내한 부산사회복지연대 박민성 사무처장은 "여기는 사람 사는 게 정말 비참하다. 우리가 만나려는 노인분도 대인기피증 같은 게 있어서 사람을 잘 안 만나려고 한다. 혹시 노인분이 욕을 하더라도 참고 만나시라"고 했다. 단단히 각오했다.

　내가 방문한 독거노인의 집은 판자로 얼기설기 움막처럼 지은 집이었다. 마치 버려진 폐가 같아서, '어떻게 이런 곳에 사람이 살 수 있을까?' 싶을 정도였다. 주변에 사는 이웃들도 "그 집에는 들어가지 마라"며 말릴 정도였다. 이웃 사이에서도 고립된 섬 같은 집이었다.

　문을 열고 들어가자 당장 역겨운 냄새가 코를 찔렀다. 개똥냄새와 막걸리 냄새, 사람의 몸에서 나는 찌든 냄새였다. 집 안 가득 악취가 배어 있었다. 청소를 하는 사람도 돌봐주는 사람도 없었다. 거동도 불편한 분이 어떻게 막걸리를 사왔는지는 모르겠지만 마당 가득 빈 막걸리 병이 수북하게 쌓여 있었다. 몇 년 동안 한 번도 치운 적이 없다고 했다.

　개 몇 마리가 가족의 전부였다. 방안에는 개털들이 뭉쳐서 뒹굴러다니고 있었다. 노인 혼자 겨우 눕고 앉을 수 있는 공간에 이부자리가 깔려 있었다. 때가 찌든 이부자리는 언제 빨았는지 알 수가 없었다. 한 번도 빤 적이 없는 듯한 찌든 옷을 입고 뼈만 앙상히 남은 노인이 해골처럼 누워 있었다.

　"어르신, 왜 이렇게 식사도 안 하시고 막걸리만 드십니까?"

　"술을 먹어야만 화가 풀리니까. 술을 마시지 않으면 화가 나서 살 수가 없어."

　노인의 말에는 세상을 향한 분노가 스며 있었다. 칼날에 베인 듯 가슴이 아팠다.

　사람 사는 것이 사람 사는 게 아니었다. 이웃조차도 노인을 외면하여 홀로 방치되어 있었다. 노인은 섬처럼 세상에 홀로 버려져 있었다. 가슴이 아렸다.

노인께 물었다.

"그럼, 생활은 어떻게 해서 사십니까?"

정부에서 주는 보조금으로 사는데, 개밥 주고 술 사 먹으면 끝이라고 했다. 울컥했다.

쓰레기 더미 속에서, 개똥과 함께, 악취를 풍기며, 그곳에 '사람'이 살고 있었다. 사는 게 사는 게 아니었다. 그동안 정치를 하면서 가난한 사람도 많이 만나보고, 빈민촌도 많이 가보았다. 하지만 이렇게 비참한 삶은 처음이었다.

부끄럽고, 민망하고, 화가 났다. 내가 정치인인 게 부끄러웠다. 30년 넘게 정치를 해왔는데 바로 내 옆에서, 내 이웃이 이렇게 살고 있다는 것이 민망했다. 나 자신에게 너무 너무 화가 났다. 도저히 용서가 되지 않았다.

노인의 손을 잡았다. 뼈만 앙상하게 남은 해골 같은 손이었다. 따뜻했다. 나도 모르게 눈물이 터져 나왔다. 노인의 손 위로 눈물이 뚝뚝 떨어졌다. 샘이 터진 것 같았다. 멈추어지지 않았다.

눈물은 힘없는 사람들의 마지막 기도

그날, YTN에서 나를 인터뷰하기 위해 카메라가 따라왔다. 나는 터져 나오는 울음을 참을 수가 없어, 카메라를 잠깐 끄라고 했다. 이건 쇼가 아니라 현실이었다.

그 전에는 머리로 이해했던 것이 가슴으로 이해되었다. 내 머리 속에서 떠오른 생각, 내 가슴에서 울리는 말은 단 한 가지였다.

'아니다. 정말 이건 아니다. 내가 정말 정치인이라면 이분이 이렇게 살게 해서는 안 된다. 내 탓이다. 이건 정말 정치를 제대로 하지 못한 내 탓이다.'

국가가 존재한다면, 정치인이 정치를 제대로 한다면, 노인들을 이런 식으로 내팽개쳐서는 안 된다는 것. 그것 하나였다.

너무 속상하고, 부끄럽고, 화가 나서 나는 하염없이 울었다. 그 순간 당장 내가 할 수 있는 일은 우는 것뿐이었다. 그냥 울었다.

그 순간만큼은 나도 한낱 무기력한 정치인에 불과했다. 신 앞에 홀로 선 나약한 개인에 불과했다. 내가 할 수 있는 일은 눈물을 흘리는 게 전부였다. 눈물은 힘없는 사람들의 마지막 기도다. 눈물은 마지막 존엄이고, 마지막 저항이다.

화가 났다. 무기력한 나 자신에게 화가 났고, 무관심한 국가에 화가 났다. 어느 누구도 한 사람의 존엄을 이렇게 내팽개쳐서는 안 된다.

국민이 최소한의 인간다운 삶을 살도록 하는 것이 국가가 할 일이다. 정부 예산편성의 우선순위 첫 번째는 국민들이 인간다운 삶을 살 수 있도록 하는 데 있다.

밥을 굶는 사람에게는 밥을 굶는 일이 없도록, 병원 못 가는 사람에게는 돈이 없어 병원에 못 가는 일이 없도록, 돈이 없어서 아기를 못 낳거나 아기를 돌봐줄 사람이 없어서 아기를 못 낳는 사람이 없도록 하는 것이 국가가 할 일이다. 그것이 미래에 대한 투자다.

이것은 정부가 국민에게 선심 쓰는 것이 아니라 국가의 의무요, 국가의 존재이유다. 국민이 밥 굶게 하고, 돈 없어 병원 못 가고 아기 못 낳게 하는 것은 국가가 아니다. 국민의 존엄을 지켜주지 못하는 국가는 존재할 이유가 없다.

내가 꿈꾸는 대한민국은 더 이상 눈물이 없는 대한민국이다. 가난한 사람에게는 존엄이 지켜지는 나라, 부자들은 돈보다 명예가 더 소중한 나라, 병든 노인이 병원비가 무서워 병원에 가지 못하거나, 아이들이 가난한 부모를 만난 죄로 눈칫밥을 먹지 않아도 되는 나라.

부자에게는 명예를, 빈자에게는 존엄을 지켜주는 나라. 나는 그런 나라를 꿈꾸기 시작했다.

정치란 국민의 눈에서 눈물을 닦아주는 일

국가는 모든 국민의 행복한 집이 되어야 한다. 더불어 살아가는 세상, 사람이 사람답게 사는 세상을 만드는 게 정치다.

내게 주어진 남은 삶을 어떻게 살아야 할지, 분명한 방향이 보였다. 내 친구이자 동지였던 노무현이 현실 정치에서 떠나려던 나를 다시 부산 시장 선거로 불러낸 이유를 그제서야 알 것 같았다.

우리가 서로 손잡고 함께 걸어왔던 지역주의 극복의 길에서 이제는 내 손을 놓으며 이제 나의 길을 가라고 말하는 것 같았다.

내게는 부산 시장 선거에서 승리해 견고한 지역주의의 벽을 깨뜨리는 것이 최고의 목표였다. 그러나 당감동에서 독거노인을 만난 그 순간은, 내 삶의 목표가 선거의 승리나 지역주의에 대한 승리를 넘어선 다른 차원의 것임을 깨닫게 하는 순간이었다. 내가 정치를 시작했던 맨 처음, 그 기본으로 다시 돌아가라는 목소리였다.

정치란 국민의 눈에서 눈물을 닦아주는 일이다. 그런데 부산 시장 선거에 나갔던 김정길, 짧게는 20년에서 길게는 40년을 넘는 세월, 지역주의와 맞서 싸운 김정길은 부산의 당감동 독거노인 한 사람의 눈물도 제대로 닦아주지 못했다. 내가 할 수 있는 일은 오로지 그 노인을 위해 울어주는 일 뿐이었다.

노무현 대통령 서거 후 나는 그를 위해 눈물 흘리는 수백만의 사람들을 보았다. 그래서 그는 행복한 사람이었다. 그는 비록 아프게 우리 곁을 떠났지만 그를 의해 흘리는 수백만의 눈물 속에서 나는 희망을 보았다. 내일을 보았다.

그런데 지금 이 노인을 위해 눈물 흘리는 사람은 지상에 단 한 사람, 나 한 사람뿐이었다. 지금은 나라도 이 노인을 위해 울어주어야 했다.

그 눈물은 나 자신을 위한 눈물이기도 했다. 이전의 김정길을 벗고 세상에 새로 태어나는 김정길을 위한 눈물이었다. 새 사람이 태어나며 세상에 출생을 알리는 신생아의 눈물이었다.

'이전의 김정길' 이 '이후의 김정길' 에게 이별을 고하는 순간이었다.

나는 그 날의 모든 선거 유세 일정을 취소하고 선거캠프로 돌아갔다. 도저히 선거 유세를 할 수 있는 상황이 아니었다. 감정을 추스르고 생각을 좀 정리해야 했다.

아직 대한민국에 희망은 있다

선거캠프로 돌아가 당감동에서 내가 겪은 일에 대해 이야기했다. 나도 모르게 주체할 수 없도록 흘린 눈물에 대해 들려주었다. 그러자 부산 시장 선거를 돕기 위해 부산에 내려와 있던 노혜경 전 청와대 국정홍보비서관이 그날 자신이 겪은 일에 대해 이야기해 주었다.

지하철 역 앞에서 선거운동을 하고 있는데, 옷을 잘 차려입은 어떤 노인이 다가왔다고 한다. 그러더니 "노인수당 10만 원 있지 않습니까?" 하고 말을 걸더라고 한다. 혹시 노인수당 10만 원이 포퓰리즘정책이라고 비판이라도 하는 줄 알고 긴장을 했다고 한다. '막걸리 선거도 아닌데 노인들에게 10만원 씩 더 줘서 표 사려고 그러느냐' 고 따지려는 줄 알았다고 한다.

그런데 이 노인이 하는 얘기가 "나는 그 10만 원 없어도 됩니다. 솔직히 말해 내게는 그 10만 원, 하루저녁 술값도 안 됩니다. 그런데 내가 김 후보한테 표를 주면 정말 없이 사는 노인들이 한 달에 10만 원씩 더 받을 수 있지 않습니까? 그래서 나는 김 후보한테 내 표를 주겠습니다" 라고 했다고 한다.

노혜경 비서관의 눈에서 순간 눈물이 왈칵 쏟아졌다고 한다.

'이렇게 고마울 데가 있나. 이렇게 생각하시는 분들이 있어서 아직 대한민국에 희망이 있다. 이런 사람들이 있는 한 부산도 포기해서는 안 된다' 고 생각했다고 한다.

그런데 그날이 내가 당감동에 갔다가 눈물이 쏟아지는 바람에 감정을 추스르지 못해 유세를 포기하고 선거캠프로 철수했던 바로 그날이었다. 다른 장소에서 서로 다른 노인들을 만나고 있었지만, 우리는 똑같이 눈물을 흘렸다.

같은 날 다른 장소에서, 다른 노인, 같은 깨달음. 무슨 계시 같았다.

아직은 내게 해야 할 일이 남아 있었다. 아직은 대한민국에 희망이 남아 있었다.

김정길, 다시 태어나다

그날, 하루 종일 나는 선거캠프의 내 방에 앉아 여러 가지 생각들을 정리하였다. 내 인생에 대해 다시 돌아보기 시작했다. 내 인생 전체를 다시 찬찬히 되돌아보았다. 어린 시절, 중학교 시절, 그리고 부산대 총학생회장 시절, 국회의원 시절… 내가 살아온 인생들이 주마등처럼 떠오르기 시작했다. 내가 살아온 삶의 의미에 대해, 앞으로 남은 삶을 살아갈 이유에 대해 고민하기 시작했다.

이제는 내 인생에 대해 돌아보고 새로운 인생의 설계를 해야 하는 그런 시점이었다.

나는 무엇 때문에 정치를 시작했던가. 내게 정치란 무슨 의미였던가. 내가 언제부터 정치를 꿈꾸었던가. 왜 정치여야만 하는가. 내가 살아온 정치인으로서의 삶은 무슨 의미인가. 정치는 내게 어떤 의미인가. 앞으로는 어떻게 살 것인가. 대한민국은 어디로 가야 하는가….

하루 종일 두서 없는 생각들이 스치고 지나갔다. 내 삶이, 내 과거가, 내 인생이, 내 미래가 화두처럼 얽혔다 풀렸다를 반복했다. 수많은 질문과 의문들이 저절로 떠올랐고, 수많은 대답과 깨달음들이, 후회와 반성이 떠올랐다 사라졌다를 반복했다.

내 삶 전체를 다시 돌아보게 하는 순간이었다. 돌이켜 생각하면, 내 인생의 전환점이었다.

두서가 없었지만 내 인생을 정리해보아야 할 필요를 느끼게 되었다. 오랫동안 미뤄왔던 일이고 당장 선거기간 중이라 경황이 없지만, 이번 선거가 끝나면 내 인생을 정리하는 자서전을 써보아야겠다고 생각했다.

그래서 그로부터 약 1년의 시간이 지난 지금, 나는 내 인생의 이야기를 시작하려고 한다. 내가 살아온 이야기들을 정리하며 내 삶의 이유와 내 삶의 의미에 대해 정리해보려고 한다.

지금부터 하는 이야기는 완전하지는 않지만, 지난 1년 간 내 삶을 돌아보며 나름대로 정리한 내 삶의 기록이다.

중학생, 두 번의 데모를 벌이다

4·19 유일의 중학생 데모

장목중학교 2학년 때였다.

3·15 부정선거로 인해 세상이 시끄러웠다.

김주열이 마산 앞바다에서 눈에 최루탄이 박힌 시체로 떠올랐다.

4·19 혁명이 시작되고 있었다.

내 또래인 김주열이 최루탄을 맞고 죽었다는 사실은 어린 나에게는 큰 충격이었다. 부정선거로 권력을 잡은 것도 용서할 수 없는데, 죄 없는 학생을 최루탄을 쏴서 죽이고 그 시체를 마산 앞바다에 몰래 암장하려고 한 이승만 정권을 도저히 용서할 수 없었다.

나는 데모를 계획했다.

내가 주동이 되어 거제군에서는 최초이자 유일하게 장목중학교에서 4·19 데모를 시작했다. "서울에서도 데모가 일어나고 있고, 이승만 물러가라고 하는데 우리만 가만히 있을 수는 없지 않느냐? 우리도 나가자!"

나는 친구들을 설득했고 결국 장목중학생들이 시위에 나섰다. 그런데 장목면이라고 해봐야 손바닥만 했고 게다가 학교 바로 코앞이 장목면 지서였다. 나는 좀 더 멀리 있는 하청면 지서까지 시위대를 이끌고 행진을 했다.

"이승만 독재정권 물러나라."

"물러나라, 물러나라."

이렇게 구호를 외치며 중학생들이 시위에 나서자 부모님과 가족들이 난리가 났다. 안 그래도 서울에서는 대학생과 고등학생들이 경찰 총에 맞아서 죽었다고도 하는데, 어린 중학생들이 나섰으니 어른들은 애들이 총이라도 맞을까봐 난리가 난 것이다.

그러나 경찰들도 중학생들에게 총을 쏠 수는 없었는지 우리들 중 아무도 총 맞은 사람은 없었다. 하청면 지서 앞까지 가서 시위대는 해산했다.

그것이 4·19 당시 거제군에서의 유일한 시위였고 그 주인공들은 중학생들이었다.

백지동맹을 벌이다

4·19시위를 주동한 일은 이승만 대통령이 하야함으로써 큰 물의 없이 지나갔다. 그러나 나를 거제도라는 섬에서 벗어나게 한 더 큰 사건이 기다리고 있었다.

장목중학교는 사립학교였다. 해방이 되고 건국이 되었으나 곧바로 한국전쟁이 터지고, 이후 이승만 정권이 독재와 부패의 길로 빠져 부정선거를 저지르고, 결국 4·19 혁명으로 정권이 바뀌고…, 이런 상황이었다. 사회는 어수선했다. 힘 있고 '빽' 있는 사람들이 득세했다.

장목중학교도 사립중학교다 보니 문제들이 많았다. 특히 재단을 등에 업은 현지 출신 무자격 교사들의 텃세가 아주 심했다. 학교가 제대로 굴러가려면 정식 교사 자격증을 가진 교사들이 많아야 할 텐데, 외지 출신에다 재단에 아무런 '빽'도 없다보니 오히려 자격증을 가진 외지 교사들이 괄시를 받는 상황이었다.

이런 와중에 충무(지금의 통영) 출신의 교감선생님이 새로 부임해 오셨다. 그런데 그 교감선생님과 현지 교사들 사이에 갈등이 생기게 되었다. 재단을 등에 업은 교사들이 교감선생님을 몰아내려고 한 것이다. 충무 등 외지에서 건너온 교사자격증이 있는 외지 출신 교사들과, 현지 출신의 무자격 교사들 사이에는 늘 보이지 않는 갈등과 알력 같은 게 있었는데, 그게 결국 교감선생님 부임을 계기로 터지고 만 것이다.

나는 교감선생님을 몰아내려는 재단 쪽의 무자격 교사들에게 항의하고 학생들의 뜻을 보여주자는 의미에서 시위를 계획했다. 내가 생각해낸 것은 백지동맹이었다.

반 친구들 중에 포항에서 전학 온 이영부라는 친구가 있었다. 맨 먼저 이영부와 상의한 다음, 반 친구들에게 나와 이영부가 먼저 백지를 내면서 시험을 거부하고 퇴장하면 따라서들 나오기로 말을 맞추었다.

드디어 시험날, 우리는 계획대로 백지를 내고 차례로 퇴장을 했다. 학교가 발칵 뒤집혔다. 주동자를 찾아내서 엄벌에 처해야 한다고 난리였다. 그런데, 정작 주동자인 나를 놔두고 오히려 전학 온 이영부를 주동자로 몰아 처벌하려고 하는 것이었다. 이영부에게 무기정학을 주려고 했다.

왜냐하면 내가 총학생회 부회장을 하고 있었고 우리 집도 나름대로는 장목면에서 터를 잡고 있었기 때문인 듯하다. 말하자면 빽이 있었다는 것이다. 거기에 비하면 이영부는 전학 온 애라 재단이나 지역에 큰 연고도 없으니 만만해 보인 것이었으리라.

황당했다.
"자르려면 주동자인 나를 잘라야지, 왜 애꿎은 이영부를 자르느냐?" 반발하며 나는 등교를 거부했다. 내가 주동이 되어 거부한 무자격 교사들에게 굴복할 수는 없었다. 백지동맹을 벌인 데다 등교까지 거부하니 일이 점점 커지고 있었다.

아버지는 나를 다시 학교에 보내려고 갖은 설득을 다하셨지만, 나는 끝까지 등교를 거부하고 학교를 자퇴하겠다고 버텼다. 아닌 것은 결코 아닌 것이다. 부당한 행동을 하는 선생님들께 항의하는 의미로 백지동맹을 벌였는데, 내가 아닌 다른 아이가 주동자로 처벌을 받는다는 것은 더욱 부당한 일이 아닐 수 없었다.

결국 아버지가 손을 들었다. 아무리 나를 설득해도 안 되니 아버지는 결국 내 뜻을 따라 부산에 있는 중학교로 전학을 시키기로 하셨다. 졸업이 두어 달도 남지 않았던 때였다.

나는 부산 영도구의 부산 남중학교로 전학을 갔다. 부산과의 인연, 영도와의 인연은 이렇게 시작되었다.

전학의 대가는 혹독했다. 건강도, 학업도 다 쉽지 않았다. 부산 유학은 내가 꿈꾸던 낭만과는 거리가 멀었다. 아버지는 부산 영도 산복도로 위 신선동 판자촌 비탈진 곳에 있는 먼 친척집에 나를 맡겼다.

일제시대 때 지은 다다미방에서 하숙을 했다. 겨울이라 추워서 발밑에 물을 데워 따뜻하게 하는 스토브 같은 것을 넣고 자곤 했다. 어릴 때부터 부모님과 같이 살다가 난생 처음으로, 그것도 한겨울에 부모님과 떨어져 혼자 지내자니 집에도 가고 싶고 외롭기도 해서 많이 울기도 했다.

중학생이면서 4·19 데모를 주동하고, 그것도 모자라 불의에 항거한답시고 백지동맹을 선동하기도 한 기개 있던 소년과 부모님이 그리워 훌쩍대던 소년이 같은 나였다. 나는 이 일을 깊이 새겼다.

시련을 거쳐 단단해지다

인생의 교훈들을 배우다

동아고에 입학했다.

동아고 시절은 아주 평이했다. 중학교 때는 데모도 주동하고 총학생회 부회장도 하고 했으나 고교 시절은 조용하고 평이하게 지나갔다. 중학교 시절에 부모님 속도 좀 썩여드린 데 대한 죄송한 마음도 없지 않았지만 가장 큰 이유는 건강 때문이었다.

지금의 나를 보면 병약했다는 것이 믿어지지 않겠지만 어릴 때의 나는 잔병치레도 잦았고 늘 허약했는데 고교 시절 유독 심했다. 고3 때는 알러지까지 생겨서 고생을 많이 했다. 그래서 제대로 대학 입시 준비를 하지 못했다. 내 막내아들이 알러지로 고생을 심하게 하는 것이 나를 닮아서 그런가 싶다.

건강이 좋지 않았던 사람들이 대개 그렇듯이 나는 의사가 되고 싶었다. 그러나 고등학교는 무사히 졸업했지만 의사가 되려고 하는 내 꿈은 쉽게 이루어지지 않았다.

부산대학교 의예과에 2번이나 도전했지만 낙방했다. 결국 3수 끝에 다시 도전할 때는 1지망으로는 의예과를 썼지만, 2지망으로 생물학과를 썼다. 그런데 의예과는 떨어지고 생물학과에 붙었다.

백지동맹으로 인해 뜻하지 않게 결국 장목중학교를 떠나 부산 남준학교로 전학을 하게 되었고, 대학도 1지망으로 원했던 의예과에 낙방하고 2지망으로 썼던 생물학과에 합격하는 등, 사춘기 무렵의 내 인생은 꼭 내가 계획한 대로, 내가 소원하는 대로만 이루어지지는 않았다.

그러나 인생에는 실패도 있고 성공도 있게 마련이다. 중요한 것은 원칙과 소신을 버리지 않는 일이다. 성공을 위해 원칙을 버린다면 그것은 실패와 다름없다. 성공을 위해 소신을 버린다면 그것은 다른 누구가 아니라 바로 자기 자신을 배신하는 행위다.

비록 내가 원하던 최선의 결과가 아니지만 그것이 최선의 노력 뒤에 얻어진 것이고, 원칙과 소신에 어긋나는 것이 아니라면 나는 그 또한 성공이라고 믿는다. 중요한 것은 언제나 원칙이다.

중학교와 고등학교, 그리고 재수와 삼수, 그리고 대학시절을 거치면서 이런 중요한 인생의 철학들을 하나하나 몸으로 배워나갔다. 그리그나는 부산대학 생활을 통해, 그동안 꿈꾸었던 나의 또 다른 미래를 차근차근 준비하기 시작했다.

정치인을 꿈꾸다

거제군 장목면 출신 고향 선배 중에 어린 시절 나에게 깊은 인상을 준 사람이 있었다. 26살에 전국 최연소 국회의원(당시에는 민의원)에 당선. 잘생긴 외모에 시원시원한 목소리로 불 같은 연설을 토해내던 사람. 독재에 지치고 가난에 찌든 사람들에게 정치가 희망이라는 것을 느끼게 해준 청년 정치인. 바로 김영삼이다.

그때만 해도 김영삼은 나같은 장목면 아이들에겐 우상이나 다름없었다. 더구나 그는 저 멀리 있는 누군가가 아니라 내가 잘 아는 사람. 아버지의 친구 아들이자, 큰누나의 남편인 큰자형이 수행비서로 모시고 다니던 바로 그 사람이었다.

내가 정치에 관심을 가지게 된 것은 큰자형의 영향이 크다. 김영삼 의원의 수행비서(요즘의 비서관)였던 큰자형은 집안에 들를 때면 심심치 않게 세상 돌아가는 이야기, 정치 이야기를 들려주었다. 섬 소년이었던 나에겐 바깥세상의 이야기는 늘 흥미진진했다. 세상을 움직여가는 사람들의 이야기는 어린 가슴을 벅차게 하기에 충분한 이야기들이었다.

내가 초등학교 3학년이던 1954년 5월 김영삼 전 대통령은 제3대 민의원 선거에 당선되었다. 나는 장목초등학교 단상에 올라가 토해내던 김영삼 전 대통령의 짧지만 당당했던 연설이 아직도 기억에 생생하다. 젊고 잘생긴 그가 많은 사람들을 모아놓고 연설을 하는 것이 그렇게 멋있어 보일 수 없었다.

26살. 전국 최연소 의원이라고 했다. 그것도 우리 동네 사람이고 학교 선배였다. 고향선배 김영삼 의원의 인상은 어린 내 가슴에 깊이깊이 각인되었다.

물론, 지금 와서 돌이켜보면 어린아이였던 내가 꾸었던 정치인의 꿈은 좀 황당한 데도 있었다. 김영삼 의원이 고향에 내려올 때는 늘 지프차를 타고 왔다. 지프차에서 내리던 큰자형의 허리춤에서 번쩍이던 권총. 멋있었다. 어린 내가 정치인이 되어야겠다고 마음먹게 된 이유 중

하나는 아마도 큰자형이 허리춤에 차고 있던 권총 때문이기도 했을 것이다.

당시엔 민의원들에게는 지프차가 제공되었다. 그리고 한국전쟁이 끝난 직후라 여러 가지로 치안이 불안한 탓이었는지 수행비서들은 권총을 차고 다녔다. 정치 강패들의 테러도 공공연하게 자행되고 있었고, 무장공비들이 침투하는 일도 흔히 있었다.

실제로 1960년에는 김영삼 의원의 어머니가 무장공비들에 의해 피살되는 일이 일어나기도 했다. 그만큼 불안한 상황이었던 까닭에 국회의원들에겐 지프차나 권총이 필수적이었을 것이다. 아무튼 어린 내 눈엔 젊은 국회의원도 멋있었고, 그를 모시고 다니는 지프차와 권총도 더없이 멋있어 보였다.

그렇게 시작되었던 정치인의 꿈이 여물어가고 조금씩 모양을 갖추어간 것은 아무래도 대학에 들어와서였다. 하지만 정치인의 꿈을 꾸게 해준 김영삼 의원이라는 롤모델이 없었다면 중학생으로서 데모 주동을 한다는 생각은 못했을 것이고 또 대학 때 총학생회장이 꼭 되어봐야겠다는 생각도 못했을 터이니, 어릴 적의 롤모델이 얼마나 중요한가를 새삼 생각하게 된다.

권총과 지프차 때문에 정치인이 되고 싶었다는 건 정말 어린아이의 꿈이다. 정작 나는 김영삼 의원의 짧지만 강렬한 연설에 많이 매료되었다. 그래서 나혼자 웅변연습도 해보곤 했다. 물론 어릴 적엔 신통치 못했다. 그러나 총학생회장에 당선될 무렵엔 많은 사람들이 흡사 김영삼 의원에게 그랬던 것처럼 내 연설에 감동했다고 말하곤 했다.

이는 오랜 연습과, 진심을 담아 말하는 훈련의 덕이다. 아마도 김영삼 의원의 짧고 호소력 있던 연설도 타고난 것이라기보다는 오랜 훈련과 연습의 결과가 아니었을까. 단순히 말하는 훈련뿐 아니라, 말을 통해 생각과 행동을 전달하는 훈련이 필요하다. 그리고 그 연설에 실어 나를 올바른 비전과 정책도 필요하다.

김영삼 의원이 강렬하고 간결한 연설로 사람들에게 잘못된 정치와 우리가 꿈꾸어야 할 좋은 세상의 이야기를 할 때 내 가슴속의 꿈도 같이 자라났다. 나도 저렇게 뜨겁게 사람들에게 내 꿈을 이야기하고 함께 가자고 호소하고 싶었다.

김영삼 의원은 상당히 오랫동안 나의 롤모델 역할을 했다. 총학생회장이 되고 본격적으로 정치일선에 나선 뒤로는 실제로 만날 기회도 생겼다.

그러나 3당 야합! 그것은 어린 시절 내 마음의 우상이었던 김영삼 의원을 마음에서 떠나보내는 결정적 사건이었다. 그것은 어릴 적부터 마음에 품어온 짝사랑과의 결별이었고, 정치적 스승에게서 떠나 홀로 서는 독립의 시간이었다.

1990년 1월 22일.

3당 야합이 있던 그날 김영삼 총재와 나는 각자 서로 다른 길로 갈라섰다. 나는 3당 야합이 군정종식을 외치던 그가 국민을 배신하는 사건이라 생각했고, 부산 사람들은(심지어 고향 사람들까지도) 정치적 스승을 따라가지 않은 내가 배신자라고 비난했다. 그렇게 우리는 서로가 옳다고 믿는 길로 갈라섰다.

그 후 김영삼 총재는 3당 합당을 통해 스스로 그렇게 원하던 대통령(14대)에 당선됐다. 나는 이후 20년을 넘게 3당 합당에 반대하고 지역통합을 외치며 선거에 나갔지만 단단한 지역주의에 막혀 부산에서만 여섯 번 선거에서 떨어졌다.

김영삼 총재는 대통령의 꿈을 이루기 위해 영광의 길로 갔고, 나는 그 길은 길이 아니라며 고난과 패배가 예고된 나의 길로 갔다. 그렇게 가는 길은 그 방향도 달랐그, 그 결과도 달랐다.

　나는 수없이 지는 선거를 치렀지만, 단 한 번도 지지 않았다고 믿는다. 내 양심과 역사 앞에서는 나는 늘 승리했다. 그것이 진정한 승리의 길이라고 나는 믿는다.

　지는 것을 통해 나는 진정으로 승리하는 법을 배웠다.

지는 것을 통해 이기는 법을 배우다

지나고나서 생각해보면 내가 살아온 인생 자체가 도전과 실패, 그리고 재도전의 연속이었던 것 같다. 성공이란 무수한 실패 끝에 찾아오는 값진 결과라는 것을 배우는 과정이었던 것 같다.

중학교도 남들처럼 순조롭게 졸업한 게 아니고 자퇴와 전학이라는 과정을 겪었다. 고등학교를 진학할 때도 1차에 지원했던 경남고에서 떨어진 뒤 2차로 지원했던 동아고에 합격했다.

부산대에 입학할 때도 남들처럼 순조롭게 입학한 것이 아니라 무려 삼수 끝에 겨우 입학했다. 부산대 의대를 가기 위해 두 번이나 도전했으나 실패한 후에, 세 번째 도전할 때는 혹시 의예과에 떨어질 경우를 대비해 생물학과를 2지망으로 지원했다가 결국 생물학과에 간신히 합격하여 부산대에 입학했으니 내 인생에 시험운은 별로 없었던 것 같다.

나중에는 첫 결혼마저 실패하고 재혼까지 했으니 내 인생은 도전과 실패, 재도전의 과정이었다고 해도 무리가 없을 것 같다.

뿐만 아니라, 부산대학교 총학생회장 선거도 한 번 출마했다가 떨어지고 재도전하여 겨우 당선되었으니, 아마도 전국을 통틀어 총학생회장 선거를 재수 끝에 당선 된 경우도 내가 거의 유일하지 않을까 짐작해 본다.

재수 끝에 총학생회장이 되다

1966년 나는 삼수 끝에 부산대학교에 입학했다. 생물학과는 정원이 20명 가량 되었다. 입학한 후 그래도 나름대로 열심히 공부를 했고, 졸업할 때까지 거의 과 수석을 놓치지 않았다.

그러던 1968년 가을. 총학생회장 선거 시즌이 다가왔다. 그런데 총학생회장 후보로 출마한 후보들을 보니 총학생회장감이라고 내가 인정할 만한 후보가 없었다. 이건 아니다 싶은 마음이 들었다. 나는 선거운동 조직이나 후원 조직, 동문회 조직 등 아무런 준비 없이 불쑥 총학생회장에 출마했다. 결과는 세 사람의 후보 중 꼴찌라는 부끄러운 성적으로 고배를 마시게 되었다.

그러나 이 날의 고배는 훗날을 위해 내게는 좋은 보약이 되었다. 나는 내가 왜 총학생회장 선거에 떨어졌는지 그 원인을 하나하나 분석해 보았다. 우선 내가 왜 출마하고 싶었던가부터 스스로 성찰했다. 처음엔 '적당한 후보가 없으니 나라도' 였지만, 학생들이 보기에는 나 역시 그 '적당하지 못한 후보' 에 불과했던 것이라는 사실부터 인정해야 했다. 어릴 적에 멋진 정치인이 되고 싶었던 내가, 총학생회장 선거라고 하는 학내선거에서부터 인정받지 못하는 후보가 되었다. 그것도 보기 좋게 꼴찌로 떨어졌다. 부끄러웠고 오기가 났다.

나는 자존심이 깊은 상처를 받고 어떻게든 회복해 보리라 하고 결심했다.

그 다음해 총학생회장 선거에서 나는 마산고 출신의 K군을 설득해서 총학생회장 후보로 입후보시켰다. 내가 이루지 못한 꿈을 그가 이루어주기를 바란 것이다. 나는 선거참모이자 지원연설자로 나서서 열심히 선거운동을 했다. 1년 전 무모하게 도전했다가 실패한 경험을 살려, 총학생회의 문제점을 지적하고, 1년 전 내가 피력하지 못했던 소견들을 지원 연설을 통해 펴나가기 시작했다.

"녹초 청강상에 굴레 벗은 말이 되어"라는 시조의 운율에 맞춰 "금정산 기슭에서 목을 놓아 우는…" 이유를 연설로 읊어 나갔다. 내 선거가 아닌데도 내 일처럼 신명나게 선거운동을 하는 내게 학생들이 박수와 환호를 보내주었다. 지난해의 패자가 아무런 조건 없이 참신한 후보를 적극적으로 밀고 있다는 것이 감동적으로 비친 모양이었다. 선거는 우리의 승리로 끝났다.

선거가 끝난 뒤 나는 학생회 일에는 관여하지 않았다. 졸업이 다가오고 있었다. 진로에 대해 고민하기 시작했다. 대학원 진학과 취업 등 여러 가지 선택의 길이 있었다.

그러나 내가 선택한 길은 전혀 다른 길이었다. 나는 부산대학교 정치외교학과에 3학년으로 학사편입했다. 그런 선택을 하기까지, 나는 고심에 고심을 거듭했다.

총학생회장 선거에 나가 떨어지고 나서 일 년, 그리고 선거기간과 그 이후의 시간 동안, 선거를 통해 각성된 나의 눈에는 격변하는 사회현실에도 불구하고 강 건너 불 보듯 방관적인 부산대학교 학생들의 모습이 전혀 바람직해 보이지 않았다. 피 끓는 청춘이 이래서는 안 된다. 뭔가 다른 모습으로 변화시키고 싶은 열망이 끓어올랐다. 지금 생각하면 바로 그런 것이 정치인이 꾸는 꿈이었다. 자신이 몸담은 공동체를 더 낫게 바꾸고자 하는 것 말이다. 편입해서 도전한다고 총학생회장으로 당선된다고 누가 보장하는 것도 아니었지만 나는 그런 꿈을 꾸었다.

나는 고집과 집념이 좀 강한 편이다. 그것이 대체로 올바르다고 믿는 일에 대한 고집으로 드러나는 것이 다행이라면 다행이다. 어쨌든 나는 내가 나서서 부산대학교 학생회를 변화시켜야 되겠다고 굳게 결심을 했다.

부산대 학생회는 변화되어야 한다

1970년 봄 부산대 정치외교학과에 편입했다. 그러나 정외과 생활은 순탄치 않았다. 나의 학사편입을 오로지 총학생회장 재출마를 위한 만용으로 받아들인 학생들 일부는 내게 아주 차갑게 대했다. 그러나 일정 부분 사실이므로 나는 그러한 반응을 참고 넘기며 내가 해야 할 학과공부에 충실했다. 몇 달이 지나고 내가 과 생활에 잘 적응하고 학과성적도 우수하게 받고 나자 나에 대한 차가운 반응들은 조금씩 줄어들고 호의적인 반응들이 늘어났다.

우여곡절 끝에 나는 총학생회장 후보로 출마했다. 모두 네 사람의 후보가 출마한 선거였다. 교내에 총학생회장 선거 열풍이 불었다. 포스터, 피켓, 유세를 통한 선거운동이 뜨거웠다. 축제 같은 선거였다. 유세의 열기가 대단했고 학생들의 참여도도 높았다.

유세에서는 지난해 내가 지원했던 K군의 총학생회가 크게 활동을 하지 못한 점과, 나의 학사입학이 총학생회 출마를 위한 것이 아니냐는 두 가지가 크게 공격을 받았다. 나는 어떠한 외압에도 타협하지 않는 강력한 학생회장이 되겠다는 소신을 밝히며, 나의 약점들에 대해서는 정면돌파하기로 했다.

후자에 대해서는 "두 번을 대통령에 당선시켜 줘도 법을 바꿔가면서 한 번 더 하겠다는 지독한 욕심쟁이도 있는데, 한 번도 못한 내가 한 번 해보겠다는 게 뭐 그리 대단한 욕심이냐?'고 받아넘겼다. 3선 개헌을 해서 대통령에 다시 출마한 박정희 대통령을 빗대서 한 말이었다. 유세장에는 폭소와 박수가 흘러넘쳤다.

"다시 출마한다고 해서 당선된다는 보장도 없고, 이번에도 또 떨어지게 된다면 김정길이라는 이름 석자는 부산대학교에서는 영원한 패배자의 상징으로 기록될 것입니다. 그 좌절감을 감당할 자신감이 없었다면 나는 출마하지도 않았을 것입니다"라고 내 출마에 대한 소신을 밝히고 이 출마에는 대단한 용기가 필요했음을 고백했다.

전자에 대해서는 총학생회 활동에 대한 소신과 구상을 밝혔다. 요즘 말로 정책공약을 내건 것이다.

"금정산이여 네게 뜻이 있고, 문창대여 네게 마음이 있으며, 금정산 기슭을 흘러내리는 냇물에 넋이 있다면, 이번에는 이번에는 나를 구원해다오!'

마침내 투표는 시작되었고 나는 9표 차로 신승했다.

9월 9일 9시, 9표 차이. 행운의 9였다. 나인 포카드.

나와, 내 선거를 돕던 참모진들은 서로 부둥켜안고 기쁨의 눈물을 흘렸다. 결코 총학생회장이 되기 위해 총학생회장에 당선된 것이 아니었다. 총학생회가 해야 할 일을 제대로 하기 위해 총학생회장이 되고

자 한 것이었다. 이제 그것을 실천으로 보여주어야 할 시간이 기다리고 있었다. 해야 할 많은 일들이 기다리고 있었다.

1970년 9월 9일 나는 부산대학교 총학생회장에 당선되었으나, 실제로 총학생회장에 취임한 것은 두 달 뒤인 11월 14일이었다. 나는 이 두 달 사이에 총학생회의 진정한 역할은 무엇이며, 어떻게 해야 학생들의 의견을 보다 많이 반영하며, 학생들의 참여의 폭을 넓힐 수 있을 것인가를 고민했다.

그러나 내가 총학생회장이 된 시기는 1970년, 3선개헌으로 세 번째 대통령 선거에 출마할 기회를 얻었지만 앞날이 불안했던 박정희 정권의 영구집권 음모가 시시각각 다가오던 시절이었다. 학내문제를 넘어선 현안들이 물밀 듯이 밀어닥쳤다. 총학도 거대한 역사의 흐름 앞에 무언가 움직여야만 했던 시절이다.

부산대학교의 세 가지 미스터리

한동안 부산대학교에는 세 가지 미스터리가 농담처럼 회자되었다. 첫 번째는 부산대 무지개문 복판에 걸린 종이 언제 울리는가, 두 번째는 부산대의 상징인 문창탑 위에 앉은 독수리가 언제 날아오르는가, 세 번째가 부산대 학생들은 언제 데모를 하는가였다. 바로 그 세 번째, 부산대학생들은 내가 학생회장이던 시절 데모를 했다.

내가 총학생회장으로 취임하던 무렵, 〈서울대학교 종합개발 10개년 계획〉이 발표되었다. 국립대학교 중 서울대학교를 국무총리실 직속으로 두어 중점 개발한다는 것이었다. 전국적으로 균형적인 교육발전이 필요하다고 이야기되는 시기에 오히려 거꾸로 서울대학교만 집중 발전시키겠다는 발표는 받아들일 수 없는 내용이었다.

즉각 대의원총회와 단과대 학생회장단회의를 소집하여 의견 일치를 보고 우리의 의견을 담은 선언문을 작성하고 발표하기로 했다. 11월 16일 총학생회 출범 이틀 만에 무려 2천 명이 넘은 학우들이 운동장에 모여 서울대학교 특수화에 반대하는 선언문을 발표하였다. 그리고 일부 대학을 위한 특혜조치를 즉각 시정하라는 내용의, 대통령에게 보내는 메시지가 채택되었다. 선언문 낭독과 집회는 질서정연하게 진행되었고, 30분 간의 성토대회가 끝난 후 학우들은 곧바로 수업에 복귀하였다.

나는 부산대 총장님과 직접 담판을 벌여 서울대 특수화와 지방국립대 육성에 대한 총장님의 소신과 정책을 밝히는 〈총장님과의 대화의 시간〉을 마련해줄 것을 요구했다.

그래서 11월 23일, 대학극장에서 전교생이 모인 가운데 신기석 총장님과 전체 학생과의 대화의 시간을 갖게 되었다. 대학 민주화를 위한 실천의 첫 걸음이 되리라 기대한 이 대화의 시간은 그러나 이것이 처음이자 마지막이 되고 말았다.

우리는 왜 교련 수강을 거부하는가

1971년 새해가 밝았다. 겨울방학 중, 나는 당선되면 꼭 하리라 생각했던 전국대학 순방의 길에 올랐다. 대학생들의 연대, 이것이 지금의 정치현실에서 가장 중요한 일이라는 생각에서였다. 대구를 시작으로 서울에 이르기까지 10여 대학 총학생회장들을 만났다.

1971년 1월 27일 문교부가 〈대학교련 강화안〉을 발표했다. 예비역이던 교련 교관을 현역 장교로 교체하고, 교련 시간을 늘리겠다는 것이었다. 즉, 대학에서의 군사교육을 대폭 강화하겠다는 내용이었다. 나는 총학생회 이름으로 대응하는 것만으로는 부족하다고 판단되어 대학등록일인 2월 25일과 26일 양일에 걸쳐 전교생을 대상으로 이와 관련한 여론조사를 실시했다. 그 결과, 교련시간을 늘리는 것은 과중한 시간배당이라는 의견이 51.5%, 담당교관을 현역으로 교체한다면 학원의 자율성이 침해된다는 의견 93% 등 학생 대다수가 대학교련 강화안을 반대하는 의견이 나왔다.

이 결과를 가지고 총학생회는 학교와 문교부에 조사결과를 요약한 건의서를 보냈다. 그러나 우리의 건의는 학교와 문교부 당국에 의해 묵살되었다.

그래서 우리는 3월 9일 〈우리는 왜 교련 수강을 거부하는가〉라는 제목의 1차 선언문을 채택하고, 3월 9일부터 22일까지 2주간의 유예를 둔 뒤 우리 의사가 받아들여지지 않으면 교련수업을 거부할 것을 결의하였다. 전국 최초의 교련 수강 거부 선언이었다. 곧바로 교련 거부에 들어가지 않고 좀 더 시간을 둔 것은 학교와 문교부 당국이 우리의 요구에 대해 검토할 시간을 주고, 동시에 다른 대학들의 움직임을 보아 공동보조를 취하기 위한 것이었다.

그러나 학교 당국의 대응은 집요했고, 학생들의 순진한 생각을 넘어서는 수준이었다.

학생회 간부들, 납치당하다

3월 10일, 1차 선언문을 배포한 다음 날. 그날은 교련 수강 거부 선언 이후 우리의 추후 태도 결정을 위해 확대간부회의가 소집된 날이었다. 나는 회의에 참석하기 위해 집을 나섰다가 학생처장과 학생과장에 의해 제주도로 납치되었다. 무려 9일을 제주도에 갇혀 있었다. 제주에서 돌아온 후, 3월 22일 또다시 강제로 차에 태워져 포항과 삼척 등지에서 4일을 갇혀 있다 부산으로 돌아왔다.

부산으로 돌아와 보니 우리가 처한 상황이 상상보다 훨씬 심각했다. 그 사이 당국이 이만저만 공작을 한 게 아니었다.

교련 수강을 받지 않은 학생은 전원 유급시킬 것이라는 강경책과 함께, 학생회 간부들은 여행 간다는 핑계로 전부 도망가버렸다는 소문을 퍼뜨렸다. 그리고 그 사이 총학생회가 없는 동안 일부 학생들의 이름으로 '이전에 한 여론조사 결과는 일부 간부들의 개인 의견에 불과하며, 교련 수강은 받아야 한다' 는 내용의 결의문을 채택해서 발표한 상태였다.

나는 마비된 총학생회를 살리기 위해 동분서주했다. 〈4천 부대생에게 고함〉이라는 제목의 2차선언문을 3월 29일 인쇄 배포했다. 거기에 학생회 간부들에 대한 학교측의 납치극과 있을 수 없는 야비한 공작들에 대해 폭로하고 전체 부산대학생들의 단결을 호소하였다.

이렇게 납치극 폭로 및 교련강화 반대선언문을 발표했지만, 총학생회의 이미지가 완전히 회복된 것은 아니었다. 다행스러운 점이라면, 그래도 총학생회에 대한 신뢰가 어느 정도 생겨 있었다는 점이다.

나는 졸업 기념품 구입을 비롯해, 총학생회의 여러 가지 경비 지출을 엄격하게 관리하였다. 앉아서 전화로 주문하거나 수의계약하던 관행을 벗어나 직접 시장조사를 하고 물품을 구입한 뒤 모든 예산 집행 결과를 공개하였다. 예산 집행 내역 공개는 내 선거 공약이었다. 이런 투명한 학생회 운영은 총학에 대한 신뢰 재고로 이어졌고 그것만이 희망이었다.

부산대 캠퍼스에도 봄꽃이 피고 있었다. 4월 14일에는 부산대 전체 총동문회 정기총회가 있는 날이었다. 우리는 바로 그 다음 날인 4월 15일을 거사일로 잡고 교련 반대 시위를 벌이기로 계획했다. 동문들의 축제인 정기총회가 우리들의 시위 때문에 지장을 받지 않게 하려는 배려였다.

부산대학교가 데모를 하다니!

4월 15일 10시. 우리는 은밀하게 준비한 플래카드, 마이크 등 시위용품들을 가지고 운동장으로 집합했다. 단과대학별로 은밀하게 움직인 학생들은 순식간에 1천여 명으로 불어났다. 우리는 미리 준비한 선언문과 결의문을 낭독했다.

"교련 강화안을 철회하라!"

"학원의 자율성을 보장하라!"

"휴교령을 철회하라!"

구호를 외치면서 앉아서 농성을 벌였다.

우리는 교내를 한 바퀴 돌고 교문을 향해 행진해 나갔다. 시가행진을 벌일 계획이었다. 그런데 이미 교문 앞에는 경찰들이 손에 곤봉과 방패를 들고 투구를 쓴 채 빽빽하게 들어서 있었다. 우리는 일단 전열을 가다듬고 스크럼을 짠 뒤에 교문을 향해 돌진했다.

와아~ 하는 소리와 함께 여기저기서 비명소리가 났다. 경찰들의 곤봉세례가 시작된 것이다. 펑하는 폭발소리와 함께 눈앞을 분간할 수 없을 정도의 최루탄이 터졌다. 시위대의 선봉에 섰던 동료들의 머리가 깨지고 붉은 피가 흐르고 있었다. 우리는 뒤로 물러났다. 피와 눈물이 범벅이 되었다. 몇몇 동료들이 피를 흘리며 쓰러지는 모습을 보며 우리는 점차 이성을 잃어가고 있었다. 동료들이 피를 흘리는 모습을 보자 경찰들을 규탄하는 목소리가 절로 터져 나왔다.

"폭력경찰 물러가라!"

돌이 날아가기 시작한 것은 그때였다. 피를 흘리며 쓰러지는 동료의 등에 경찰의 곤봉이 날아가는 것을 본 우리는 더 이상 냉정한 이성을 지킬 수 없었다. 투석전이 벌어졌다. 맹렬하게 날아가는 돌멩이에 경찰들이 뒤로 밀려나기 시작했다. 그러다가 다시 경찰이 최루탄과 곤봉을 앞세워 밀고 들어왔다. 일진일퇴를 거듭했다. 누가 누구 때문에 왜 피를 흘리는지도 모를 정도로 치열한 공방전이었다.

결국 우리는 학교 안으로 물러나 연좌시위에 들어갔다. 교수와 교직원들이 시위대 속에 있는 나를 잡으려고 들어왔으나 시위대의 완강한 저지에 밀려 물러났다. 그렇게 약 4시간 가량을 학생들과 경찰들과 교수 및 교직원들이 대치했다. 오후 2시가 되어 우리는 내일 다시 시위를 할 것임을 선언하고 시위대를 해산했다.

4월 16일의 시위는 전날에 비해 규모가 많이 줄었다. 경찰들이 미리 대학을 둘러싸고 등교하는 학생들을 돌려보내고 있었다. 그래도 200명 정도가 모였다.

나는 사실 데모를 선호하는 타입이 아니다. 데모가 우리 의사 표현의 유일한 방법은 아니기 때문이다. 이전에도 데모가 도를 지나쳐 오히려 사회의 비난을 사는 경우도 없지 않았다고 생각하는 쪽이었다.

그래서 나는 데모로 의사 표현을 하기 이전에 부단히 학생들의 여론을 수렴하기 위해 여론조사도 하고, 우리의 의사를 표현하기 위해 결의안이나 선언문 낭독을 하기도 했다. 그리고 학교나 문교 당국에 개선건의안을 제출하기도 했다. 그런데 당국은 꼭 이런 조용한 선언문이나 개선건의안에는 신경도 쓰지 않는다. 결국 데모나 단체행동을 통해 일이 커진 후에야 뭔가 조금 개선하려는 움직임을 취하려고 했다. 이런 모습들이 결국 데모를 일으키는 주된 원인 중에 하나라고 생각한다. 대화로 풀 수 있을 때 대화한다면 데모는 줄어들게 마련이다.

어쨌든, 부산대학교에서 벌어진 격렬한 시위는 학생들 자신뿐 아니라 당국에도 큰 충격이었다. 부산대학교가 데모를 하다니, 예전에는 상상도 할 수 없던 일이었다.

남북분단도 서러운데
동서갈등이 웬 말인가!

정치인들이 만들어낸 지역감정

1971년에는 많은 일들이 있었다. 4월 27일에는 대통령 선거가 있었고 5월 15일은 부산대 개교 25주년이었다. 그리고 5월 25일은 국회의원 선거였다.

이 대통령 선거에서, 박정희 대통령이 김대중 후보를 어렵사리 누르고 당선이 되었다. 엄청난 물량공세와 노골적인 관권개입이 이루어졌다. 그러나 정말 충격적이었던 것은 당시 국회의장이던 이효상 씨가 영남지역을 돌며 '하와이론'과 '신라대통령론'을 편 것이었다. 그리고 투표 전날 경상도 지역 일원에 "호남인이여 단결하라"는 삐라가 뿌려지기도 했다. 근대화의 그늘에서 점차 심화되어가던 도농 간 격차와, 그 수혜자인 영남과 피해자인 호남 사이의 문제는 조금씩 우리나라를 좀먹는 망국적인 지역감정으로 발전하고 있었지만, 그것이 정치적 무기가 되고 본격적으로 부추겨지기 시작한 것이 바로 이 선거 때부터였다.

개교 25주년을 맞는 개교기념일 준비로 분주하던 나는 지역감정을 자극하는 정치인들의 행동에 충격을 받고 무언가 해야 한다는 결심을 했다.

여러 가지 행사들을 준비하느라 바쁜 가운데 나는 4개 지방 국립대학 학생회장단을 초청하기로 하고 5월 5일부터 일주일 간 전국 순례를 떠났다. 전남대학, 전북대학, 경북대학, 충남대학 등 4개 지방 국립대학 학생회 간부들과 만나 지역감정 해소를 위한 방안에 대해 토의했고, 우리처럼 젊은 대학생들이 앞장서자는 데 의견일치를 보았다.

5월 15일 부산대 개교기념행사에 참석한 지방 국립대학 학생회 간부들은 지방 국립대의 유대 강화를 위한 연합회 구성과, 지방대의 실질적인 육성, 그리고 지역감정 해소를 위한 구체적인 방향을 토의하기로 결의하고, 〈5개 지방 국립대학 학생회〉 이름으로 공동선언문을 채택했다.

구체적인 실천 방안의 하나로 해마다 벌이는 대학의 농촌봉사활동을 경상도는 전라도에서, 전라도는 경상도에서, 도계를 넘어 하기로 했다.

개교기념행사가 끝난 후 확대간부회를 열어 5월 25일 국회의원 선거를 맞아 공명선거 캠페인을 벌이기로 하였다. 〈공명선거 캠페인〉이라는 어깨띠를 두르고 "고향으로 돌아가자"는 구호를 외쳤다. 그리고 학생들에게 '내 한 표 기권 안 하기' '지역감정을 조장하는 여야 정치인 고발하기' '선거부정 사전에 방지하기' 등의 실천항목이 적힌 전단을 나눠주었다. 나도 선거 하루 전날 배편으로 부산을 출발해 거제로 돌아가서 투표를 하고 돌아왔다.

지역감정을 극복하기 위한 농어촌봉사활동

1학기를 마치고 여름방학을 맞았다. 우리는 교내 24개 동아리에서 자원한 840명으로 자원봉사대를 만들었다. 이중에서 특히 총학생회를 중심으로 한 67명의 봉사대는 지난 개교기념행사 때 5개 지방 국립대 총학생회장단이 결의한 대로 전라도로 농어촌봉사활동을 떠났다. 8월 13일부터 21일까지 9일 동안 전라남도 광양군 골약면 일대에서 하계 봉사활동을 했다.

처음에는 지역감정의 골이 얼마나 깊은지 피부로 느낄 수 있을 정도의 싸늘한 반응이었다. 하지만 9일 동안 묵묵히 일손을 돕고, 마을 환경도 정화하고, 인간적인 유대를 나누면서 점점 마음의 벽을 허물고 친해지게 되었다. 비만 오면 더러워지는 마을앞 식수용 우물에 지붕을 만들기도 하고, 부산대학생들을 기억해달라는 의미에서 부산대학을 상징하는 효원이란 이름을 따서 〈효원정〉이란 명판도 만들어 달았다.

봉사활동을 마치고 돌아갈 때는 동네 어르신들과 아이들이 손등으로 눈물을 훔치며 우리와 헤어지는 것을 아쉬워했다. 처음에는 지역감정이란 마음의 벽으로 차가운 반응을 보이던 분들이 우리와 작별인사를 나누며 눈물을 훔치는 광경은 가슴 뭉클한 추억이었다. 우리의 노력이 헛되지 않았음을 증명하는 증거였고, 우리의 작은 노력들이 지역감정을 허물 수 있다는 희망을 보여주는 씨앗이었다.

나의 정치적 자존심

내가 지역감정 해소를 위해 노력한 것은 1990년 3당 합당 이후부터가 아니라 그보다 20년 이전부터다. 내가 부산대 총학생회장에 당선된 이후로 추진했던 일들 중의 하나가 지역감정 해소를 위한 노력이었다. 세 차례에 걸친 전국 대학 총학생회 순례나, 5개 지방국립대 학생회 구성, 전라도와 경상도의 경계를 넘어선 농어촌봉사활동, 그리고 지역감정을 조장하는 국회의원 추방 캠페인 등은 나의 신념에서 비롯된 것이었다.

71년 대통령 선거에서 경남을 휩쓸기 시작한 지역감정 광풍과, 그에 따른 호남 사람들의 피해의식을 몸소 겪어본 나는, 이 무시무시한 망국병이 더 번지면 큰일난다는 위기의식을 느꼈던 것이다.

그러나 나는 지금껏 단 한번도 지역구도나 지역감정을 이용해 내 정치적 이득을 취해보려고 한 적이 없다. 오히려 지역주의를 깨뜨리기 위해 수없는 정치적 패배와 손해를 감수하면서도 내 정치 인생을 걸고 싸워왔다. 그것은 단순히 내 정치 인생을 넘어선 내 삶의 가장 기본적인 철학의 문제였기 때문이다.

"남북한으로 갈라진 것도 서러운데 동서로까지 나눠진다는 것은 절대 용납할 수 없다!" 이것은 내 평생을 관통하는 신념이다.

단순한 정치적인 이념의 문제였다면, 여섯 번이나 떨어지면서 민주당 간판으로 부산에서 맨땅에 헤딩하듯 무모한 도전들을 하지 않았을 것이다. 이것은 정치적 이념 이전에 내 삶의 근간을 이루는 문제다.

그래서 나는 지금껏 단 한 번도 부산을 떠나 선거를 치른 적이 없고, 단 한 번도 민주당이라는 중심에서 벗어난 적이 없다. 당명이 열린우리당이였든, 새정치국민회의였든 어떻게 바뀌였든 상관없이 내 정치의 뿌리는 늘 민주당이었다.

　여섯 번이나 선거에서 떨어졌지만, 단 한 번도 부산을 벗어나지도, 단 한 번도 민주당이란 간판을 버린 적도 없다. 그것은 여섯 번의 당선과도 맞바꿀 수 없는 나의 정치적 자존심이다.
　다들 어렵다고 부산을 떠나거나 민주당을 버릴 때, 나는 유일하게 끝까지 부산을 지켰고 민주당 간판을 지켰다.

전국 유일의 총학생회장 구속

"나 하나 자르는 것으로
다른 학생들은 구해주십시오"

1971년 10월 15일. 학원 질서를 확립한다는 명목으로 대통령의 특별 명령이 떨어졌다. 서울 인근에 위수령이 선포되고 서울대, 고대, 연대, 성대, 서강대, 경희대, 외대 등 7개 대학에 군인이 주둔하였다. 8개 대학에 휴교령이 내려졌고, 1,889명의 학생들이 연행되었다.

눈앞이 캄캄했다. 16일, 나는 확대 간부회의를 열었다. 그러나 워낙 심각한 상황이라 누구 하나 섣불리 입을 열지 못했다. 우울한 기분으로 회의를 마쳤다. 나는 고민하기 시작했다. 우리도 언제 같은 꼴을 당할지 모르는 상황이었다

당시는 박상필 교수가 학생처장을 하고 노동택 교수가 보직교수 학생과장을 맡았던 때였다. 학생회 간부들이나 다른 학생들이 제적되거나 불이익을 당하게 될까봐 걱정을 하던 나는 두 분 교수님을 찾아가 다음과 같은 제안을 했다.

"그냥 저 하나 자르는 걸로 정리해서 문교부와 담판을 지으십시오. 저 하나 때문에 다른 학생들이나 교수님들께 피해 가는 것을 원치 않습니다. 솔직히 말씀드려서, 제가 총학생회장이 되기 전에는 부산대에서는 데모도 별로 안 하고 조용하지 않았습니까? 그런데 제가 총학생회장이 된 다음부터 맨날 무슨 선언문 같은 거 발표하고 데모들을 하고 했으니 '부산대가 이렇게 데모가 많아진 것은 김정길 저놈 때문이다' 핑계대기 딱 좋지 않습니까? 그러니까 괜히 다른 간부들이나 학생들 자르지 말고 저 하나 자르는 것으로 조용히 해결하셨으면 합니다."

이 일이 있은 후 40년이 지난 부산 시장 선거 당시 선거참모로 도와주던 노혜경 비서관을 통해 노 비서관의 아버지, 노동택 교수의 이야기를 전해 듣게 되었다.

그 당시 부산에도 유신헌법 선포를 앞두고 예비검속차 제적 대상 학생 72명의 명단이 내려왔다고 한다. 그래서 두 분 교수님은 '부산대에서는 제적시킬 학생은 없다'로 입장을 정리하고 문교부와 싸우는 중이었다고 한다. 그러다가 문교부에 잘못 보여서 자칫하면 해직교수가 될 수도 있는 상황이었는데, "김정길이 찾아와서 '자기 하나 자르는 것으로 문교부와 타협하시고 다른 학생들은 구제하시라'고 했다. 알고 보면 그때 김정길이가 내 밥줄 지켜준 셈이다"라면서 노 교수께서 웃으셨다고 했다. 그러면서 "김정길이 부산 시장 후보로 나와 주면 고맙지. 그런 인물 없다"며 적극적으로 지지하셨고, 덕분에 노혜경 비서관도 마음 편하게 부산 시장 캠프에서 자원 봉사할 수 있었다는 것이다.

아무튼 결과적으로는 내가 두 분 교수님께 제안한 대로 처리가 되었다. 나는 당시 전국에서 유일하게 학생 시위로 인해 구속되었고, 결국

학교에서 제적되었다. 그리고 내가 제적됨으로써 다른 동료들은 무사히 넘어갔다.

전국에서 유일하게 학생운동으로 구속되다

1971년 10월 17일 저녁. 나는 누님 집에 숨어서 위수령 및 휴교령 철회를 촉구하는 성명서 초안을 작성했다. 그리고 자퇴서도 함께 썼다. 내가 성명서를 발표하는 날, 곧바로 제적될 거란 것은 불을 보듯 뻔했다. 그래서 자퇴서를 함께 써서 들고 나오니 마음이 오히려 홀가분했다. 그러나 나는 뒤이어 일어날 일들을 전혀 알지 못하고 있었다.

자퇴서와 성명서를 호주머니에 넣고 저녁 9시에 몰래 집을 빠져나와 광복동 미화당백화점 옆 왕다방으로 나갔다. 학생회 간부들과 만나기로 약속이 되어 있었다. 내가 도착했을 때 학생회 간부는 두 명이 나와 있었다. 어느덧 10시였다.

그때였다. 카운터에서 종업원이 내 이름을 크게 불렀다. 내가 여기 있는 것을 아는 사람이 없을 텐데 누가 전화를 했을까? 긴장감이 돌려왔다.

전화를 받자 "부산대학교 총학생회장 김정길이냐?"고 물었다. 그렇다고 대답하자 전화가 끊겼다. 수상한 예감이 드는 순간, 대여섯 명의 사내들이 나를 에워쌌다. 그중 한 명이 신분증을 제시하며 파출소까지 같이 가야겠다고 했다.

"못 갑니다. 대체 이유가 뭡니까?"

나는 완강하게 버티며 따지고 들었다.

"친구들과 차 한 잔 마시는 게 죕니까? 내가 무슨 현행범도 아니고,

이러는 이유를 대시오. 구속영장을 가져오든지, 아니면 내가 납득할 만한 이유를 대시오!"

그러는 사이 다방 손님들이 하나둘씩 빠져나가기 시작했다.

이대로 끌려갈 수는 없었다. 끌려가더라도 주머니 속에 있는 성명서와 자퇴서는 어떻게든 처리를 해야 했다. 그래서 나는 화장실이라도 다녀와서 가든지 말든지 하자고 제안했다. 그들이 길을 터주었다.

화장실로 들어가자마자 나는 성명서 초안을 조각조각 찢었다. 종이 쪼가리들을 변기에 넣고 물을 내렸지만 하필이면 수세식변기가 고장나서 그때 물이 나오지 않았다. 나는 하는 수 없이 손으로 종이 쪼가리들을 변기 속으로 밀어 넣었다. 나는 안도의 숨을 내쉬며 화장실을 나와 원래 앉았던 자리에 가서 앉았다.

경찰들의 숫자가 워낙 많아 도망갈 방법이 없었다. 나는 공중전화로 다가가 내가 아는 동아일보 기자의 집으로 전화를 걸었다. 그리고 내가 처한 상황을 설명했다. 부산일보 기자에게도 전화를 했으나 자리에 없었다.

나는 다시 자리에 돌아와 구속영장 없이는 절대로 내 발로 걸어갈 수 없다고 버텼다. 결국 나는 팔다리를 들려 근처에 있는 창선파출소로 끌려갔다. 몸뒤짐을 당했지만 나온 것은 자퇴서뿐이었다. 크게 걱정할 일은 없었다. 파출소에는 학생회 간부 2명도 함께 끌려왔었다.

자정이 넘어 나는 검은 지프차에 태워져서 어디론가 향했다. 동래경찰서였다. 다시 한번 몸수색을 당했다. 뿐만 아니라 누님 집에도 경찰들이 들이닥쳐 수색영장도 없이 온 집안을 다 뒤지고 다녔다. 경찰들은 플래카드와 성명서는 어디 숨겼냐고 다그쳤다. 새벽 2시까지 그렇게 꼬투리 잡히는 일 없이 잘 버티고 있었다.

그런데 경위 한 명이 헐레벌떡 뛰어 들어오더니 내 앞에 꼬깃꼬깃한 종이 조각들을 너밀었다.

"야, 이 새끼야! 이거 내가 썼지?"

나는 순간 까무라칠 지경이었다. 그것은 몇 시간 전에 내가 왕다방의 변기 속으로 길어넣었던 성명서 종이였다. 잉크로 썼으면 지워졌겠지만 볼펜으로 써서 글씨가 지워지지도 않은 그 성명서 조각들을 누가 빠짐없이 귀를 맞춰 다른 종이에 붙여 놓은 것이었다.

나는 내가 쓴 성명서란 것을 시인했다. 순간 사방에서 몽둥이가 날아들었다. 정신을 가눌 수가 없었다. 아예 나를 죽이려는 듯 마구 짓밟았다. 나는 살기 위해 그에게 매달리며 대들었다. 얼마나 맞았는지. 정신을 차리고 살펴보니 그가 들었던 몽둥이는 두 동강이 나 있었다.

사람이 같은 사람을 이렇게 무자비하게 구타해도 된다는 말인가. 눈에서 나도 모르게 눈물이 흘렀다.

그날 아침 경찰서 출입기자를 몇 명 만났으나 나는 긴장이 풀리고 기진맥진해서 아무런 말도 할 수 없는 상태였다. 그들은 어떻게 된 일이냐고 물었으나 나는 대답할 기운이 없었다. 기자들로부터 들은 이야기로는 학교는 생각보다 평온한 듯했다.

다른 간부 2명은 풀려났다. 나는 학교에 가면 내 안부를 전해달라고 했다.

경찰은 조서를 작성하는 동안 사진 몇 장을 내게 보여주었다. 어떻게 찍었는지는 모르겠으나 지난 4월의 데모 장면을 찍은 사진이었다. 그제서야 이들이 내게 옭아매려는 죄목에 대해 짐작이 되었다. 온듬에 맞은 몽둥이의 악몽이 되살아났다.

조서를 마치고 지장을 찍으라고 하는 곳에 지장을 찍었다.

그리고는 나를 철문이 있는 방문 앞에 세우더니 큰소리로 외쳤다.

"김정길! 집회 및 시위에 관한 법률 위반 혐의로 구속한다."

4월에 있었던 시위였는데, 그것을 10월인 지금에 와서 구실을 삼아 구속하다니 놀랍기도 하고 웃긴다는 생각도 들었다.

1971년 10월, 그렇게 나는 구속되었다. 그당시 학생운동을 이유로 구속된 전국 유일의 대학생이 된 것이었다.

철창 너머의 세계

철창문이 닫혔다. 문이 닫히는 순간, 이제 자유는 끝났다는 것을 직감했다. 철문 안에는 예닐곱 개의 방이 있었고 방마다 대략 10명 내외의 죄수들이 내가 들어오는 모습을 지켜보고 있었다.

내가 배치된 방은 동래경찰서 5호 감방이었다. 7명의 미결수가 수감되어 있었는데, 각방에서는 선배 죄수들에게 신고식을 해야 한다는 이야기를 얼핏 들어서 알고 있었다.

이미 유치장에 들어오기 전에도 나는 유치장 근무자로부터 차렷! 열중쉬엇!을 수없이 반복했고, 구속이란 무엇인지에 대한 장광설을 들어야 했으며, "공부하기 싫어서 데모나 하는 새끼는 여기서 어디 고생 좀 해보라"는 무지막지한 언사를 들어야 했다.

"니들이 보릿고개를 알아?"

5호 감방의 선임자 중 스물 한두 살 쯤 되어 보이는 청년이 내게 꿇어 앉으라고 명령했다. 감방장인 모양이었다. 나중에 알고 보니 넝마주이 출신이었다. 그들은 나를 꿇어앉힌 채 빙 둘러앉아 본적, 성명, 나이, 직업, 죄명을 물어보았다.

신상신고가 끝나자 몇 가지를 더 물었다.

"네가 부산대학교 총학생회장이 맞냐?"

"데모하다가 들어온 게 사실이냐?"

내 신고식은 비교적 간단하게 끝났다. 아무래도 죄목이 조금 다른 영향인 듯싶었다. 데모하다가 들어왔다고 그래도 잡범들보다는 더 대접을 해주었다.

유치장에서의 처음 2~3일은 미칠 지경이었다. 보리밥이나 손바닥만 한 유치장에서 8명이 자는 것은 견디겠는데 바깥세상 소식이 궁금해서 미칠 지경이었다. 그런 괴로움도 하루 이틀 더 지나니 견딜 만해져서 나중에는 감방에 있는 사람들과 친해질 수 있었다.

내가 정말 견딜 수 없는 것은 유치장 담당 근무자였다. 그는 심심하면 자기의 유식함을 자랑하려고 내게 토론을 걸었다.

"니들이 봄만 오면 찾아오는 보릿고개를 아느냐?

지금은 정치를 잘해서 그게 없어졌는데 니들은 무슨 불평불만이 그렇게 많으냐?

학생이 조용히 하라는 공부나 할 일이지 왜 데모를 하느냐?"

계속 일방적인 설교조에 훈계를 하는데 미칠 노릇이었다.

그런가 하면, 감방장은 내가 자기 감방에 들어온 것이 무슨 대단한 자랑이나 되는 것처럼 떠벌리고 있었다. 나는 가슴이 아팠다. 부산대 총학생회장이면 어떻고, 넝마주이면 어떻다는 말인가? 감방 안에서나 알아주는 총학생회장이 뭐가 대단한 것이라고. 그가 자랑스럽게 떠벌릴 때마다 나는 창피해서 죽을 지경이었다.

나흘 째 되는 날 아침이었다. 예전에 부산대 구내식당에서 교내 사찰을 하다가 내게 걸려서 실랑이를 벌인 적이 있던 경관이 나를 알아보고 "어? 김정길이 너 여기 있구나" 하며 아는 체를 했다. 나는 내가 이렇게 된 사실을 바깥에서 알고 있는지 궁금해서 물어보았다.

"야, 온통 네 기사로 신문에 대서특필되었는데 총장이나 학장이 왜 모르겠느냐?"며 이런저런 이야기를 해주었다. 나는 학교와 내 가족들이 내 소식을 알고 있다는 사실에 안도했다.

동래경찰서에 온 지 닷새째 되는 날 담당 경관이 나를 부르며 나오라고 했다. 소지품을 챙겨주면서 이제 교도소로 넘어간다고 했다. 그리고 내가 유치장에 있는 동안 시골집에서 여러 차례 면회 왔으나 거절당했다는 소식도 전해주었다.

맞은 몸이 많이 아프기도 했지만 밥이 입에 맞지 않아 내 몰골은 말이 아니었다. 걸어 나가는데 다리가 휘청거렸다. 며칠 전 조서를 꾸미던 경찰 간부가 부산대 법대학장이 편지를 보냈더라는 말을 전해주었다. 그래도 먼 데서나가 나를 돌봐주시는구나… 고마운 마음이 들었다.

경찰서에서 그날 교도소로 이송되는 사람은 나뿐이었다. 경찰 간부는 호송하는 경관에게 혼자뿐이니 보는 눈도 있고 하니 택시로 데리고 가라며 택시비 5백 원을 주었다.

검찰에 들러 잠시 검찰조서를 받고 나오는데, 호송경찰이 "교도소 가면 밥이 형편없으니 여기서 밥이라도 먹고 가라"며 나를 법원 근처 식당으로 데려갔다. 그러면서 이건 원칙적으로 금지된 일이라 누가 알면 자기는 모가지라는 뜻으로 손가락으로 목을 긋는 시늉을 했다. 고마운 생각이 들었다.

설렁탕 집으로 들어가 모처럼 밥다운 밥을 먹는데, 구석에 신문이 하나 눈에 띄었다. 살펴보니 "데모 주동 학생 부산에서 첫 구속"이라는 제목이 들어왔다. 살펴보니 내가 구속된 것에 관한 기사였다. 경찰 조서와 별 차이 없는 내용의 기사였다. 사건 경위만 좀더 자세하게 보도하고 있었다.

감방신고식 '영도다리 건너기'

호송 경관을 따라 동대신동 부산교도소로 갔다. 그곳에서 나는 소위 '특실'이라고 부르는 방으로 배치가 되었다. 5명의 미결수가 있었다. 종친 회비를 횡령한 혐의로 들어온 초로의 중년과, 부정입학 건으로 들어온 모 공업전문대 교수, 그리고 선거법 위반으로 들어온 모 국회의원 비서관, 밀수 혐의로 들어온 외항선원 등이었다.

여기서도 신고식이 치러졌다. 역시 본적, 성명, 죄명, 직업 등을 대게 했다. 그리고 국회의원 비서라는 사람이 "이왕 이런 데 들어왔으니 겪을 건 다 겪어보는 게 좋다. 신고식을 하라"고 했다. 나도 그러겠다고 했다.

"신고식에는 김일성 눈알 빼기와 영도다리 건너기가 있는데, 영도다리 건너기로 신고식을 하라"고 했다.

김일성 눈알 빼기란 벽에다 두 개의 눈을 그려놓고 수건으로 두 눈을 가린 채 두 손가락으로 정확하게 눈모양을 짚는 벌이다. 제대로 못 짚으면 매타작이 돌아가는 신고식이라고 했다.

영도다리 건너기란 우선 수건 하나로 내 눈을 가리고 다른 수건 두 개를 묶어 두 사람이 그 끝을 잡고 있으면 한 번은 수건 밑으로 지나가고 한 번은 수건 위로 지나가야 하는데 밑으로 갈 때나 위로 갈 때 만약 수건을 조금이라도 건드리게 되면 사정없이 몰매를 맞는 신고식이라고 했다. 눈이 가려졌기 때문에 그들이 쥐고 있는 수건을 건드리지 않고 건너기란 거의 불가능한 그런 신고식이었다.

나는 두 눈을 가린 채 수건 위를 건너거나 밑으로 기면서 계속해서 아리랑을 불렀다.

"아리랑 아리랑 아라리요 아리랑 고개를 넘어간다…."

수건 아래 숨은 눈에서 눈물이 났다. 내가 여기서 왜 이 짓을 하고 있어야 하는지 회의가 들었다. 수건이 흠뻑 젖을 정도로 많은 눈물을 흘렸다.

신고식이 끝났다. 끝내고 눈을 가린 수건을 풀고 보니 그들은 아무런 수건도 들고 있지 않았다. 나 혼자서 그냥 아무것도 없는 허공을 마치 수건이 있는 것마냥 허우적거리고 다닌 것이다.

사람이란 얼마나 어리석고 불쌍한 존재인가. 그렇게 똑똑하고 잘난 체하던 나도 어느 순간 그렇게 감쪽같이 속아 넘어갔으니 말이다. 큰 교훈을 얻었다.

구속적부심은 9시가 데드라인

교도소 안에 있으면서 바깥 상황이 어떻게 돌아가는지는 전혀 알 길이 없었다.

나중에 알게 된 일이지만 10월 15일 위수령과 휴교령이 발동되고 전국에서 1천 889명이 연행되었지만 나중에 데모 주동학생의 처벌을 완화하는 방침을 발표하여 모두 석방되고 전국에서 딱 한 명만 구속도 겠는데, 그게 바로 나였다.

며칠 뒤 검사실에 불려가 심문을 받았다. 지극히 사무적이고 형식적인 심문이었다.

"4월 15일, 16일에 데모한 적 있나?"

"있습니다."

"돌을 던지라고 한 적 있나?"

"없습니다."

"경찰 조서에는 돌을 던지라고 한 적이 있다고 되어 있는데?"

"충돌에 의해 자연스럽게 투석전이 있었던 적은 있지만 돌을 던지라고 지시한 적은 없습니다."

이런 식의 조사를 서너 차례 더 받았다.

한번은 내가 현역으로 입대했다가 만성중이염으로 귀가조치를 받은 것이 못 미더웠는지, 담당검사인 하상조 검사는 부산대 의대에서 이비인후과 의사를 검사실로 불러서 내 중이염을 재검하게 하였다. 만약 검사 결과에 조금이라도 의심스러운 것이 나온다면 즉시 나를 다시 군에 입대시켜버리려고 했다. 당시는 데모하다 잡히면 군 미필자는 곧바로 군대에 끌려가곤 했다. 그러나 내 귀를 정밀 검진한 이비인후과 의사는 "만성중이염으로 인해 고막이 파열되었다가 재생된 흔적이 확실히 있습니다. 만성중이염이 확실합니다"라고 증명해주었다.

사실 내 중이염은 오래된 것이었다. 거제도가 고향이다 보니 바다에 나가 자주 헤엄도 치고 잠수도 하곤 했는데 그 과정에서 중이염이 깊어진 것이었다.

내가 구속되었다는 기사가 전국 일간지에 떠들썩하게 나자 신민당

에서 무료변론을 하겠다그 나섰다. 신민당에서 보내준 변호사가 구속
적부심을 신청해주었다. 나는 구속된 지 15일만에 처음으로 판사 앞에
섰다. 판사는 교련을 반대한 이유가 무엇이냐고 물었다.

"교련을 반대한 적은 없고 교련 강화안을 반대했을 뿐입니다."

"교련 강화안을 반대한 이유는 무엇인가?"

"그것은 어디까지나 학생들에게 여론조사를 한 결과를 따른 것일 뿐
입니다. 우리는 2년 전 교련이 처음 실시될 때 반대하지 않고 지난 2년
간 성실하게 교련을 받아왔습니다. 그러나 지난 2년 간 교련의 성과가
좋았다고 해서 교련을 강화한다는 것은 받아들일 수 없습니다.

더군다나 지금까지 1, 2학년만 해오던 교련을 앞으로는 3, 4학년까
지 늘리는 것은 대학의 전문분야 연구에 그만큼 지장을 주는 일입니
다. 또한 그동안 예비역이 담당하던 교관을 현역 교관으로 교체하겠
다는 것은 대학의 자율성을 침해하는 일입니다. 교련을 한다고 병역
의 혜택이 주어지는 것도 아닌데 교련시간만 늘리겠다는 것은 학생들
에게 이중의 병역 의무를 지게 하는 것과 마찬가지입니다. 이러한 내
용들이 여론조사 결과로 나왔고 거기에 따라 교련 강화안을 반대한
것뿐입니다."

"그렇다면 데모는 왜 했나?"

"우리는 여론조사 결과를 바탕으로 우리의 요구사항을 건의문으로
만들어 학교와 문교부에 제출했습니다. 그런데 우리의 건의는 아무런
시정도 없이 그대로 묵살당했습니다. 이에 우리는 더욱 강력한 의사표
시로 데모를 하게 되었습니다.

그리고 데모 이야기가 나온 김에 드리는 말씀인데, 6개월 전에 있었
던 데모가 시위와 집회에 관한 법률 위반이라며 저를 구속했는데, 구속
을 하려면 데모한 그때에 구속할 일이지 6개월이나 지난 지금에 와서

구속하는 저의는 무엇입니까?

그리고 구속의 사유가 된 성명서는 성명서 발표도 하지 못하고 제 생각을 옮겨 적기만 했을 뿐입니다. 자기의 생각을 글로 옮기기만 해도 죄가 되는 겁니까?"

담당판사는 한동안 아무 말도 하지 않고 나를 바라보다가 다시 물었다.

"학생들에게 돌을 던지라고 지시한 적이 있는가?"

"천만의 말씀입니다. 우리는 질서정연하게 시위를 하고 있는데 경찰에서 먼저 곤봉으로 학생들을 후려쳐서 학생들이 피를 흘리는 유혈 사태가 일어났습니다. 그러자 일부 분노한 학생들이 돌을 던지기 시작한 것으로 알고 있습니다."

판사들은 더 이상 질문을 하지 않았다.

교도소로 돌아오니, 감방장을 비롯해서 감방 식구들이 "잘 했느냐?" "결과는 어떻게 나올 것 같으냐?" 물었다. 나로선 대답할 말이 없었다.

그러나 역시 감방장이 국회의원 비서 출신다운 식견으로 이렇게 말했다.

"9시 전에는 결과를 알 수 있을 거야. 9시까지도 아무런 소식이 없으면 구속적부심은 기각된 거야. 오늘 9시가 데드라인이야."

감방, 그곳에도 사람이 살고 있었다

9시가 다 되어도 아무런 연락이 없었다. 나가기는 글렀구나, 싶어서 맥이 풀린 채 잠자리에 들려는 순간이었다. 밖에서 내 이름을 부르는 소리가 들렸다.

동시에 우리 감방에서는 환호성이 들렸다. 동료들이 일제히 벌떡 일어나서 내 손을 잡거나 옷을 붙잡고 부르짖었다.

"석방이다! 석방이다! 드디어 석방이다!"

한편으로는 자기 일처럼 기뻐해주면서도 한편으로는 부러워하는 표정들이 눈에 비쳤다. 다들 눈에 눈물을 글썽이고 있었다.

"나가거든 꼭 면회 와라." 그들은 내게 신신당부했다.

나는 "늦게 들어와서 제일 먼저 나가게 되어 정말 미안하다"고 이야기했다.

빈 말이 아니라 정말 미안했다.

바깥은 어두운 밤이었다. 싸늘하지만 자유로운 밤공기가 뺨을 스쳤다. 어둠 속에서 나를 부르는 소리가 들렸다. 어머니와 외사촌 형, 그리고 친지들이 와 있었다. 어머니를 얼싸안고 모두들 울음을 터뜨렸다.

어둠 속에서 플래시가 터졌다. 그날 집에 도착해서 저녁을 먹으려는데 텔레비전에서 내가 석방되는 장면이 나오고 있었다.

그때 전화벨이 울렸다. 누나였다.

방금 검정 지프를 타고 경찰들이 와서 자기집을 다 뒤지고 갔으니 급하게 피하라는 전갈이었다. 나는 다시 피신생활을 해야 했다. 얻어맞고 감옥생활로 지친 나는 설상가상으로 병까지 얻었다. 나는 이리저리 도망다니다가 끝내 병원 신세를 지기에 이르렀다. 결국은 고려병원(지금의 강북삼성병원)에 입원을 하게 되었다. 한 달 동안 심한 열과 통증에 시달렸고 심지어는 소변에 피가 섞여 나오기까지 했다.

내가 어느 정도 건강을 회복한 것은 병원에 입원한 지 한 달이 지난, 한참 뒤의 일이었다.

1971년 10월 15일.

그날의 위수령과 휴교령은 나를 구속과 도피생활로 이끌어갔고, 그때의 구속 경험은 내 인생의 많은 부분을 바꾸어 놓았다.

나는 결국 1심에서 징역 6월에 집행유예 1년, 그리고 2심에서 벌금 2만 원을 선고 받았다.

1971년 10월 15일은 그렇게 나의 학생운동은 종지부를 찍었다. 그러나 나의 투쟁은 이제 겨우 새로운 시작을 예고하고 있을 뿐이었다.

비록 내가 원해서 간 것은 아니었지만, 내가 경험한 짧은 구속의 시간들은 내게 많은 것을 가르쳐 주었다.

철창 너머 그곳에는 내가 경험해보지 못한 다른 세계가 있었다. 그곳에도 사람은 살고 있었다. 비록 죄를 지었지만 저마다의 사연을 가진 다양한 사람들이 철창 너머엔 있었다.

그러나 그곳에는 없었다. 인권이나 인간에 대한 존중은 없었다.

이때의 경험으로 나는 우리나라의 구치소나 교도소 현실을 획기적으로 개선할 필요가 있다는 것을 몸으로 절감하였다. 이 때문에 나중에 내가 국회의원에 당선된 뒤 미 국무성 초청으로 미국을 방문하게 되었을 때, 나는 미국 경찰서의 구치소 현황과 미국 교도소의 상황을 꼭 견학할 수 있도록 특별요청하기도 하였다.

이때의 경험이 없었으면 나는 철창 너머에도 사람 사는 세상이 있다는 것을 절대 알지 못했을 것이다.

철창 안이나 철창 밖이나 모두가 사람이 사는 세상이다.

중요한 것은 언제나, 사람이다.

2부

나는 지는 것을 통해
이기는 법을 배웠다

3당 합당에 반대하다 끌려나와 민주당사 앞에서 눈물을 흘렸다

"나왔다, 만화노트!" 사업을 시작하다

1972년 유신헌법이 선포되고 국회가 해산되었다. 구속되었다가 풀려나 입원 치료와 요양을 해야 했던 나는 잠깐 동안 국회의원 보좌관으로 생활했다. 그런데 당시 내가 받던 월급으로는 생활이 어려웠다. 생활고에 시달리다 보니 아무래도 장사나 사업을 해서 돈을 좀 벌어야겠다는 생각이 들었다.

내가 정정당당하게 돈을 벌어 경제적으로 자립을 하는 게 중요했고 그래서 사업을 할 만한 것들을 고민하기 시작했다.

최초의 캐릭터 단화노트

어떤 게 사업거리가 될까 고민하던 내 눈에 들어온 것은 아이들이 쓰는 노트였다. 당시의 초등학생들 노트는 그냥 종이 위에 줄만 그어져 있고, 표지라고 해봐야 조잡한 컬러로 남대문이나 광화문 등이 인쇄된 게 전부였다.

그래서 나는 노트 표지를 아이들이 좋아하는 만화 등으로 인쇄하면 잘 팔릴 것이란 아이디어를 떠올렸다. 표지에는 만화 캐릭터를 예쁘게 인쇄해 넣고, 내지에도 노트 모서리를 따라 예쁜 만화들을 넣으면 아이들에게 인기가 있을 것이란 생각이 들었다.

그런데 좋은 아이디어가 떠올랐다고 곧바로 사업을 시작할 수는 없었다. 이게 과연 정말 좋은 아이디어인지, 돈이 될 만한 사업인지를 확인해봐야 했다.

당시 초등학생용 노트는 인선사가 제일 큰 업체였다. 무작정 인선사를 찾아갔다. 만화 캐릭터 노트에 대한 상표등록은 미리 내놓았다.

인선사 채범석 영업부장을 찾아가 "만화 캐릭터로 만화노트를 만들려고 하는데 사업이 되겠습니까?" 물었다. 그랬더니 채 부장 이야기가 "어, 이거 사업이 되겠는데요. 좋은 아이디어입니다"라고 했다. 그래서 그 자리에서 처음 만난 사이인 영업부장에게 단도직입적으로 이야기했다.

"사업이 될 것 같으면 인선사에 사표 쓰고 나와서 저와 같이 동업하시죠?"

사업 자금은 내가 대고 채 부장은 영업을 맡는 조건이었다. 그랬더니 채 부장은 "그럼, 서울 총판권은 사장님이 갖고, 지방 총판권은 제게 주는 것으로 동업합시다"라고 했다. 어차피 나는 사업이 처음이라 영업에 관한 경험도 없고, 지방에는 영업망도 없는 터라 흔쾌하게 승낙했다. 당시의 인연으로 채범석 부장과는 지금도 가깝게 지내고 있다.

"나왔다, 만화노트!"로 대박나다

구로구 독산동에 약 100여 평 정도의 공장을 빌려 노트공장을 시작했다. 거제도 본가의 배틀 팔아 기계를 사고 공장을 빌렸다. 채 부장은 인선사를 퇴사하고 나와 동업을 시작했다. 노트 이름은 '만화노트'였다. 회사 이름은 〈중앙노트산업사〉였는데, 회사 이름과 상품 이름은 따로 갔다.

공장을 빌리고 기계를 설치하고 노트 디자인을 하는 동안 광고부터 시작했다. 당시 초중학생들이 가장 많이 보는 월간잡지가 『어깨동무』와 『소년 중앙』이었다. 당시 제일 유명한 두 잡지의 첫 페이지에 만화노트 출시 3개월 전부터 캐릭터를 넣은 노트표지와 함께 만화들을 넣어 광고를 했다. "나왔다! 만화노트!"라는 헤드카피와 만화 캐릭터로 만든 광고는 단박에 시선을 사로잡았다.

"이 노트 어디 가면 살 수 있나?"

"만화노트는 언제 나오나?"

광고가 나간 후로 공장으로 문의 전화가 쏟아졌다. "아직 노트는 출시 안 됐고, 지금 찍고 있는 중인데 학교 앞 문방구에서 두세 달 후에는 구입할 수 있습니다"라고 대답했다. 두 잡지에 광고가 나가는 세 달 동안 정말 전화통에 불이 날 정도로 전화가 왔다.

대박이었다. 만화노트는 만들기 바쁘게 팔려나갔다.

신세계백화점 문구코너를 찾아가 거래도 텄다. 만화노트가 인기가 좋아 노트뿐 아니라 만화스케치북도 만들어 팔았다. 그리고 국어, 영어, 산수, 사회, 자연, 음악, 무제 등 과목별 만화노트도 만들어 10권짜리 세트도 만들었다. 신세계백화점에도 이런 세트 만화노트를 독점 납

품했는데, 생산이 주문을 못 따라갈 정도로 인기가 많았다. 만화노트
는 백화점에서 인기가 더 좋았다.

나는 갈등 많던 월급쟁이 생활을 청산하고 사업에 전념하기로 했다.
한 학기가 지나자 수중에 몇천만 원의 현금이 남았다. 나는 세 들어
살던 민영아파트에서 나와 맞은편의 한강맨션을 한 채 샀다. 삼십 평
이 좀 넘는 아파트였다. 자가용도 샀다. 포니자동차였다. 한강맨션으
로 이사 간 후 너무너무 좋아서 처음 며칠 동안은 아파트 창가에서 아
래에 세워둔 자가용을 내려다보곤 했다. 정말 뿌듯했다. 내가 처음으
로 돈을 벌어 산 내 집, 내 차였기 때문이다.

이 집은 그 얼마 후 좀더 큰 공장을 차리기 위해 팔게 되었지만, 그
뿌듯했던 기분은 지금도 생생하다.

어느 정도 경제적 여유를 찾은 나는 부산대 총학생회장 시절의 이야
기를 정리해 한권의 책을 썼다. 『우리의 가을은 끝나지 않았다』라는
제목의 자전 에세이집이었다. 책을 써놓고 보니 내가 가고 싶었던 길
이 비교적 선명하게 보이기 시작했다. 나는 정치를 하고 싶었다. 그것
도 정의를 바로 세우는 정치를 하고 싶었다.

내게 도전의 기회가 찾아왔다. 제10대 국회에 도전해보기로 한 것
이다.

국회의원에 도전하다

첫 번째 도전, 당선 대신 낙선사례를 하다

1978년. 내 나이 만 서른셋. 나는 드디어 오랫동안 꿈꾸어 오던 정치에 대한 도전을 시작했다.

제10대 총선을 한 달 가량 앞두고 나는 서울의 일들을 정리하고 부산으로 내려갔다. 중학교 때부터 대학시절까지 살았던 부산의 정치 1번지 중·영도구에서 출마하기로 했다.

우선 부산일브와 국제신문에 내 책 『우리의 가을은 끝나지 않았다』 신문광고를 시작했다. 아직 정치 신인에 불과한 나를 알리는 데는 책이 가장 좋을 것 같았다.

당시는 한 선거구에서 2명을 뽑는 중선거구제였다. 중·동·영도구에서는 2명을 뽑는 데 무려 11명이 후보로 출마를 했다. 공화당 공천으로는 문공부 기획관리실장과 KBS 부산본부장을 지낸 한남석 선배(부산대 선배), 신민당 공천으로는 현역의원인 김상진 의원, 그리고 민주화운동에 앞장섰던 예춘호 선생 등이 무소속으로 출마했다.

나는 부산대 총학생회장 출신이라는 것 외에는 아무것도 내세울 것 없는 새파란 신인이었다.

그래도 내게는 패기와 의욕이 있었다. 나는 새파랗게 젊은 서른세 살의 청년이었다. 10대 총선 첫 합동연설회는 보수초등학교에서 있었다. 그 연설이 정치 신인으로서 나의 첫 연설이었다. 보수초등학교에서의 합동연설회 첫 연설이 끝나자 여고생들과 여대생들이 내게 사인을 받으려고 몰려들었다. 나는 내 생각을 소신있게 주장했고, 누구 눈치를 보지 않고 현 정권에 대해 비판할 것은 분명하게 비판했다.

개표 결과는 4위. 예상했던 대로 낙선이었다. 1위는 무소속의 예춘호 선생이었고, 2위는 신민당의 김상진 의원이었다. 각각 4만여 표와 3만 2천여 표로 무난히 당선됐다. 3위는 공화당의 한남석 선배였는데 약 2만 8천여 표였고, 4위가 나였는데 9천 몇 백 표였다. 1~2위와 꽤 큰 차이로 낙선하긴 했지만, 첫 도전치고는 나쁘지 않은 성적이었다.

나는 낙선한 후에 트럭을 타고 중구와 영도구를 돌아다니면서 낙선 사례 인사를 했다.

"존경하는 선거구민 여러분, 김정길입니다. 여러분의 성원에 진심으로 감사드립니다. 여러분이 보내주신 기대에 어긋나지 않는 김정길이 되어 다시 여러분께 인사드리러 오겠습니다."

나의 이런 낙선사례 인사는 부산 시민과 영도구민들에게 신선한 인상을 준 것 같았다.

그러나 낙선의 대가는 혹독했다.

국회의원 선거에 출마하기 위해 나는 그동안 잘 운영하고 있던 중앙노트산업사를 처분했다. 무작정 선거판에 뛰어들어 잘 나가던 청년 사업가에서 빈털터리가 되었다.

하지만 나는 다음 선거까지 6년을 더 기다릴 각오를 다졌다.

두 번째 도전, 많은 것을 얻고 많은 것을 잃다

1979년 10·26 사태로 박정희 대통령이 서거했다. 전두환이 12·12 쿠데타로 실질적으로 권력을 잡았고, 부마항쟁과 광주항쟁이 이어졌다. 이후 전두환은 '체육관선거'를 통해 1980년 8월 제10대 대통령에, 1981년 3월 제11대 대통령에 취임했다. 암울한 세월이었다.

1981년 3월, 제11대 총선이 있었다. 예상보다 빨리 찾아온 두 번째 기회. 그러나 나라의 상황이 암울한 것만큼이나 내 개인적인 상황도 암울했다. 처음 출마한 국회의원 선거에서 그동안 벌었던 재산의 대부분을 잃어버린 나는 사상구 주례동에서 〈삼성철강〉이라는 철판가공 및 판매 사업을 시작했다. 그러나 잘 알지도 못하는 철판사업에 뛰어든 결과, 그나마 남아 있던 돈도 모두 날려버렸다.

영도구 동삼동의 전셋집을 빼서 중구 대창동의 사글세집으로 옮겨야 했다.

6년이 아니라 3년 만에 다시 기회가 왔으나 내게는 국회의원 후보로 등록할 1,500만 원이 없었다. 정당 후보로 등록하면 공탁금이 700만 원이었으나, 무소속 후보의 공탁금은 1,500만 원이었다.

하지만 전두환당인 민정당이나, 제2의 민정당인 민한당 후보로 나갈 생각은 털끝만큼도 없었다. 이번에도 무소속으로 출마했다. 정당 수는 많았지만 야당다운 야당이 없었다. 심지어 제1야당인 민한당의 공천은 "안기부 오더를 받아 후보를 공천하는 '오더공천'이다"라는 이야기가 공공연하게 떠돌았다.

가지고 있는 돈을 모두 털어보니 700만원 정도 되었다. 선거자금은 고사하고 공탁금 낼 돈도 모자랐다. 거제도 둘째 자형에게 800만 원을 빌려 겨우 공탁금을 냈다.

돈이 없어 선거사무실도 한 달짜리 월세, 차도 포니를 한 달 월세로 얻었다. 당시는 집으로 배달되는 선거 공보물은 없고, 벽에 붙이는 벽보와 현수막만 달 수 있었다. 나는 돈이 없어 명함만 겨우 찍어서 나눠주었다.

당시 후보로는 민정당 왕상은, 민한당 안건일, 국민당 한석봉 등 11명의 후보가 나왔다. 무소속으로 나온 나는 기호 10번을 받았다. 당시 유력 후보 중 세 명이 통일주체국민회의 대의원 출신이었다. 전두환을 체육관에서 대통령으로 뽑은 사람들이 국회의원 후보로 나온 것이다.

"김정길 연설이 대단하다더라"

첫 합동연설회는 3월 15일 영도구의 청학초등학교에서 있었다. 5천 명이 넘는 사람들이 합동연설회를 들으러 왔다. 학교 운동장이 꽉 찼다. 나는 직접적으로 드러내놓고 "전두환 대통령이 광주사태의 원흉"이라고 말하지는 않았지만, 듣는 청중들은 누구나 전두환 대통령이 광주학살의 책임자라는 것을 느낄 수 있도록 연설했다.

당시는 아무도 '광주항쟁'의 '광' 자도 꺼내지 못할 때였다. 야당 후보라는 사람들조차 전두환 대통령을 "전두환 대통령 각하"라고 부르며 연설을 할 때였다. 그럴 때 나는 전두환을 "전두환 씨" "전두환 정권"으로 부르며 연설을 했고, "분단된 조국의 비극을 악용하는 자는 역사의 심판을 받을 것!"이라며 전두환 정권을 비판했다.

내 연설 중간중간마다 사람들의 환호와 박수가 나왔고 "김정길! 김 정길!"을 외쳤다. 얼마나 청중들이 열광했는지 이미 선거가 거의 끝난 것 같은 분위기였다. 내 연설을 듣는 사람들은 한편으로는 속이 시원하지만, 한편으로는 등줄기에 식은땀이 서늘하게 흐를 정도라고들 했다

사람들의 우려는 기우로 끝난 것이 아니라 실제로 현실이 될 뻔했다. 첫날 연설이 끝나고 중앙동의 선거사무실로 돌아오자 보안사의 정치담당인 아무개 중령이란 사람이 나를 만나자고 했다.

"당신! 오늘 합동연설에서 전두환 대통령을 광주사태의 원흉이라고 했지?"

처음부터 다짜고짜 나를 "당신"이라 부르며 반말로 물어왔다.

"아니, 이 사람 큰일날 사람이네. 내가 언제 그런 소리 했소? 내가 그렇게 말했다면 연설회 녹음 테이프 한번 들어봅시다."

나는 완강하게 부정하며 증거를 내놔보라고 주장했다.

청중들도, 심지어는 기자들도 내 첫날 연설을 듣고는 내가 구속되지 않을까 걱정했다고 한다. 그러나 걱정했던 구속도, 내심 바라던 옥중 당선도 이루어지지 않았다. 실제로 나를 선거기간 중 구속시킨다면 옥중당선될 가능성이 매우 높다는 판단에서 구속은 이루어지지 않았다고 한다. 대신 나에 대한 겁박은 선거가 끝난 후 매우 치졸한 방식으로 진행되었다.

어쨌든 "김정길의 연설이 대단하더라. 속 시원하더라"는 입소문이 꼬리를 물었다. 내 선거구 밖에서도 내 연설을 듣기 위해 일부러 찾아오는 사람들도 많았다.

당시 내 연설의 일부다.

"친애하는 부산 시민 여러분.

지금 부산이 길러주신 위대한 민주투사 김영삼 총재가 가택연금을 당해 있고, 지난 10대 선거에서 저와 함께 나왔던 예춘호 의원, 김상진 의원 등이 모두 감옥에 있거나 정치규제에 묶여 있습니다. 500명이 넘는 민주투사들이 구속되거나 정치정화법에 묶여 정치권에서 물러난 상황에서, 그분들 없이 저만 이렇게 여러분 앞에 서있는 것이 마치 그분들의 시체를 밟고 서 있는 착잡한 심정이란 것을 고백하지 않을 수 없습니다.

저는 이번에 700만 원이면 후보 등록할 수 있는 정당 후보가 아니라 1,500만원을 공탁해야 등록할 수 있는 무소속 후보로 나왔습니다. 그것은 지금 10개나 되는 야당 중 야당다운 야당이 없기 때문입니다. 전두환 정권의 들러리나 하는 야당들, 유신의 잔당들이 야당의 탈을 쓰고 국민에게 표를 요구하고 있기 때문입니다.

오늘날 이 나라에 있는 모든 정당은 전두환 정권의 들러리들입니다.

저는 전두환 정권에게 경고합니다. 3·15 부정선거 때문에 자유당 정권은 망했습니다. 전두환 정권도 지금의 이 부정 타락선거를 외면한다면 머지않은 장래에 반드시 전두환 정권도 멸망하고 말 것임을 나는 이 자리에서 강력하게 외칩니다.

친애하는 애국시민 여러분.

지금 유신철폐를 부르짖던 부마항쟁의 현장에서 유신과 반유신의 싸움이 전개되고 있습니다.

나의 도전은 유신에 대한 반유신의 그것입니다.

또 관권에 대한 민권의 그것입니다.

가진 자에 대한 잃은 자의 그것입니다.

때문에, 유신의 잔당이었던 통일주체국민회의 대의원들에게 이 김정길이가 패배한다는 것은 바로 위대한 우리 부산 민주시민들의 패배인 것입니다.

어떠한 정당도 어떠한 정권도 이 분단된 조국의 아픔을 악용하여 국민을 기만하고 정권의 두둔에 악용한다면 머지 않은 장래에 그 정권은 준엄한 역사와 국민의 심판을 받고야 만다는 것을 나는 전두환 정권에게 강력하게 경고하는 바입니다.

이 김정길이는 학생시절에 학생운동에 앞장섰다가 구속되어 몽둥이가 부러질 때까지 매질당하고 감옥살이를 한 사람입니다. 10·26 이후에는 김영삼 총재와 함께 이 나라 우리 국민이 바라는 민주주의를 가져오기 위해 앞장섰던 사람입니다.

나는 천 번을 감옥에 가든, 백 번을 고문을 당하든 목숨이 있는 한 여러분과 같이 이 나라의 의회 민주주의를 위하여 목숨 바쳐 투쟁할 것을 여러분 앞에 굳게굳게 맹세합니다.

여러분! 만약 이 김정길이가 독재와 타락 선거와 투쟁하기 위해 싸우다가 쓰러지면 여러분은 이 김정길이가 불쌍하다고 김정길이의 시체 위에 꽃을 던져 주기 전에, 그보다 먼저 여러분들은 저 김정길이의 시체를 밟고 넘어가서 이 나라의 민주주의를 여러분의 손으로 지켜 주십시오. 그래야만 이 김정길이도 눈을 감고 죽을 수가 있는 것입니다. 여러분!'

합동연설회 때마다 조금씩 내용이 달라졌지만 대략 내 연설의 요지는 위와 같았다. 지금 보기엔 모두가 당연한 내용의 연설이었지만, 나는 이미 구속을 두려워하지 않았기 때문에 광주항쟁 직후 서슬이 퍼런 군사정권의 눈치 따위는 보지 않았다. 당시 선거에서 나는 가장 강도 높은 연설을 했다. 그래서 정권의 표적이 되었다.

이외에 내 연설에는 '선거 시작 하루 전날 박찬종 후보가 갑자기 후보에서 사퇴한 것은 정권의 부당한 압력이 있었기 때문'이라거나, '여당 후보가 지역민들을 모아놓고 돈 봉투를 돌린다는 제보가 있다'거나, '여당 후보들이 자기 지지자들을 데리고 인사를 다니는 것은 경찰이 묵과하면서 내가 연설을 마치고 연설회장을 나갈 때는 지지자들이 도보로 자유롭게 행진하지도 못하도록 경찰이 제지를 한다'는 내용 등이 들어가기도 했다. 그리고 '첫날 연설회 이후 내가 구속되거나 행방불명되었다고 걱정해주는 시민들이 많았는데 아직 무사하니 걱정하지 마시라'는 내용이 들어가기도 했다.

아무튼 아무도 광주항쟁에 대해서, 그리고 전두환 정권에 대해서 드러내놓고 말하지 못하는 시절에 속 시원하게 있는 그대로를 토해내는 내 연설에 많은 부산 시민들이 열광했다. 그래서 지난 첫 번째 도전 때와는 달리 이번에는 당선에 대한 가능성과 기대도 높았다.

개표가 시작되었다. 초반부터 조짐이 좋았다. 계속해서 당선권인 2위를 달리고 있었다. 새벽까지 내가 2위를 유지하고 있었다. 그러나 새벽에 잠깐 눈을 붙이고 깨어나 보니 어느 새 4위로 내려앉아 있었다. 결국 최종 결과는 4위. 4만 8천여 표. 8천여 표 차이의 낙선이었다.

낙선의 가혹한 대가

선거에 떨어진 대가는 가혹했다. 첫 번째 대가는 검찰의 기소였다.

이기고 있던 선거에서 떨어진 것도 억울한데, 검찰은 4위로 낙선한 나를 선거법 위반으로 기소를 했다. 피선거권을 박탈하려는 목적이었다. 사건담당 장창호 검사도 "위에서 오더가 내려와서 하는 일이라 어쩔 수가 없다. 나를 원망하지 마라"고 내게 이야기할 정도였다.

죄목은 두 가지였다. 허위사실 유포와 명예훼손.

선거 연설회에서 내가 "여당 후보가 동구 수정동 꼭대기에서 사랑방 좌담회를 열어 주민들을 만날 때 사복경찰들이 호위를 했다는 제보가 있다"는 것이 허위사실 유포이고, "통일주체국민회의 출신으로 우신의 잔당들이 야당행세를 한다"고 한 것은 명예훼손이라는 것이었다.

결국 1심에서는 징역 1년에 집행유예 2년, 2심에서는 벌금형 2만 원이 나왔다. 벌금형 2만 원으로는 피선거권이 박탈당하지 않아서 나는 다음 선거에 다시 출마할 수 있었다.

검찰의 기소는 무사히 잘 마무리되었지만 두 번째 대가는 혹독했고 오래오래 나를 괴롭혔다.

선거에 낙선한 두 번째 대가는, 영혼을 가난하게 하는 궁핍이었다.

가뜩이나 돈이 없는 상태에서 출마를 했던 터라 낙선하고 나니 그야말로 빈털터리가 되었다. 주머니에 돈 한 푼이 없었다. 그나마 사글세로 있던 아파트마저도 방을 빼고 나와서 누님 집에 방 한 칸을 얻어 살았다. 그것도 누님께 미안해서 나중에는 친구 동생의 원룸에 친구 동생과 같이 살기도 했다. 이때 친구 동생에게 도움을 많이 받았다.

선거에 떨어지고 나니 친구들이 위로한다고 밥 한 끼 사겠다고 나오라고 해도, 바깥에 나갈 차비가 없을 정도였다. 차마 친구들에게 차비가 없어 못 나간다는 소리는 못하고 "집에 손님이 오기로 해서 멀리 못 나가니 네가 이쪽으로 와라"고 해서 집 근처 커피숍에서 만나곤 했다. 그렇게 만난 친구가 용돈이나 하라며 약간의 돈을 쥐어 주고 갈 때는 한편으로는 너무 고맙기도 하고 한편으로는 궁핍한 내 처지가 서글프기도 한 그런 시절이었다.

길고 오랜 궁핍은 영혼도 궁핍하게 만드는 법이다. 돈이 없으니 친구들을 만나는 일도 부담스러웠다.

그러나 두 번의 낙선에서 잃어버린 것만 있는 것은 아니었다. 두 번의 선거를 통해 나는 정치인으로서의 나 자신에 대한 자신감을 얻었다. 그리고 부산 시민들의 공감과 응원을 얻었다.

그리고 소중한 친구들을 얻었다. 내가 가장 어려울 때 나를 도와주는 진정한 친구들을 얻었다. 내가 잘 나가고 유명할 때 가까이 있는 친구가 아니라, 내가 가장 어렵고 힘들 때 내 곁을 지켜주는 친구들을 얻었다. 이때의 경험은 내게 '어려울 때 친구가 진정한 친구' 라는 깨달음을 내 가슴속 깊이 새겨주었다.

무엇보다 나는 정권의 압력에 굴하지 않는 용기나 정치적 명분을 얻었다. 보안사의 압력도, 검찰의 기소도 꿋꿋하게 이겨냈다. 군사정권의 눈치를 보지 않고 할말은 하는 용기를 얻었다. 그리고 부산 시민들에게 "아, 김정길이 연설 잘하더라. 말 한번 속 시원하게 하더라"는 평판도 함께 얻었다. 이 모든 것들은 내게 '당찬 정치 신인' 이란 이미지와 함께 다음 선거를 준비하는 좋은 밑거름이 되어줄 것이었다.

지는 것을 통해 나는 이기는 법을 배워가고 있었다.

배추장사, 슈퍼마켓, 유통회사…
다시 사업으로

세상에는 결코 숨길 수 없는 것 세 가지가 있다고 한다. 그 셋은 재채기, 사랑, 그리고 가난이다.

갑자기 튀어나오는 재채기는 누구도 멈출 수 없다. 사랑을 숨기는 일은 좀처럼 힘들다. 숨기려 해도 눈빛과 말투와 행동에서 자기도 모르게 새어나오는 게 사랑이다.

그리고 가난을 숨기는 일도 쉽지 않다. 부자가 가난한 척하기는 쉬워도 가난한 사람이 부자인 척하기는 정말 어렵다.

가난은 사람을 힘들게 한다. 가난은 결코 부끄러운 일이 아니다. 하지만 가난은 사람을 불편하게 한다.

가난은 숨기려고 해도 시간이 지나면 조금씩 주변에 드러나게 마련이다. 선거에서 떨어진 후 한동안 궁핍한 내 생활을 숨기기 위해 칩거했지만, 언제까지 숨어 지낼 수만은 없는 노릇이었다.

가난은 부끄러운 일이 아니지만, 가난을 벗어나기 위해 아무런 노력도 하지 않는다는 것은 정말 부끄러운 일이다.

나는 다시 일을 시작했다.

〈동아식품〉을 실패하다

고등학교 동기 중에 변종갑이란 친구가 있었는데, 내게 밥도 사주고 여러 모로 도움을 주고 있었다. 그 친구에게 내가 같이 사업을 해보자고 제안을 했다.

친구가 흔쾌하게 동의를 해서 우리는 〈동아식품〉이란 이름의 자그마한 식품회사를 하나 차렸다. 충무동의 새벽시장에서 배추나 무를 사고, 자갈치시장에서는 생선을 사서 기업체의 구내식당에 식자재를 납품하는 회사였다. 트럭을 2대 사서 새벽 4시부터 일어나 신선한 야채와 생선을 구하러 다녔다.

트럭을 타고 다니다 시장에 내리면 시장 상인들 중에서 나를 알아보는 사람들이 꽤 많았다. "아니, 김정길 후보가 여기는 웬일이냐?"며 알아보곤 했다. 선거는 중구, 동구, 영도구에서 치렀고 장사는 서구에서 했는데도, 상인들 중에서 지역구 주민들도 많이 있어서 반갑다고 알아보고 인사하는 사람들이 꽤 많았다. 고맙기도 하지만, 한편으로는 창피하기도 했다.

그러나 창피한 것은 둘째 문제고, 첫째 문제는 장사였다. 아무리 내가 얼굴을 팔아 거래처를 넓히려고 해도, 대부분의 구내식당들에는 기존의 거래처들이 있었고, 혹시 새로운 거래처를 뚫었다고 해도 다른 업체와 경쟁을 하다보니 단가를 낮출 수밖에 없어서 이문이 너무 박했다.

새벽같이 일어나 열심히 뛰어다니며 장사를 했지만, 결국 배추장사 생선장사는 1년 만에 접을 수밖에 없었다. 신규업체의 한계와 영세업체의 비애를 절실히 느낀 1년이었다. 나를 믿고 같이 사업을 한 내 친구에게 미안했다. 그래도 변종갑은 끝까지 나를 탓하지 않았다. 참 고마운 친구였다.

〈새부산슈퍼〉로 재기하다

그 무렵 바로 밑의 동생 정홍이가 독산동에서 하던 문방구를 정리했다. 정홍이는 내가 서울에서 노트 공장을 할 때 공장장을 했었는데, 내가 노트 공장을 판 후는 독산동에서 조그마한 문방구를 하고 있었다. 그런데 이번에 그 문방구를 팔고 집 보증금을 뺐다는 것이다. 그래서 동생이 문방구 정리하고 남은 돈과 여기저기서 빚을 얻어 사하구 하단 삼거리에 〈새부산슈퍼마켓〉이라는 조그마한 슈퍼마켓을 열었다.

30여 평의 조그마한 슈퍼마켓이었는데, 워낙 돈이 없다보니 여기저기서 빌린 빚으로 겨우 시작을 했다. 그런데 첫날 개업식에서만 800만 원의 매출을 올렸다. 성공의 조짐이 보였다.

장사를 시작한 지 오래되지 않아, 비록 신용금고에서 융자를 받아 산 것이긴 하지만 다시 작은 아파트 하나를 샀다.

사실 쉽게 이룬 성공은 아니었다. 남다른 아이디어로 처음부터 큰 성공을 거두었던 만화노트를 제외하고는 어느 것 하나 쉽게 성공했던 적이 없었다. 만화노트도 사실은 은행 빚으로 운영했었다. 〈삼성철강〉을 하면서는 가지고 있던 돈을 모두 까먹고 문을 닫기도 했고, 〈동아식품〉을 하면서는 빚만 지고 사업을 접기도 했다.

처음 사업을 시작한 이래 밤잠을 못 자고 고민한 적이 한두 번이 아니었다.

어음 마감일은 다가오는데 받을 돈은 들어오지 않아 애를 태운 적도 많았다. 분명히 이익을 내었는데, 돌아오는 어음을 막지 못한다면 흑자부도를 낼 수도 있는 상황을 겪기도 했다. 이때의 경험 때문에, 나중에 정치인이 된다면 꼭 어음제도는 없애버릴 것이란 생각을 하기도 했다. 중소기업하는 어려움을 몸으로 체득해가고 있었다.

나의 성공은 이렇게 은행 빚, 사채 이자, 부도어음, 폐업 등 자영업자와 영세사업자가 경험해볼 수 있는 많은 실패들을 겪은 후에 어렵게 이룬 성공이었다.

그래서 그 이후로 나는 '중소기업을 하는 사람들이야말로 진짜 애국자' 라는 생각을 한다. 어음 끊어놓고 당좌수표 끊어놓고 결제일 다가올 때 속을 태워가면서 어렵게 어렵게 사업을 꾸려가고 있는 중소기업인, 자영업자들이야말로 우리 경제의 근간이고 진짜 애국자라고 생각하고 있다.

그 즈음, 김영호 형이 거제도에서 사업을 정리하고 부산으로 올라와 새로운 사업을 찾고 있었다. 그 전에는 거제에서 멸치를 잡는 정치망 어장을 하고 있었는데, 나를 찾아와 사업을 의논했다. 나는 슈퍼마켓을 하면 밥 먹는 것은 해결할 수 있다고 했다. 내가 슈퍼마켓을 잘 운영하고 있으니 이 참에 슈퍼에 물건을 공급하는 유통사업을 본격적으로 해보자고 했다. 나와 영호 형은 의기투합해〈부일유통〉이란 유통회사 본부를 새로 만들었다.

유통회사는 상공부의 허가가 필요해서 허가를 받아 법인을 등록하고, 김영호 형이 대표이사를 맡고 내가 전무이사를 맡았다. 그리고 내가 새부산슈퍼마켓 5개의 직영점을 했고, 김영호 형이 슈퍼마켓 하나를 직영했다.

은행 빚과 사채를 끌어와 시작한 사업이라 여전히 많은 빚들을 안고는 있었지만 그래도 부일유통과 새부산슈퍼마켓이 조금씩 자리를 잡아나갔다. 선거 후 그토록 나를 괴롭히던 지긋지긋한 가난에서도 조금씩 벗어나고 있었다.

그리고 1985년 제12대 총선이 다가오고 있었다.

"아빠는 박찬종, 엄마는 김정길"

1985년, 많은 일들이 있었다.

먼저 사형에서 무기, 무기에서 20년형으로 감형된 후 1982년 신병치료차 미국으로 떠났던 김대중 선생이 총선 직전인 1985년 2월 8일 귀국했는데, 입국하자마자 가택연금을 당했다.

이미 오랫동안 가택연금을 당하고 있던 김영삼 총재가 목숨을 건 단식투쟁을 벌여 연금이 해제되었고, 1984년 민추협이 탄생했다. 그리고 12대 총선을 코앞에 둔 1984년 연말에는 김영삼, 김대중, 이민우 등이 중심이 되어 신민당이 창당되었다.

제12대 총선에서 신민당이 누구도 예상하지 못한 큰 승리를 한 이후인 3월 18일, 김대중 선생과 김영삼 총재는 함께 민추협 공동의장에 취임했다.

1985년 2월 12일. 제12대 국회의원 총선의 승리가 이 일을 가능하게 했다.

신민당 비례대표를 거절하다

지난 11대 총선에서 낙선한 후 김영호 형과 함께 김영삼 총재를 만났다. 이후 민추협을 만들 때나 민족문제연구소가 개소할 때 등, 만날 기회가 있을 때마다 김영삼 총재는 "김 동지"라 부르며 나를 반갑게 맞아주었다. 고향 후배이기 때문만이 아니라, 지난 11대 총선에서 비록 낙선하기는 했지만 군사정권에 굴하지 않고 당당히 맞선 신인다운 패기를 높이 평가해주셨다.

그래서 나는 12대 총선은 당연히 신민당 공천으로 출마할 생각이었다. 그런데 문제가 생겼다. 박찬종 의원의 지역구가 부산 서구인데, 김영삼 총재의 비서관 출신인 서석재 의원과 같은 지역구였던 것이다.

원래 예전에는 부산 서구·동구가 하나의 지역구였다. 그런데 지역구가 개편되면서 동구가 중·동·영도구로 나뉘고, 서구가 따로 분리되자 서구에서 서석재 의원과 박찬종 의원이 모두 출마하면 서석재 의원이 떨어질 가능성도 있다는 것이다. 그래서 동구가 중·동·영도구로 묶였다는 이유로 박찬종 의원이 중·동·영도구로 밀려 오게 되었다.

박찬종 의원과 나는 가깝게 지내는 사이였다. 나는 11대 총선에서 박찬종 의원이 선거운동 개시 하루 전날 갑작스럽게 후보직을 사퇴한 것이 정권의 압력 때문이라고 선거 기간 내내 강도 높게 비판했었고, 박찬종 의원도 "다음에는 김 동지가 꼭 국회의원이 되어야지"라며 덕담도 하곤 했다.

그랬던 박찬종 의원이 중·동·영도구로 온다는 소식을 듣고, 여의도에 있는 사무실로 찾아가 박찬종 의원을 만났다. "박 선배님께서 서구로 가시고 중·동·영도구는 제게 주십시오” 하고 부탁했다. 그러나 김영삼 총재를 설득하러 간 박찬종 의원은 오히려 김 총재에게 설득을 당해 “그러면 총재님께서 김정길 동지를 좀 설득해주십시오” 하고 물러서고 말았다.

그 후 김영삼 총재의 전화를 받고 상도동을 방문했다. 우리는 지역구 문제에 대한 이야기를 나누었다.

“김 동지도 이번에는 일단 원내에 들어오는 일이 중요합니다. 내가 김 동지에게는 안정권에 드는 순번으로 비례대표를 주겠습니다. 그러니 중·동·영도구는 박찬종 의원에게 양보해주세요.”

김영삼 총재는 내게 비례대표 안정권이라는 카드로 호의적인 제안을 했다. 그러나 나는 그 제안을 받아들일 수 없었다.

“총재님. 2·12 총선의 목표가 ‘선거투쟁’ 아닙니까. 선거투쟁이 무슨 뜻입니까. 선거를 통해 민정당을 떨어트리자는 것 아닙니까. 그러려면 한 선거구에 신민당 후보 둘 내보내서 민정당을 떨어트려야지, 서석재 의원을 서구에 내보내기 위해 박찬종 의원을 중·동·영도구로 내보낸다는 게 말이 됩니까. 저는 지난번 선거에서 중·동·영도구에서 사만팔천여 표를 얻었습니다. 제게 투표한 시민들에게 무슨 말로 설명을 해야 합니까. 저는 저를 지지해준 시민들을 실망시킬 수 없습니다. 저는 그냥 중·동·영도구에 출마하겠습니다.”

비례대표를 주겠다는데도 절대 양보할 수 없다는 나를 설득하려고 김영삼 총재는 많은 시간을 할애했다. ‘둘 다 출마했다간 낙선할 테니 지역구를 양보하라’는 게 김영삼 총재의 요지였고, ‘한 지역구에 둘이 출마해야 민정당을 떨어뜨릴 수 있다, 안 그러면 신민당도 되지만 민정당도 당선된다’는 게 내 주장의 요지였다.

결국 신민당에서는 중·동·영도구로 박찬종 의원을 공천했다. 내게는 선택의 여지가 별로 없었다. 김영삼 총재의 뜻을 따라 비례대표로 국회에 진출하거나, 두소속이나 다른 정당 공천을 받아서 중·동·영도구에 출마하거나 둘 중 하나였다.

그때 민한당에서 공천을 주겠다는 연락이 왔다. 민한당 역시 어느 정도 야성을 회복했고, 더 이상 11대 때처럼 오더공천을 하는 정당은 아니었다. 나는 민한당 공천을 받아들였다. 당선되고 나서 야권 통합 운동을 하자, 하는 명분도 있었다.

"저는 김정길의 셋째가 아니라 둘째입니다"

선거가 시작되었다. 12대 총선에서는 아내가 많은 고생을 했다. 내 선거 때문에 아내가 고생한 일을 생각하면 늘 가슴이 짠하고 미안한 가음이다.

아내는 선거운동을 하다 겪었던 몇 가지 일들을 내게 전해주었다.

비가 내리는 날 삼복도로 위 영도 청학동 어디쯤에서 선거운동을 할 때였다. 아내는 어느 구멍가게에 들어갔다. 가게 안에는 사오십대 아저씨 몇 분이서 스주를 마시며 이야기를 나누고 있었다.

몸빼 차림의 선거운동원 같은 옷차림을 한 아내가 명함을 건네며 "김정길 후보, 잘 부탁드립니다" 하고 인사를 하자, 그중 한 아저씨가 "아줌마, 얼마 받고 김정길이 선거운동 해요?" 물었다.

"김정길 후보가 무슨 돈이 있습니까? 자원봉사합니다."

"아줌마, 속지 마소. 김정길이가 이번에 아주 돈 많은 과부와 결혼해가 돈이 억수로 많다 캅디다. 그래봤자 이번에도 3등 할끼구만. 헛고생 하지 마소."

그 이야기를 듣는 순간 아내는 다리에 힘이 풀리고 그냥 나와 버리고 싶었다고 한다.

그러나 마음을 다잡고 이야기했다.

"제가 김정길 후보 안사람입니다. 제가 돈 많은 과부처럼 보이나요? 제 남편에게 던질 돌이 있으시면 제게 다 던지시고, 제발 김정길 후보 좀 도와주세요."

그러고서 다시 돌아서 나오는데, 하늘에서 내리는 비가 그렇게 고마울 수가 없더라고 했다. 아내는 그날 빗물처럼 많은 눈물을 흘렸다. 아내의 나이 이때 겨우 스물여덟이었다.

또 한번은 자갈치시장의 어느 식당에서 "김정길이 안사람입니다" 신분을 밝히고 명함을 나눠주고 나오는데 뒤에서 수군거리는 소리가 들렸다.

"김정길이 셋째다, 셋째."

그 말을 듣고 그냥 돌아서면 안 될 것 같아 아내는 다시 돌아가서 주인아주머니의 손을 꼭 잡으며 눈물을 꾹 참고 말씀드렸다.

"아주머니. 저, 김정길이 셋째가 아니고 둘째입니다."

그러자 주인아주머니가 눈시울을 붉히시며 "미안하다"고 사과를 하더라고 했다.

아내에게 이 이야기를 전해 들으며 아내에게 정말 미안하고, 또 고마운 마음에 눈시울이 시큰해졌다. 나 때문에, 하지 않아도 될 마음 고생하는 아내의 손을 꼭 잡아주었다. 뭐라 위로할 말이 없었다. 아내의 손등 위로 눈물방울이 떨어져 내렸다.

　재혼으로 인해 아내에 대한 온갖 소문들이 난무했지만, 아내는 그렇게 그 소문들을 이겨내며 한 표, 한 표, 내 표를 만들어갔다.

　그리고 지난 11대 선거 연설회에서 내가 했던 속 시원한 연설을 듣고, '이번에도 꼭 김정길이를 찍겠다'는 나름대로의 고정표도 있었다.

　그런 표들이 한 표 한 표 모여들고 있었다.

"아빠는 박찬종, 엄마는 김정길"

　나의 경쟁 후보들은 쟁쟁했다. 당시 최고 인기 있는 정치인 중 한 명이었던 박찬종 신민당 후보를 비롯하여, 현역의원이자 민정당 사무차장인 윤석순 의원, 국민당에서는 돈 많기로 소문난 노차태 의원.

　사정이 이러다보니 "김정길이 이번에도 3등 할 것"이라는 이야기들이 많았다. 두 번 선거 나가서 두 번 다 떨어진 정치 신인인 내가 민한당 간판으로 나왔으니, 사람들 눈에 "잘하면 3등"으로 비치는 것은 어쩌면 당연한 일인지도 몰랐다.

　실제로 내가 선거운동을 나가보면 대놓고 "또 떨어질긴데 머할라고 나왔소?"라는 사람들도 있었다.

　마지막 합동연설회는 선거 5일 전 동구 성남초등학교에서 열렸다.

　연설 순서를 제비뽑기로 했는데 나는 끝번인 4번이었다.

　맨먼저 민정당의 윤석순 후보가 연설했다.

　윤석순 후보의 연설 요지는 집권 여당의 실세인 윤석순 후보를 뽑아주면 중앙에서 부산으로 많은 예산을 가져와서 부산을 발전시키겠다는 것이었다.

두 번째로 노차태 후보가 연설했다. 노차태 후보는 자기를 당선시켜 주면 많은 예산을 가져와 동구를 발전시키겠다는 내용이었다. 성남초 등학교가 동구에 있었다.

세 번째 박찬종 후보의 연설은 박찬종 후보에게 압도적인 표를 몰아 주어야 자기가 정치적 거물이 될 수 있다는 것이었다.

드디어 내 차례였다.

나는 성남초등학교 운동장을 한번 쓱 둘러보았다. 운동장 전체가 꽉 찼고, 오버브리지 위에도 사람들이 들어차 있었다. 2만여 명의 청중이 었다. 앞서 연설한 후보들이 동원한 청중이라면 자기 후보가 연설이 끝나면 썰물처럼 연설회장을 빠져나가는데, 마지막 순서인 내 연설순 서가 되도록 2만여 청중의 거의 대부분이 그대로 남아 있었다.

나는 즉흥 연설을 했다.

"존경하는 부산 시민 여러분!

오늘 앞에서 하신 세 분 후보들의 연설을 잘 들었습니다.

이번에는 여기 있는 후보들 한 사람도 서운하지 않게 투표합시다.

먼저, 부산 발전시키겠다는 윤석순 후보, 부산 시장 시킵시다.

동구 발전시키겠다는 노차태 후보, 동구청장 시킵시다.

그리고 국회의원은 군사독재에 맞서 싸울 수 있는 야당 후보 두 사 람을 뽑아주십시오.

그런데 박찬종 선배에게 표를 몰아 찍어주면 저 김정길은 떨어집 니다.

존경하는 부산 시민 여러분.

야당 후보 두 사람을 뽑는 방법을 가르쳐 드리겠습니다.

아빠는 무조건 박찬종 선배 찍으십시오.

엄마는 무조건 이 김정길이 찍으십시오.

그래야 야당 국회의원 두 사람이 모두 당선될 수 있습니다.

아빠는 박찬종, 엄마는 김정길!"

환호와 박수가 쏟아졌다. 즉흥 연설이었지만 파장은 엄청났다.

지역신문인 부산일보나 국제신문만이 아니라 조선일보를 비롯한 중앙 일간지까지 모두 기사가 났다. 조선일보를 비롯한 거의 대부분의 중앙지 가십란에 큰 제목으로 "아빠는 박찬종, 엄마는 김정길"이라는 제목이 뽑혔다.

신문 기사를 통해, 그리고 현장에 있었던 2만 명의 청중을 통해 "아빠는 박찬종, 엄마는 김정길"이란 말은 입소문을 타고 입에서 입으로 들불처럼 번져가고 있었다.

12대 국회의원에 당선되다

드디어 투표일.

당시는 투표 당일도 선거운동을 할 수 있었다. 그래서 투표날 아침에도 아내는 한 표라도 더 얻으려고 집 근처에 있는 투표소 앞에서 줄서 있는 사람들에게 인사를 하고 있었다. 그때 여당 후보인 윤석순 후보 부인이 많은 지지자들과 함께 투표소 앞에 인사를 하러 왔다. 윤 후보 부인을 수행해온 분 중 한 분이 아내를 윤 후보 부인에게 소개해주었다.

윤 후보 부인은 아내의 손을 잡으며 "김정길 후보님은 아직 젊으니까 다음 기회가 있지 않겠습니까?" 하고 미리 위로를 했다. 여당 후보가 붙고 우리는 떨어질 것으로 예상한 아내는 기가 죽어 아무 말도 못하고 고개를 숙였다. 아내나 윤 후보의 부인이나 몇 시간 뒤에 벌어질 일을 전혀 예상하지 못했던 것이다.

투표함이 열리고 개표가 시작되자마자 내가 1위를 달렸다. 눈앞에서 보고도 내 눈을 의심할 정도였다.

최종 투표 결과, 김정길 97,688표, 박찬종 83,463표, 윤석순 67,060표였다.

2위와 1만 4천 표 이상의 표차를 벌리며 내가 1위로 당선이 되었다. 그리고 박찬종 선배가 2위였다. 윤석순 후보는 3위, 그리고 노차태 후보가 4위였다.

당선이었다. 그것도 1위.

내가 그토록 원했던 박찬종 선배와 나, 둘의 당선이었다.

두 번의 패배 끝에 얻은 값진 승리였다.

아침 일찍 선거사무실에 들러 그동안 고생한 선거운동원들과 참모들에게 감사 인사를 했다. 부둥켜안고 서로 포옹하며 기쁨을 함께 나누었다.

당선사례를 나갔다. 2.5톤 트럭을 타고 당선 인사를 하고 다니는데 얼마나 많은 사람들이 나와 환영하고 축하를 해주는지 너무 고마웠다. 가게나 사무실, 집 안에 있던 사람들도 일부러 길거리까지 나와서 박수를 치며 환호해주었다. 국제시장 상인들과 광복동 주민들이 얼마나 많이 나왔는지 행렬의 끝이 다 보이지 않을 정도로 많은 사람들이 길거리를 메웠다.

나도 감격 했고, 부산 시민들도 감격했다. 늘 떨어지던 김정길이가 당선되었다는 것도 감격스러웠겠지만, 부산 시민의 손으로 여당이 아닌 야당만 둘 뽑았다는 것이 더 감격스러웠을 것이다.

당선사례 차량이 동구 수정동 삼복도로 위를 지날 때였다.

"부산 시민 여러분, 여러분의 성원에 진심으로 감사드립니다. 여러분의 기대에 어긋나지 않는 김정길이 되겠습니다."

인사를 하고 다니는데, 딸과 함께 지나가던 어떤 60대 중반의 아주머니 한 분이 가까이 오시더니 날더러 차에서 내려서 자기에게 인사를 하라는 것이었다. 무슨 영문인지 몰랐지만 나는 일단 차에서 내려 "그 맙습니다. 열심히 하겠습니다." 인사를 했다.

그랬더니 아주머니는 왜 나보고 차에서 내려서 인사를 하라고 했는지 설명을 해주셨다.

"우리 식구가 가진 표가 전부 다섯 표요. 그런데 성남초등학교 연설회에 가기 전날 밤에 가족회의를 연 끝에 다섯표를 박찬종과 김정길에게 반반씩 나누어 찍기로 결정했소. 그런데 성남초등학교에 가서 연설하는 걸 들어보니 다른 후보들은 다 자기를 찍어달라고 하는데, 당신 혼자 표를 나눠 찍으라고 하는 거요. 저렇게 욕심 없는 사람이 있나 싶어 돌아와서 가족회의를 다시 했소. 그리고 우리 가족은 다섯 표 모두를 당신한테 찍기로 했소.'

그 이야기를 듣는 순간, 나도 모르게 눈물이 핑 돌았다. 그랬다. 충분히 차에서 내려가 감사할 만했다.

내가 당선된 것은 우연도 기적도 아니고, 이런 분들의 표가 한 표, 두 표 모여서 만들어낸 결과였던 것이다.

그 자리에서 즉흥적으로 한 연설이었지만, 그 연설 속에는 박찬종 선배와 내가 꼭 당선되었으면 하는 간절한 바람이 들어 있었고, 부산 시민들은 내 말 속에서 내 진심을 읽었던 것이다. 그리고 정말로 박찬종, 김정길 두 사람을 뽑기 위해 부산 시민들은 지혜로운 투표를 한 것이다.

2·12 총선의 결과, 신민당이 제2당이 되고 민한당이 제3당이 되었다. 창당한 지 몇 달 되지 않은 신민당이 민한당을 제치고 제1야당이 될 거라곤 아무도 예상치 못했던 결과였다.

나는 당선 후 신민당과 민한당의 통합에 적극적으로 나섰다. 당시 민한당은 신민당과 통합하자는 통합파와 통합에 반대하는 수권파로 나뉘어 있었는데, 나는 통합에 적극 찬성하는 통합파였다.

신민당과 민한당의 통합을 위한 논의는 격렬했다. 통합파로서 내가 야권통합을 주장하는 연설을 하는 동안 수권파에선 삿대질을 하고 분위기가 아주 험악했다. 그러나 아무런 야성도 없는 정당이 제2야당으로 남아 있는 것보다는 신민당과 통합을 하자는 것은 이미 대세였다. 결국 민한당은 총선이 끝난 지 몇 달이 채 지나기도 전에 신민당에 흡수통합되었다.

그렇게 민주주의를 향한 시대적 흐름은 도도하게 흘러갔고, 2월 12일 총선은 그 분기점이 되었다.

"대정부질문은
단 한 글자도 못 바꿉니다!"

12대 국회에 입성했다. 오래 기다려왔고, 여러 번의 도전 끝에 국회에 입성한 터라 해야 할 일도 많았고 하고 싶은 일도 많았다.

'12정민회'를 결성하다

나는 국회에 등원하자마자 12대 초선의원들로 구성된 〈12정민회〉를 결성했다.

나를 비롯하여, 사형수 이철, 최연소 의원 강삼재, 최연소 변호사 출신 장기욱, 유명 영어책 저자 이재옥, 그리고 신기하, 유성환, 최락도, 이영권, 심완구, 김성식, 이건일 의원이 그 멤버였다. 내가 초선의원들 모임을 만들자고 제안했고, 12정민회가 구성된 후에는 연락간사를 맡았다. 실질적인 모임의 대표인 셈이었다.

12정민회는 결성 직후부터, 뉴스메이커 역할을 했고 언론의 각광을 받았다. 학원자율화법을 막는 데 앞장섰고, 대통령 직선제를 관철하는

데도 전위대 역할을 했다. 이외에도 주요한 정치적 현안이 있을 때마다 곧바로 12정민회의 이름으로 성명을 내고 입장을 밝히며 정국의 기로에서 방향을 잡아나갔다.

"대정부질문 내용은 단 한 글자도 못 바꿉니다!"

1985년 10월 17일. 드디어 나의 첫 대정부 국회질의가 예정된 날이었다. 첫 대정부질의라 그 전날 몇몇 의원들과 여의도 내 사무실에 모여 리허설을 했다. 대정부질의문을 복사하여 돌려본 후에 몇몇 부분들을 수정하기로 하고 나눠주었던 질의문을 모두 회수했다. 그런데 재선인 Y의원만 이상하게도 원고를 돌려주지 않고 그냥 들고 가버렸다.

그리고 내 대정부질문 내용이 미리 민정당에 흘러들어갔다. 민정당이 발칵 뒤집혔다. 내 대정부질문에는 12·12사태 이야기. 광주항쟁에 대한 이야기, 이순자 여사 이야기, 전두환 대통령의 친동생인 전경환에 대한 이야기들이 고스란히 들어 있었기 때문이다.

민정당은 17일 10시로 예정된 본회의를 하루 더 연기하면서까지 나를 설득하려 했다. 나는 절대로 내 뜻을 굽히지 않았다. 면책특권을 가진 국회의원이 국회에서조차 자기 소신대로 발언하지 못하고, 정부에 질문조차 하지 못한다면 이게 무슨 국회이고, 국회의원이란 말인가.

그날 나는 미행도 당하고 납치 위험에 빠지기도 했으나 잘 피신했다가 다음 날 무사히 국회로 갔다. 이민우 총재와 당의 간부들이 찾는다고 했다. 당 대표실로 가니 이민우 총재와 당 중진들이 대부분 다 와 있었다.

그들은 나를 설득했다.

"어제 김정길 의원 때문에 민정당이 발칵 뒤집혀서 오늘 대정부질문을 제대로 할 수 있을지 모르겠습니다. 지금이라도 늦지 않았으니 예민한 부분을 바꿀 수 있으면 바꾸십시오."

"안 됩니다. 단 한 글자도 못 바꿉니다. 이미 언론사 기자들에게 자료를 돌려서 언론에 내가 어떤 내용의 질문을 할 거란 게 다 공개된 마당에 무슨 명분으로 바꿉니까."

국회 본회의장에 가니 방청석이 꽉 찰 정도로 엄청나게 많은 기자들과 방청객들이 몰려와 있었다.

나는 준비한 대정부질의문을 읽어 내려갔다(자세한 본문은 부록 참조).

내가 질문을 하는 동안 본회의장에는 "집어치워!" "헛소리 마!" 하며 민정당 의원들의 항의가 빗발쳤다. 그래도 나는 꿋꿋하게 준비한 질의문을 하나도 빼지 않고 모두 질문했다. 그리고 노신영 총리가 답변을 하면 답변에 대한 보충질문까지 했다.

지금 남은 국회 속기록에서 '군사 쿠데타'처럼, 당시 군사정권에 예민한 부분들은 모두 '****' 처리되어 있다. 뿐만 아니라 내가 한 보충질문과 추가질문 일부는 아예 마이크도 꺼버리고 통째로 속기록에서 삭제해버리기도 했다.

그만큼 내 첫 대정부질문은 전두환 정권의 예민하고도 깊은 부분들을 찔렀던 것이다.

장세동 안기부장의 돈봉투를 거절하다

12대 초선 국회의원 시절, 외국을 방문할 기회가 있었다. 외국 방문은 새로운 견문을 넓히고 우리가 아닌 다른 외국의 시각으로 우리 자신을 돌아보는 계기가 되었다. 세계 속에서 우리나라의 위상을 확인하는 길이기도 했다.

미 국무성 초청으로 미국을 방문한 것은 내게 세상을 보는 눈을 넓히는 좋은 계기가 되었다.

그런데 필라델피아를 방문하고 있을 때였다. 뉴욕에서 온 한국 공사라는 사람이 급한 일로 꼭 만나고 싶다고 했다. 급한 일이라며 호텔 앞 커피숍에서 잠깐 만나자고 해서 만났더니 장세동 안기부장의 심부름을 왔다고 했다. 뉴욕에 있어야 할 한국의 공사가 필라델피아까지 와서 안기부장의 심부름이라…. 심상치 않은 느낌이 들었다.

"부장님께서 꼭 전해달라는 겁니다." 그러면서 흰 봉투 하나를 내밀었다. 내용물이 뭔지는 모르겠으나 두툼한 봉투였다.

"뭔지 모르고 받을 수는 없으니 봉투를 좀 뜯어봐도 되겠습니까?"

양해를 얻어 봉투를 뜯어보니 100달러짜리 새 지폐가 가득했다. 몇만 달러는 되어 보이는 거금이었다.

"미국 여행하시는 데 경비에 보태시라고 장 부장님께서 보내시는 겁니다."

나는 봉투를 내려놓았다. 이런 식으로 의원들을 회유하는 거구나, 느낌이 왔다. 나는 정중하게 거절을 하며 돈 봉투를 돌려주었다.

"나는 미 국무성의 초청을 받아 왔기 때문에 일체의 비용은 전부 미 국무성에서 댑니다. 이런 돈은 따로 필요하지 않습니다. 부장님의 성

의만 고맙게 받겠습니다.'

그러자 뉴욕 공사는 깜짝 놀라 내게 말했다.

"이 돈은 그냥 받으셔도 되는 안전한 돈입니다. 만약 의원님이 이 돈을 안 받으시면 제가 부장님한테 야단 맞습니다. 제발 받아주십시오."

안 받겠다는데도 억지로 떠맡기려고 해서 결국은 나는 화를 내고 말았다.

"여보시오, 안 받겠다는데 왜 자꾸 강요를 하시오! 장 부장이 정 내게 호의를 베풀고 싶다면 이런 봉투 말고, 내가 한국 돌아가면 밥이나 한 끼 사라고 전하시오."

결국 뉴욕 공사는 돈 봉투를 가지고 되돌아갔다.

안기부장이라는 자가 든봉투로 의원을 회유하려 하고, 그 일을 위해 외교관을 부린다는 것이 얼마나 고약한 일인가.

한국으로 돌아온 뒤에 안기부에서 연락이 왔다. 장세동 안기부장이 한번 보자고 한다 했다. 당시 안기부장은 나는 새도 떨어뜨린다는 의세를 자랑할 때였다.

나는 장세동 부장이 밥이라도 사려나 보다 했으나 약속한 청와대 곁 안가에서 만났을 때 장세동 부장은 내게 다시 두툼한 봉투 하나를 내밀었다. 아마도 필라델피아에서 공사의 돈봉투를 거절했더니, 사람을 시켜서 보낸 봉투라 거절한 것인 줄 알고 이번에는 자신이 직접 전해주려는 의도인 듯했다.

나는 장 부장이 내민 돈봉투를 탁자 위로 밀어내며 말했다.

"장 부장님. 저가 장 부장님의 성의만은 잘 받겠습니다. 하지만 이 봉투를 받을 수는 없습니다. 장 부장님께서 정 저에게 호의를 베풀고 싶으시면 그냥 밥이나 한 끼 사십시오."

일개 초선의원이 안기부장의 돈봉투를 거절한 것이 괘씸해서인지, 아무리 설득해도 안되겠다 판단한 때문인지 장세동 부장으로부터는 다시 연락이 없었다.

　　몇 달 뒤 장세동은 안기부장에서 물러났다.

정치인에게 가장 필요한 것은 '국민을 믿는 일'

1987년, 6월항쟁, 그리고 후보 단일화

1987년, 대한민국은 사상 유례 없는 격동의 파도가 몰아치고 있었다.

1986년 연말, 신민당 이민우 총재는 "선 민주화가 이루어지면 대통령 직선제 없이 내각제로 개헌할 용의가 있다"는 내용의 '이민우 구상'을 발표했다. 대통령 직선제 관철이라는 당론을 거스른 것이었고, 민추협 김영삼 김대중 공동의장과는 상의도 하지 않은 내용이었다.

이에 김영삼 김대중 의장이 "내각제는 받아들일 수 없고 대통령 직선제로 가야 한다"는 발표를 하자 이민우 총재는 당무를 거부했다. 이른바, '이민우 파동'이었다. 여기에 이철승을 비롯한 비주류 의원 몇몇이서 '민주연합'을 발족해 이민우 구상을 지지했다.

신민당은 내분을 넘어 분당의 위기로 가고 있었다.

나는 12정민회의 이름으로 이철승 의원의 정계 은퇴 촉구 성명 등을 발표하며, 내각제에 합의한 이민우 총재에 맞섰다. 그러나 이미 신민당은 돌이킬 수 없는 분당의 길을 가고 있었다. 신민당 내 주류를 중심으로 통일민주당 창당작업이 시작되었다.

통일민주당 창당을 준비하고 있을 무렵, 전두환 대통령은 직선제 개헌 논의를 중단시키는 '4·13 호헌 조치'를 발표했다. 호헌조치를 철폐하라는 대학교수, 신부, 목사, 문인들의 시국성명, 단식시위, 농성이 줄을 이었다.

그리고 그해 서울대 박종철 군의 고문치사 사건이 일어났다. "탁! 하고 치니 억! 하고 죽었다"는 코미디 같은 수사발표가 버젓이 신문 1면에 실렸다. 적당히 조사하고 적당히 처벌받는 모양새로 넘어가는 듯 보이던 박종철 고문치사 사건은 5월 18일 명동성당의 추모미사에서 "박종철 군 고문치사 사건이 조작되었다"는 정의구현사제단의 성명서가 발표되면서 1987년 정국의 뇌관으로 변했다.

5월 27일 명동 향린교회에서는 '호헌철폐 민주헌법쟁취 국민운동본부' 발기인 대회가 열렸다.

'6월 항쟁'이 시작되고 있었다.

6월 10일, 잠실 체육관에서 민정당 노태우 후보가 대통령 후보로 선출되던 날. 전국에서는 수십만 명의 시위가 벌어졌다. 그리고 그 전날인 6월 9일, 연세대 이한열 군이 최루탄에 맞아 뇌사상태에 빠졌다. 6월 18일, '최루탄 추방의 날' 행사에는 전국 각지에서 200만 명에 가까운 국민들이 "독재타도 호헌철폐" 시위를 벌였다. 전국 방방곡곡 도시마다 마을마다 직선제 개헌을 요구하는 시민들의 물결이 흘러넘쳤다.

그때 나는 부산에서 6·10항쟁에 동참하고 있었다.

5년 단임 대통령 직선제로 바뀐 이유

마침내 6월 29일.

직선제 개헌을 수용하겠다는 노태우 후보의 '6·29 선언'이 나왔다. 나중에 보니 이것은 절반의 승리, 아니 기만당한 승리에 불과했으나, 당시 국민들은 승리의 기쁨을 만끽했다.

6월 항쟁 승리의 결과로, 대통령 직선제가 관철되었다. 7월부터는 본격적인 헌법 개정 작업에 들어갔다. 여야는 헌법개정특위를 만들어 개헌 문제를 논의했다. 야당에서는 김수한 의원을 포함하여 5명의 협상대표가 꾸려졌는데, 그중에 초선의원으로는 유일하게 내가 포함되었다.

당시의 개헌논의는 6월 항쟁을 통해 국민과 야당이 승리한 결과로 얻어진 것이었기 때문에 개헌논의의 주도권은 야당에게 있었다. 여야 협상단은 대통령의 비상조치권과 국회해산권을 없애는 등 대통령의 과도한 권한을 축소시켰다. 그리고 노동자의 단결권과 단체교섭권도 인정했다.

남은 문제는 대통령의 임기, 중임 여부, 그리고 정부통령제 도입여부였다. 정부통령제 도입은 민정당의 강력한 반대로 무산되었다.

대통령의 임기는 4년 중임에서 5년 단임으로 바꾸었다. 만약 김영삼 김대중 둘 중 한 분이 대통령이 되고 중임까지 해서 8년을 재임할 경우, 다른 한 분은 나이 때문에 다음 기회가 없을지도 모른다는 현실적인 우려가 있었다. 5년 단임으로 해서 이번에 한 분이 5년 하고 그 다음 분이 다음에 5년 하는 것이 바람직하겠다는 판단이었다.

그러나 실제로는 야권단일화에 실패하면서 다음 대통령이 된 것은 노태우였다.

87년 헌법이 지닌 불완전한 모든 요소는, 지금 생각해보면 이렇게 당시 정치권의 이해관계가 개입하면서 생겨난 왜곡이다. 협상대표로서 그런 사실을 진작 깨닫지 못한 점이 지금 와서 보면 참 부끄럽다.

대통령 직선제 새 헌법은 10월 27일 국민투표를 통해 개정되었다.

후보 단일화를 위한 마지막 담판

오랜 정치적 동지이자 라이벌 관계였지만, 막상 1987년 대통령 후보 문제를 놓고 김영삼 김대중 두 사람은 서로 돌이킬 수 없는 분열과 불신의 길로 들어서고 있었다. 신민당을 나와 통일민주당을 창당한 후 총재에 취임한 김영삼 총재는 자신에게 유리한 방식으로 당내 경선을 통해 후보를 결정하자고 주장했고, 사면 복권된 지 얼마 되지 않아 당내 기반이 취약한 김대중 고문은 36개 미창당지구당 조직책 임명권을 달라고 요구했으나 거부당했다.

그러나 대통령 후보 단일화는 당과 시민사회, 국민 모두가 바라는 시대의 요청이었다. 나도 두 사람 사이의 후보 단일화를 성사시키기 위해 백방으로 뛰었다. 이해찬, 이상수, 정대철 등 동교동계는 김대중 고문을 설득하고, 나와 이철, 강삼재, 장기욱 등 상도동계는 김영삼 총재를 설득하기로 했다. 내가 김영삼 총재님의 신뢰를 받고, 터놓고 말할 수 있는 사이니 설득을 해보라고 했다.

9시가 넘은 밤늦은 시각, 나는 상도동을 찾아가 김영삼 총재를 설득했다.

"총재님, 이번에는 총재님께서 양보하시면 안 되겠습니까? 이번에 두 분 다 나가시면 필패입니다."

라이벌이기도 하지만 오랜 민주화의 동지기도 한 두 분이서 사이좋게 앞서거니 뒤서거니 대통령을 하시면 얼마나 좋을까 하는 충정에서 드린 고언이었다.

"김 의원, 만약에 내가 양보해서 김대중 고문이 대통령이 될 수 있으면 내가 양보하겠네. 그런데 만약 김대중 고문이 대통령 후보가 되면 지금 정부나 군부의 분위기를 봐서는, 군대가 또 나설 거네. 내가 양크해도 소용없네."

김영삼 총재는 요지부동이었고 오히려 나를 설득하려 했다. 김대중 고문이 대통령 후보가 되면 군부가 또 나설 수도 있다는 말은 전혀 근거가 없는 말은 아니었고, 당시 어느 정도 그런 우려가 있었던 것도 사실이었다. 그러나 김영삼 총재의 이런 생각은 두 사람 사이의 감정의 골만 더 깊게 만들었다.

결국 최후의 방법은 두 사람이 직접 만나 담판을 짓는 길밖에 없었다. 10월 20일 오전 10시 20분, 민주당 의원총회가 열렸다. 상도동계와 동교동계 의원들이 모두 나서서 두 분이서 직접 담판을 지으시라고 만든 자리였다.

우리는 회담장의 문을 걸어 잠그고 "두 분 사이에 담판을 지어서 누가 됐든 후보 단일화하기 전까지는 못 나가신다"고 배수진을 쳤다. 어쩌면 이것이 마지막 담판이 될지도 모른다는 것을 모두들 알고 있었다. 양 김의 입장 표명 후, 후보 단일화를 위한 여러 의원들의 비장한 각오와 의견들이 개진되었다.

여러 의견들이 오갔다. 나는 "김대중 고문의 광주대회와 김영삼 총재의 부산집회에서 두 분에 대한 국민적 지지는 확인되었다. 하지만 더 많은 국민들이 군정종식을 위한 후보 단일화를 요구하고 있다"는 점을 양김에 강력하게 주장하였다.

송천영 의원은 눈물을 흘리며 후보단일화를 읍소하기도 했다. 그리고 이어서 군정종식 문제, 비토그룹 문제, 그리고 지역감정 문제에 이르기까지 격한 논의들이 오갔다.

그러나 4시간이 넘는 토론 속에서도 좀처럼 결론이 나지 않았고, 그 와중에 급한 메모가 한 장 날아들었다. "함석헌 옹이 위독하시다. 돌아가시기 전에 급히 김대중 고문을 만나기 원하신다"는 내용이었다. 함석헌 옹이 누군가. 우리나라 민주주의의 산 증인이요 대부가 아닌가.

메모를 전달받은 김대중 고문이 급히 자리를 떴다. 원래 후보단일화에 대한 결론이 나기 전까지는 총회장의 문을 걸어닫고 절대 열어주지 않을 작정이었으나, 사람의 목숨이 위태로운 상황이라 어쩔 수 없었다.

담도암으로 사경을 헤매던 함석헌 옹은 다행히 고비를 넘겨서 잠시 회복되셨다. 함석헌 옹이 돌아가신 것은 그 다음해였다.

나는 지금도 가끔씩 그 생각을 한다.

누가 그 메모를 보냈을까? 왜 하필 그때 그 메모가 날아들었던 걸까?

그때 그 메모가 전달되지 않았더라면 후보 단일화가 성사되지 않았을까? 물론 두 분 사이에 후보 단일화에 대한 의지가 강력했고, 필패에 대한 두려움이 있었다면 그 다음에라도 어떻게든 후보 단일화를 이루었을지 모른다. 결국 후보단일화가 이루어지지 못한 결정적인 이유는, '이번에는 나여야만 승리한다'는 나름대로의 확신과, 동시에 상대방에 대한 불신 때문이 아니었을까.

정치인에게 가장 중요한 것은
국민을 믿는 것이다

정치인에게 가장 중요한 것은 정치적 판단력이나 지략과 전략이 아니다.

정말 중요한 것은 '국민을 믿는 일' 이다.

당장은 내가 손해 보는 것 같아도, 아무도 몰라주는 것 같아도, 우리 국민들은 지혜로우니 국민들은 알아줄 것이다 라고 국민들을 믿는 일이다.

국민을 믿으면 국민들도 그를 믿어주는 법이다.

내가 판단하기엔, 김영삼 총재나 김대중 고문이나 두 분 모두 국민들을 믿지 못했고, 그 결과 국민들을 실망시켰다. 그리고 그때의 선택은 두 분의 생애에 꼬리표처럼 따라다녀야 했다.

국회의원 몇 번 덜 하면 어떻고, 대통령 못 하면 어떤가. 국민들에게 사랑받고 존경받는 정치인이 진짜 정치인이다. 국민들이 믿어주는 정치인이 역사에 남는 법이다.

대통령이 되었지만 국민들을 속였고, 그래서 결국 국민들 손에 쫓겨난 이승만 대통령과 비록 남북통일의 꿈, 통일정부의 꿈을 이루지 못하고 비운의 총탄에 스러졌지만 국민들의 가슴에 늘 존경과 흠모의 대상이 된 김구 선생을 비교하면 그렇다.

대통령 재직시절에는 파란도 많고 적도 많았지만, 퇴임 후에 더 존경받은 김대중 대통령과 서거 후에 더욱 사랑받고 있는 노무현 대통령을 보아도 그렇다.

후보 단일화 실패의 대가

후보 단일화 실패의 대가는 컸다. 이후 김대중 고문은 11월 12일 평화민주당을 창당하여 독자적인 대선 후보가 되었고, 김영삼 김대중 김종필 노태우 모두 출마한 대통령 선거에서 노태우가 제13대 대통령에 당선되었다.

대통령 선거 기간 내내 지역감정을 선동하는 무리들이 있었고, 대선 후보의 숙소에 폭도가 난입하기도 하고, 후보 연설회에 돌멩이가 날아들기도 했다. 지역감정을 조장하려는 정권의 음모였다.

그리고 대통령 선거 기간 중에 KAL기 폭파사건이 있었고, 선거 바로 전날 폭파범 김현희가 서울로 압송되는, '보기 좋은 그림'이 연출되었다.

오전 7시부터 후보별 득표 상황을 알리는 호외가 실시간으로 뿌려지는 일이 벌어졌고, 구로구청에서는 투표함 바꿔치기에 항의하는 시민들을 백골단이 진압했다. 개표도 하기 전에 개표방송이 나가기도 했고, 개표 부정도 있었다. 이 모든 부정선거를 모은 부정선거 백서까지 발간될 정도였다.

그러나 노태우 36.6%(828만 표), 김영삼 28%(633만 표), 김대중 27.1%(611만표)의 선거 결과는 바뀌지 않았다.

박종철, 이한열 열사의 죽음과 6월 항쟁의 대가로 대통령 직선제 개헌은 했지만, 후보 단일화의 실패로 대통령 직선제의 열매는 노태우에게 돌아갔다. 죽 쒀서 개 준 꼴을 당한 국민들의 절망감은 엄청났다. 1987년의 열매는 썼다.

그러나 1987년, 작은 씨앗 하나가 이 땅의 민주주의 역사에 뿌려졌다. 1987년 6월 항쟁 이후 대한민국 사회는 그 이전보다 한결 성숙해졌다. 그 씨앗이 싹을 틔워, 그 다음해 4월 부산에서 정치 신인 노무현이 5공 실세 허삼수를 꺾고 국회의원에 당선되는 파란을 일으켰다.

대한민국 제16대 대통령 노무현이 정치 무대에 첫 등장을 한 것이다.

'청문회 스타'와 엇갈린 운명

　1987년 6월 항쟁을 통해 대통령 직선제 개헌을 이루었다. 개헌 후 선거법도 고쳤다. 중선거구제가 소선거구제로 바뀌었다. 그 전엔 한 선거구에서 2명을 뽑았는데 이제는 1명만 뽑는 것으로 선거법이 바뀌었다. 12대 때 내가 당선한 부산 중·동·영도구가 각각 중구, 동구, 영도구로 선거구가 나뉘었다.

　1988년 4월 26일 13대 총선을 맞아 부산 지역을 돌아보니 동구가 문제였다. 동구에는 허삼수가 민정당 후보로 나왔는데, 일단 5공 실세라 돈과 조직이 단단했고, 지역구 관리를 잘해서 만만치 않은 상대였다.
　그 허삼수와 맞붙은 사람이 노무현이었다. 87년 6월 항쟁과 부림사건 변호로 인해 부산에서 인권변호사로 주목받던 사람이었다.
　부산 동구에 노무현, 중구에 김광일이 각각 정치 신인으로 도전했다. 나는 영도구에서 재선에 도전했다.

흑색선전을 유머와 재치로 가볍게 이기다

영도구에는 기호1 민정당의 안병해 후보, 기호2 민주당의 김정길, 기호3 평민당의 정동철 후보, 기호4 신민당의 노차태 후보, 기호5 현겨레민주당을 창당한 예춘호 전 의원과, 그리고 무소속으로 전국진 후보가 출마했다.

문제는, 그 전까지의 선거와는 달리 이번에는 내가 현역 의원이다 보니 다른 후보들의 공격이 모두 내게 집중되고 있었다.

선거가 종반전으로 접어든 어느 날, 하룻밤 사이에 영도 길바닥에 나를 비난하는 흑색선전과 유언비어로 가득 찬 삐라가 뿌려졌다. 얼마나 많이 뿌렸는지 밤새 치워도 다 못 치울 정도로 엄청난 양이었다. 노차태 후보 쪽에서 뿌린 삐라였다. 그들은 아예 대놓고 선거사무실에서 확성기를 틀어놓고 방송을 해대고 있었다.

삐라에서 나를 비난하는 내용은 십여 가지나 되었다.

첫째, 선거 한 번, 이혼 한 번. 선거할 때마다 마누라가 바뀐다는 내용이었다. 재혼한 내 경력을 뻥튀기처럼 부풀린 유언비어였다.

둘째, 국회의원 한 번에 집이 일곱 채. 내가 집이 일곱 채나 되는 부자라는 내용이었다. 집이 일곱 채는커녕 한 채도 없어 부모님을 포함해 아홉 식구가 전셋집 하나에 옹기종기 모여살고 있는 형편이었다.

이외에도 모두 허황된 유언비어들이었다.

모두 전혀 근거 없는 흑색선전이었지만, 워낙 많은 삐라를 뿌려대니 "아니 땐 굴뚝에 연기 나랴"며 의혹을 가지는 사람도 있을 수 있었다.

그대로 두었다간 선거가 날아갈 판이었다.

삐라가 뿌려진 다음 날, 남항초등학교에서 합동연설회가 있었다. 학교 운동장에 사람들이 가득 차 있었다. 내 연설 순서가 되었다. 나는 미리 아내에게 내 눈에 잘 띄는 앞쪽에 서 있으라고 일러두었다. 나는 삐라 한 장을 들고 단상으로 올라갔다.

"여러분, 이런 삐라 보셨습니까?"

청중들이 "네" 하고 대답했다.

"제가 한번 읽어보겠습니다. '선거 한 번 이혼 한 번.'"

그리고는 나는 아내를 앞으로 나오라고 했다. 얼토당토 않는 유언비어에 힘들어 한 아내는 눈물을 훔치며 앞으로 나왔다. 나는 아내를 가리키며 물었다.

"여러분, 지난번 제 집사람이 바뀌었습니까?"

"아니요!" "그대롭니다."

사람들이 대답하는 소리가 운동장 가득히 울려 퍼졌다.

아내에 대한 오해는 풀렸다. 이제 집 문제로 넘어갔다.

"둘째. '김정길이는 집이 일곱 채'라고 합니다. 저도 모르는 집이 일곱 채 있답니다.

여러분, 이번 선거 기간 동안에 좋은 돈벌이 하나 가르쳐 드리겠습니다. 제 이름으로 되어 있거나, 제 친척 이름으로 되어 있거나, 제 친구 이름으로 되어 있거나 관계 없습니다. 이번 선거 기간에 누구든지 제 집을 제일 먼저 찾아오시는 분에게 그 집을 공짜로 드리겠습니다. 돈벌이 괜찮지요?"

그러자 청중들이 박수를 치고 웃으며 "네!"라고 대답했다.

"여러분, 그 집을 쉽게 찾을 수 있는 방법도 가르쳐 드리겠습니다. 누가 가장 잘 알겠습니까. 이 삐라를 만든 사람들이 가장 잘 알겠지요?

이 삐라는 누가 만들었겠습니까. 상대방 후보 측에서 만들었겠지요? 여러분이 이 삐라를 만든 상대방 후보 사무실로 찾아가서 '김정길이 집이 어디에 있는지 가르쳐 달라'고 하십시오. 그들은 제 집이 어디에 있는지 잘 알지 않겠습니까?"

이렇게 유언비어 문제들을 정면돌파했다. 온갖 유언비어와 흑색선전으로 위기가 찾아왔지만, 나는 위기를 기회로 만들었다. 온갖 츠잡한 유언비어들을 유쾌하고 즐거운 유머로 받아넘겨버렸다.

나는 부산 시민의 양식을 믿었다. 영도구민들이 나를 믿듯, 나도 영도구민들을 믿었다.

그 믿음은 배반되지 않았고 나는 무난하게 재선에 성공했다.

13대 총선에서 김영삼 총재가 발탁한 참신한 정치 신인인 노무현, 김광일 후보도 당선하여 금배지를 달았다.

부산 경남 지역에서는 통일민주당이 압도적으로 국회의원에 당선되었지만, 뚜껑을 열어보니 13대 총선 결과, 통일민주당은 평화민주당에 밀려 제2야당이 되고 말았다.

'청문회 스타'라는 엇갈린 운명

13대 국회에서 김영삼 총재는 내게 원내 수석부총무를 맡으라고 권했다. 나는 수석부총무보다는 5공청문회에 나가고 싶어했다. 초선의원 시절부터 5공 비리에 대해서는 많은 자료들을 준비해놓았기 때문에 5공청문회에 나가서 밝혀낼 것들이 많았기 때문이다.

그런데 내가 수석부총무까지 하면서 5공청문회 위원을 한다면, 둘

중 하나도 하지 못하는 동료의원들에 비해 너무 욕심을 부리는 일이라 동료 의원들 사이에서 인심을 잃을 수도 있는 일이었다. 그래서 나는 수석부총무를 사양했지만 김영삼 총재가 강권했다. 할 수 없이 5공청 문회를 포기하고, 수석부총무를 맡았다.

그때 내가 그토록 나가고 싶어했던 1988년 5공청문회를 통해 노무현, 이인제 의원이 일약 청문회 스타로 떠올랐다. 사소한 우연이 역사의 필연을 만들기도 하는 것이다. '필연' 이란, 어쩌면 '사람이 아니라 하늘이 만드는 우연' 인지도 모르는 일이다.

10시간 넘는 질의토론, 싸우면서 정든 오명 장관

1988년 전두환 정권이 끝나고 노태우 정권의 6공화국이 들어섰다. 노태우 정권이 들어선 지 얼마 되지 않아 '톨러런트(전자교환기) 5공비리 의혹' 이 터졌다. 행정전산망 사업차 추진된 톨러런트 주전산기가 오류를 심하게 일으켰다.

더욱이 원래 행정전산망 사업에는 포함되지도 않았던 국민연금 분야가 행정전산망 1단계 사업에 포함되었고, 이로 인해 국민연금에서 수많은 오류가 일어났다. 1988년 1월에는 국민연금 고지서가 무려 170만 건, 전체 가입자의 1/3에 해당하는 숫자에 오류가 발생했다. 당연히 국정감사가 추진되었다. 언론에서도 큰 관심을 가지고 주요한 5공 비리의 하나로 보도하고 있었다.

당시 담당 부처인의 체신부 장관은 오명 장관이었다. 그는 전두환 정권에서 노태우 정권으로 넘어오는 과정에서도 그대로 유임된 장관이었다. 그만큼 능력이 있거나 아니면 뭔가가 있거나 둘 중의 하나였다.

13대 국회 교통체신통신분과 위원이었던 나는 톨러런트 오류 문제를 끝까지 물고 늘어졌다. 문제가 있거나 의혹이 있는 것들에 대해서는 묻고 또 물었다. 오명 장관이 답변하면 보충질문을 하고, 보충질문에 답변을 하면 또 보충질문하고, 또 추가질문하고… 내게도 국민들에게도 한 점의 의혹이 없어질 때까지 묻고 또 물었다.

그러다 보니 국정감사에서 나와 오명 장관이 주고받는 문답만 1시간을 넘긴 적도 있었다.

그런데 오명 장관은 강단 있게 또박또박 답변하면서 해명했다. 사실 컴퓨터와 관련해서는 그가 나보다 더 전문가였다. 그래서 나는 더 열심히 공부하고 준비해야 했다. 결국 이러한 노력 끝에 나는 예산을 300억 원 가까이 줄일 수가 있었다.

그 당시의 일화에 대해 오명 장관은 자신의 저서 『30년 후의 코리아를 꿈꿔라』에서 이렇게 기록하고 있다.

'가장 적극적으로 이 문제를 파고든 의원은 당시 민주당의 김정길 의원이었다. 지금은 우리에게 '국민의 정부'에서 행정자치부 장관과 대통령 정무수석을 지낸 인물로 더 잘 알려져 있지만, 그때만 해도 그는 5공 비리를 청산하겠다는 의지로 가득 찬 철저한 야당 정치인이었다.

그는 신문기사는 물론, 어디서 구했는지 나도 본 적이 없는 서류들을 들이밀며 질문을 퍼부었다. "이 서류에 의하면 유닉스가 한국 현실에 맞지 않는 시스템이라고 돼 있습니다. 그런데 굳이 그 시스템을 도입한 이유는 무엇입니까?" "대통령이 결재했다는 서류는 어디로 숨겼습니까?" "굳이 곧 망해버릴 작은 회사에서 컴퓨터를 산 이유는 무엇입니까? 정치자금으로 돈을 빼돌리려 한 것은 아닙니까?"

나는 조목조목 반박했지만 그는 포기하지 않았다. 더욱 놀란 것은 그가 이 문제 때문에 밤을 새워가며 컴퓨터에 대해 공부해 왔다는 사실 때문이었다. 그는 톨러런트가 갖고 있는 장단점, 그 회사가 한국과 거래한 후 갑자기 소프트웨어 업체로 바뀐 과정 등을 꼼꼼히 조사해 왔다. 심지어 어느 틈에 준비했는지 컴퓨터로 그래프까지 만들어서 돌리기도 했다. 당시로서는 정치인이 컴퓨터를 이용한다는 것은 획기적인 일이었다. 나는 국회가 열릴 때마다 김정길 의원과 부딪쳤는데, 어떤 경우는 거의 10시간을 계속해서 질문과 답변을 주고받았다.

거꾸로 아마 김 의원도 '세상에 오명 장관처럼 철저한 사람이 없다'고 생각했을 것이다. 나는 그가 던지는 의혹 하나하나를 또박또박 맞받아가며 해명하기 위해 노력했기 때문이다. 끝이 보이지 않자 그는 "컴퓨터 전문가인 장관에게 비전문가인 국회의원이 질의하는 데는 한계가 있다. 국정조사권을 발동해 달라"며 또 다른 카드를 내밀었다. 국회가 술렁이는 가운데, 나는 소신에 따른 반론을 펼칠 수밖에 없었다.

"행정전산망 사업은 국가 발전에 대단히 중요합니다. 의원님들 때문에 이 프로젝트가 중단된다면 우리나라 발전은 몇 년 후퇴하게 됩니다. 이렇게 중요한 사업에 국회가 브레이크를 걸다니, 훗날 어떻게 평가를 받으려고 이러십니까?"

한동안 이러한 논란 과정을 거치면서 결국 톨러런트 비리 의혹은 수그러들었다.

그 후 국회 밖에서 김정길 의원과 마주칠 때마다 이상하게 서로 밉지 않았다. 무엇보다 맡은 일에 끝까지 최선을 다하는 모습, 열심히 준비하는 모습이 닮은꼴이었던 것이다. 가장 치열하게 사심 없이 공격을 한 사람이라는 점에서, 나는 그를 높이 평가했다. 싸우다가 정이 든다더니 김 의원이 바로 그런 경우였다.

"정말 대단하십니다. 그렇게 열심히 연구를 하시다니, 의원님의 열정에 두 손 다 들었습니다."

"오 장관이야말로 대단하십니다. 우리나라에 오 장관 같은 분만 계신다면 정치인들이 할 일이 없겠습니다."

얼마 후 나는 대한전자공학회에서 주는 '전자대상'을 수상하게 되었다. 그날 단상에서 상을 받는데 김정길 의원이 축하 화환을 들고 나를 찾아왔다. 정말 이 사람이 나를 그토록 힘들게 몰아붙였던 바로 그 사람인가? 우리는 서로를 바라보며 큰 소리로 웃었다.'

오명 장관과는 본인의 표현대로 '싸우면서 정이 들었다.' 그런 일이 있은 후, 오명 장관이 체신부 장관에서 물러난 뒤에는 둘이서 식사를 같이 하기도 했다. 오명 장관은 이후 외국에 다녀올 일이 있으면 잊지 않고 마음을 담은 작은 선물을 보내주기도 했다. 내가 오명 장관이 전자대상을 받을 때 화환을 들고 간 것은 그런 오 장관의 마음씀씀이에 대한 화답이었다.

이 질의로 인한 뜻밖의 소득이라면, 컴퓨터가 뭔지 사람들이 잘 알지도 못하던 시절에 내가 그 분야에 익숙해졌다는 것이다.

사실 나는 맥북에어나 아이패드 같은 것도 대단히 빨리 사용하고 있는 얼리아답터다. 지금도 내가 아이패드나 아이폰 같은 휴대기기를 통해 페이스북이나 트위터를 하는 걸 보고는 젊은 사람들도 가끔 깜짝 깜짝 놀라곤 한다.

나로선 새로 나온 최신 전자기기들을 남들보다 먼저 익히는 것도 좋아하지만, 그보다 더 좋아하는 것은 그것을 이용해 사람들과 소통하는 것이다. 강연이나 외부 이동 중에도 짬짬이 아이폰 등을 통해 내 계정으로 들어온 쪽지나 새로운 세상 소식들을 확인하곤 한다. (내 계정은 이 책의 부록 '소통' 부분에 있다.)

내 인생의 분기점, 3당 야합

12대 국회 때 초선의원들을 모아 12정민회를 만들었듯이, 13대 때는 초재선 의원들을 함께 모아 '민주연구모임'을 만들었다. 재선의원 중에 나를 비롯하여 강삼재, 이철 의원 등이 함께했고, 초선의원 중에서 김광일, 노무현, 이인제 의원 등이 함께했다. 그중 노무현과 이인제 의원이 5공비리 청문회를 통해 일약 '청문회 스타'가 되어 언론의 주목을 받았다.

1989년 나와 노무현, 이철, 이해찬, 이상수 의원 등 5명은 '정치발전연구회'라는 모임을 만들었다. 마포에 따로 사무실을 얻고, 우리는 각자 소속한 정당 안에서 야권통합 운동을 은밀하게 준비하기 시작했다. 야권이 통합되지 않으면 민주세력이 패배할 수밖에 없는 상황이었기 때문이다.

그러나 우리들의 이러한 노력이 결실을 맺기도 전에 1990년 1월 22일, 민정당, 민주당, 공화당 3당이 합당하는 황당한 일이 일어났다. 야 3당의 합당이 아니라 집권여당과 야 2당이 합당하는 전무후무한 일이 일어난 것이다.

이것은 애써 여소야대 정국을 만들어준 국민에 대한 배신이었다. 야당 하라고 뽑아준 의원들이 여당 하겠다고 보따리를 싸버린 야비한 야합이었다.

정치적으로도 중대한 사건이었지만, 나와 노무현 의원에게는 '3당 합당 이전'과 '3당 합당 이후'로 인생이 나뉠 만큼의 중요한 인생의 분기점이었다.

국민을 믿고 국민이 원하는 길을 뚜벅뚜벅 걸어가면 언젠가는 대통령이 될 수 있었던 김영삼 총재가 국민을 믿지 못하고 국민을 버린 일이었다. 국민 대신 정치 세력과 자신의 지략에 의존한 발로였다.

정치인에게 정말 중요한 것은 '국민을 믿는 일'인데, 김영삼 총재는 그렇지 못했다.

3당 야합.

그것은 나의 롤 모델이자 정치적 스승인 김영삼 총재와의 결별이기도 했다. 그리고 그것은 이후 20년이 넘는 동안 내게 불어닥칠 엄청난 고난과 시련의 시작이기도 했다.

그래도 내 곁에는 노무현이 있었다. 내가 그에게 힘이 되어 주듯, 그도 내게 힘이 되어 주었다.

3부

길이 아닌 길을
갈 수는 없다

행정자치부 장관 시절, 김대중 대통령께 업무보고를 하며

3당 합당,
원칙과 상식 vs 계산과 실리의 갈림길

1990년 1월 22일. 3당 야합이 이루어졌다. 투표를 통해 여소야대 정국을 만들어준 국민에 대한 배신이요, 한국정당사에 오욕으로 기록될 폭거였다. 개인적으로는 '3당 합당 이전'과 '3당 합당 이후'로 인생이 나뉠 만큼 내 운명을 가른 날이기도 했다.

1990년 1월 22일 오전 10시. 노태우 대통령과 통일민주당의 김영삼 총재, 신민주공화당의 김종필 총재는 청와대에서 열린 긴급 기자회견을 통해 3당 합당을 선언했다.

통일민주당이 1988년 총선에서 평화민주당에도 밀려 제3당이 된 것에 대해 김영삼 총재는 늘 위기감을 갖고 있었다. 그러던 중 1989년 4월 동해 보궐 선거에서 상대 후보 매수사건으로 민주당의 서석재 사무총장이 구속되고, 8월 영등포을 보궐 선거에서는 민정당 후보가 당선됐는데, 민주당은 평민당의 절반 겨우 넘는 표만 얻고 낙선했다.

이런 일련의 사건들이 차기 대권에 대한 김영삼 총재의 불안을 증폭시켰을 것이다. 그리고 여소야대 국면 속에 5공 청문회도 치르는 등 정권의 기반이 불안했던 노태우 정권의 정치적 필요와, 늘 제2인자의 자리를 지켜온 김종필 총재에 대한 내각제 개헌 약속까지 더해지면서 민정당, 민주당, 공화당의 3당 밀실 야합이 이루어진 것이다.

3당 합당이냐 야권 통합이냐

3당 합당은 하루아침에 이루어진 것은 아니었다.

1989년 연말을 즈음하여 야권 통합 문제가 수면 위로 떠올랐다. '민주연구모임'을 중심으로 민주당의 나와, 노무현, 장석화, 강삼재, 최형우 의원 등이 주도해서 야권 통합 문제를 확산시켰다. 여기에 무소속의 이철, 박찬종 의원과 평민당의 이해찬, 이상수, 정대철, 조윤형 의원 등이 적극적으로 동참했다. 주로 초 재선의 소장파 의원들을 중심으로 약 20여 명의 야당 의원들이 야권 통합을 위해 움직였다.

해가 바뀌어 새해가 되자, 김영삼 총재는 민주당과 공화당이 통합할 수 있다는 '김영삼 구상'을 밝히며 공화당의 김종필 총재와 골프회동에 나서 공화당과의 통합을 시사하는 등 밀월 관계에 들어갔다. 정계 개편의 신호탄을 쏘아올린 것이다.

민주당과 공화당과의 합당 이전에 노태우 대통령은 평민당의 김대중 총재에게 먼저 합당을 제의했던 것으로 알려졌다. 『김대중 자서전』에서도 밝혔듯이, 김대중 총재는 "국민의 뜻을 배신하는 일은 할 수 없다"고 일언지하에 거절했다. 이후, 박철언 정무제1장관이 김원기 원내총무를 만나 "평민당과만 합당 이야기를 협상하고 싶다"고 전한 이야기도 김대중 총재는 "더이상 꺼내지 말라"며 거절했다.

민정당의 야당 합당 움직임은 여러 경로를 통해 전달되었다. 민주당 원내수석부총무였던 내게도 당시 민정당의 실세였던 김윤환 의원이 "김 의원, 민정당과 민주당이 합치면 어떻겠소?" 제의해온 적도 있었다.

이러다가 정말 여당과 야당이 합당하는 일이 생기는 것 아닌가 하는 위기감을 느끼며 나는 더욱 야당 통합 운동에 박차를 가했다. 김영삼, 김종필 총재의 골프 회동 이후 야당의 '헤쳐 모여 시나리오'가 점점 가시화되고 있었다. 문제는 '누구와 어떻게 통합하는가'였다. 거대한 지각 변동이 시작되고 있었다.

평민당과 야권통합파는 김영삼 총재의 정계 개편 움직임에 대해 "명분과 수순을 무시한 정계 개편은 있을 수 없고, 평민당을 배제한 야당 통합은 있을 수 없다"고 강력하게 반발했다. 그러나 김영삼 총재는 "낙오자가 나오는 것을 각오하겠다"며 반대하는 사람은 버리고 가겠다는 의지를 피력했다. 그리고는 반대하는 민주당 의원들에 대한 설득 작업에 들어갔다.

수적인 열세를 느끼면서도 정치발전연구회 모임을 통해 어떻게든 민주당과 평민당, 정통성 있는 두 야당의 통합을 추진하던 중이던 1990년 1월 10일, 민주당의 국장급 당직자들과 깡패 당원 10여 명이 의원회관에 있는 내 사무실에 난입했다.

이들은 내게 "총재님 덕 본 놈이 야권 통합을 핑계로 당을 깨려고 하느냐?"라며 욕설을 퍼부었다. 하봉갑 보좌관이 "어디서 의원님께 욕설이냐?"고 항의하자 이들은 하 보좌관을 10여 분간 구둣발로 짓밟는 등 폭행했다. 국회의원 사무실에서, 그것도 백주대낮에 공공연하게 폭언과 폭력이 난무했다.

나는 폭력사태에 대해 항의하며 당 차원에서의 진상조사를 요구하며 12일 수석부총무직 사임서를 김영삼 총재에게 제출했다.

그리고 같은 날 김정길, 노무현, 장석화, 유승규, 이상수, 이해찬, 양성우, 이철, 정정훈, 박실, 김종완 의원 등 소장파 야당 의원들의 이름으로, "평민 민주 양당을 중심으로 한 범민주진영의 대통합을 촉구한다"는 성명서를 발표했다.

폭력사태 이후, 민주당에서 최형우, 신상우, 황낙주, 김동주 등 20여명, 평민당에서 이상수, 조윤형, 이해찬, 이용철, 정대철 등 10여 명, 무소속의 이철, 박찬종 의원 등 40여 명의 야권통합파가 세력을 결집했다. 1백만 명 서명 운동에도 곧 착수할 예정이었다.

그러나 김영삼 총재는 "서너 명 쯤은 버리고 가겠다"고 공공연하게 밝히며 공화당과의 보수대연합 구상을 계속 추진해나갔다.

범 민주세력의 야권 대통합을 주장하는 소장 의원들과, 공화당을 포함한 보수 대연합을 주장하는 김영삼 총재 사이에 야권 통합의 방향을 놓고 점점 긴장이 높아져가고 있었다.

마침내 1990년 1월 22일 오전 10시. 긴급 기자회견을 통해 민정당, 공화당, 민주당의 3당 합당이 발표되었다. 당에서 단 한 번도 공식적으로 논의된 바 없는, 계파 보스들끼리의 밀실 야합의 결과였다.

어려울 때 친구가 진정한 친구

3당 합당 발표 후, 야권통합파의 입지는 크게 축소되었고, 모든 것들이 일사천리로 진행되었다. 반대하는 의원들에 대한 각개격파가 이루어졌다. 처음에는 공공연하게 반대하던 선배도, 동료의원들도 하나둘씩 김영삼 총재의 설득에 넘어갔다.

영남, 호남, 충청으로 나뉜 지역분할 구도 속에서 공천권을 쥐고 있는 계파 보스의 설득에 맞설 용기를 가진 사람은 그렇게 많지 않았다. 지역의 맹주인 계파 보스에게 반기를 든다는 것은 공천을 포기하거나, 국회의원 당선을 포기한다는 것과 마찬가지였다. 지역 구도의 폐해였다.

이대로 앉아 있을 수만은 없었다. 나와 노무현 의원은 야권통합파 의원들을 중심으로 "3당 통합에 반대하며 양심적 민주야당의 복원을 추진하겠다"는 내용의 기자회견을 24일 갖기로 했다. "사리사욕을 위해 일당독재 체제에 기생하려는 정계 개편을 비판한다. 새로운 양심세력을 모아 범 민주야당을 창당하려고 한다. 민주 양심세력의 동참을 호소한다"는 내용이었다.

눈이 펑펑 쏟아지던 1월 24일. 나와 노무현 그리고 유승규 의원은 내 사무실에서 민주당 잔류 기자회견을 하기로 했다. 그러나 유승규 의원은 끝내 동참하지 못했다. 김영삼 총재의 집요한 설득 때문이었다. 민주당에 남은 의원은 결국 노무현과 나 김정길, 둘 뿐이었다.

무소속인 이철, 박찬종 의원과 장기욱 전 의원만이 우리와 함께 했다.

모두가 떠난 한겨울 허허벌판에 노무현과 나 두 사람만 펑펑 쏟아지는 눈을 맞으며 서 있었다. 우리는 서로를 지켜주는 버팀목이었다. 만일 노무현마저도 없었다면 3당 합당 이후의 그 모진 세월들을 어떻게 견뎠을까 싶다. 가장 힘든 순간, 우리는 서로의 어깨를 기댈 수 있는 유일한 동지였다.

노 의원이 농담처럼 말했다.

"저야 국회의원 안 해도 변호사 해서 먹고 살 수야 있습니다만, 김 의원님은 앞으로 뭐해서 먹고 살려고 안 따라갔습니까?"

창밖에 눈이 펑펑 내리고 있었다. 말없이 창밖을 바라보았다. 내 눈에서도 눈물이 흘러내렸다.

3당 야합을 위한 치밀한 촌극 ˙

이미 발표가 났다 해도 이대로 3당 야합을 방관하고 있을 수는 없었다. 3당 합당을 결의하기 위한 임시 전당대회가 열리는 30일 하루 전인 29일, 민주당을 지키려는 '정통야당 민주당 사수 대의원대회'가 29일 서교호텔에서 열렸다.

김상현 부총재, 김재천 부대변인, 나와 노무현 의원, 장기욱 전 의원, 무소속 이철 의원, 그리고 원외 지구당 위원장과 대의원 등 300여 명이 모여 "3당 야합은 국민에 대한 폭거다. 정통야당을 지키고 선명야당을 건설하겠다"는 결의를 하였다.

3당 합당을 추인하기 위한 임시 전당대회가 1월 30일 마포당사에서 열렸다. 전날의 민주당 사수대회에 '10여 명 정도 참석할 것'이란 예상을 깨고 300명이 넘는 당원들이 참석을 했고, '아침 일찍부터 민주당 사수파가 단상을 점거하려 한다'는 소문을 듣고 당사 주변에는 7개 중대의 경찰들이 배치되었다. 그리고 단상주변에는 합당파들이 미리 의자로 바리케이트를 치고 사수파들의 접근을 막고 있었다.

중과부적이었지만, 반대 토론을 통해 "정통야당인 민주당을 지켜야 한다"는 명분으로 당원들을 설득하고, 무기명 투표를 통해 3당 합당을 막을 수도 있을 것이란 실낱 같은 희망은 있었다.

마포당사 12층 회의실에서 열린 전당대회에 총 대의원 1,164명 중

881명의 대의원들이 참석했다.

내가 당사 엘리베이터에서 내리자 고향선배인 K의원과 S의원이 나를 맞이했다. 평소 친한 선배의원들이라 웃으며 인사를 나누고 나는 그들이 권하는 자리에 앉았다.

이윽고 9시가 되자 전당대회가 시작되었다. 개회선언과 김동영 사무총장의 경과보고, 정상구 대회장의 개회사, 그리고 김영삼 총재의 치사로 이어졌다. 김영삼 총재는 "3당 합당이야말로 위대한 결단, 구국의 혁명"이라고 말했다. 궤변이었다. 여기 저기서 "사기다!" "사기 치지 마라." 고함소리가 터져 나왔다.

이어 합당발의안이 상정되자 황명수 부총재가 "정무회의에서 결의한 대로 합당을 결의하고 모든 절차와 권한은 총재님께 위임합시다. 장소가 협소하니 여러 절차 거칠 것 없이 박수로 만장일치 처리합시다. 찬성하시는 분은 박수를 쳐 주세요"라고 했다. 여기저기서 "재청이요!" "삼청이요!" 곡소리가 연달아 들려왔다. 당연히 무기명 비밀투표를 할 거라 생각했던 예상에 허를 찔리는 순간이었다.

나는 곧바로 "이의 있습니다!" 하고 소리를 지르며 자리를 박차고 일어서려고 했다. 그런데 그 순간, K의원과 S의원이 내 양쪽 팔을 잡으며 나를 자리에 도로 주저앉혔다. 졸지에 양쪽 팔이 잡힌 나는 자리에서 일어서지도 못하고 "이의 있습니다. 이의 있습니다!" 하고 목청껏 고함만 질러대었다.

치밀한 작전에 당한 것이었다. 투표 없이 박수 처리하는 것도, 내 옆에 선배 의원들을 앉힌 것도 모두 사전에 짜놓은 각본이었던 것이다.

김영삼 총재의 고향 후배이자 가장 총애하던 재선의원인 내가 김영삼 총재에게 반대하는 모습이 언론에 노출될 경우, 김영삼 총재가 받게

될 이미지 타격에 대비해 제일 먼저 나를 집중 견제한 것이었다. 나는 양쪽에서 팔목을 잡힌 채 강제로 엘리베이터 쪽으로 끌려 나갔다.

내 앞에서 노무현 의원과 김상현 부총재가 일어나 "이의 있습니다!" "찬반토론도 없는 회의가 어디 있나? 반대 토론합시다!"라고 주먹을 쳐들고 이의를 제기하고 있었다. 노무현 의원에게는 다행히 아무도 달라붙지 않은 모양이었다. 그러나 그것도 잠시. 노무현 의원과 김상현 의원도 당원들에 의해 강제로 자리에 주저앉혀졌고 얼마 후 회의장 밖으로 끌려나왔다.

이것이 3당 합당의 슬픈 현장이었다. 30분도 안 되는 전당대회에, 가장 중요한 안건인 합당결의안은 1분 만에 박수로 통과시켜 버렸다. 토론절차도 없이 반대하는 사람들은 강제로 바깥으로 끌어내놓고는 "만장일치로 통과되었다"고 우겼다. "반대하는 사람들이 있는데 어떻게 만장일치냐?"라고 항의하자 "거의 만장일치로 통과되었다"라고 말을 바꾸는 촌극을 빚었다.

선배의원들과 덩치 큰 당원들에 의해 강제로 엘리베이터에 태워져 대회장 밖으로 끌려 나오며 나는 미리 이런 일들에 대비해 전략을 짜지 못한 것에 대해 통탄했다. 정당한 절차에 따라 투표권을 행사하고, 찬반토론을 통해 합당의 부당함을 역설하려던 우리의 점잖은 계획이 상대방의 치졸한 전략에 당한 꼴이 된 것이 허탈했다. 정통야당 민주당이 이렇게 역사 속으로 사라져 버리는 것에 눈물이 났다.

3당 야합은 국민에 대한 배신이요, 대의민주주의에 대한 파괴행위였다. 지난 대선에서 '군정종식'을 외치던 김영삼 총재가 어떻게 바로 그 군사정권과 손을 잡을 수 있단 말인가. 야당 하라고 뽑아준 국민들을 배신하고 어떻게 야당 의원들이 여당으로 우루루 몰려갈 수 있단 말인가. 조직의 보스는 무섭고 국민들은 하나도 안 무섭단 말인가.

이런 배신과 변절을, 대의 민주주의의 파괴를 내 손으로 막아내지 못했다는 분노와 서글픔에 눈물이 저절로 터져 나왔다.

대회장 밖으로 끌려나온 나를 비롯해 노무현 의원, 그리고 김상현 부총재, 김정강 위원장 등 10여 명은 민주당사 앞에서 시위를 했다. "합당 결의 안건을 정식 상정하지도 않은 상태에서, 그나마 찬반토론의 기회도 없이 박수로 의결한 것은 불법이고 날치기이므로 무효"라는 것을 강조하고, "합당 결의 무효소송 등 법정 투쟁을 전개하겠다"고 선언했다.

천군만마와 같은 기쁜 소식

그러나 이날 기쁜 소식도 있었다. 그동안 김영삼 총재의 설득 앞에서 진로를 고민하던 이기택 의원과 김현규 부총재가 기자회견을 갖고 민주당 잔류를 선언했다. 현역의원이라곤 나와 노무현 의원뿐이고, 원외인 김상현 부총재, 장기욱, 홍사덕, 이원범, 김성식 전 의원과 원외 위원장들 중심인 민주당 사수파에는 천군만마와 같은 기쁜 소식이었다.

며칠 후 김광일 의원과 장석화 의원도 민주당 잔류를 선택했다. 목요상, 송천영 전 의원 등 8명의 전직 의원들도 민주당에 잔류했다. 여기에 이전부터 뜻을 함께 한 무소속의 이철, 박찬종 의원도 있었다. 유인태, 이부영, 원혜영 등 3당 야합에 반대하는 동지들이 속속 모여들고 있었다.

이제 우리에게는 여러 가지 장애를 넘어 정통야당을 복구해야 할 사명이 기다리고 있었다. 비록 소수파라는 한계가 있었지만 우리에게는 분명한 명분과 시대정신이 있었다. 그것은 소위 '꼬마 민주당' 이라 불리던 '민주당' 창당과 평민당과의 '야권 통합' 을 통해 조금씩 모습을 드러내었다.

비록 계란으로 바위를 치는 격이었지만, 나는 3당 야합이라는 시대의 역류 속에서 누군가는 거기에 맞서며 원칙과 상식을 지키려는 사람들도 있었다는 것을 역사에 남기고 싶었다.

우리의 이런 노력은 "이의 있습니다!"라며 이를 앙다물고 손을 치켜든 노무현의 사진으로, 민주당사 앞에서 손수건으로 눈물을 훔치는 김정길의 사진으로 기록되어 역사의 한 페이지로 남았다.

3당 합당은 앞으로 20여 년 간 수없는 낙선과 패배를 감당해야 하는 내 정치적 시련의 시작이었다. 동시에 그것은, 지역주의 극복에 내 인생을 건 대장정의 시작이기도 했다.

낙동강 오리알

반드시 가야 하는 길

살다보면 때로는 꼭 가야만 하는 길이 있다. 피할 수 있다면 피하고 싶은 길. 하지만 '그럼에도 불구하고' 가야 하는 길이 있다. 목숨을 걸어야만 하고, 목숨을 걸 만한 가치가 있는 길이 있다.

이순신 장군이 13척의 전선으로 133척의 왜선과 맞서야 했던 명량해전 울돌목의 좁은 바닷길이 그런 길이다. 청산리전투에서 자기 몸을 기관총에 묶고 탄환이 떨어질 때까지 싸우다 장렬하게 산화한 소년병 중대장 최인걸이 지켜낸 어랑촌 좁은 골짜기 길이 그 길이다.

목숨보다 더 소중한 무엇인가를 위하여 반드시 지켜내야 하는 길이 있는 것이다.

내 경우에는 3당 야합에 맞서서 지역주의를 깨뜨리는 길이 그 길이었다.

국회의원 배지 몇 번 더 다는 것보다, 내게는 정치적 신념과 국민과의 약속이 더 중요했다. '조직의 보스를 배신한 배신자'라는 돌팔매가 날아와도 그 비난을 고스란히 견디며 "아닌 것은 아닌 것" 이라고 외치는 사람으로 남아있는 것이 중요했다.

나는 '국회의원, 장관 아무개' 보다는 '그 시대의 양심을 지킨 사람'으로 기록되기를 원했다. 이것은 어린 시절과 부산대 총학생회장, 그리고 국회의원이 된 이후에도 일관된 나의 정치적 소신이었다.

당시 언론에서는 노무현 의원과 나를 "김영삼 총재가 이사 가면서 싸들고 가는 이삿짐 속에서 버리고 간 낙동강 오리알" 이라고 표현했다. 어쩌면 맞는 말일 수도 있었다. 노무현과 나는 졸지에 '낙동강 오리알' 신세가 되었다. 그러나 이 두 개의 오리알이 나중에 부화하여 '미운 오리새끼' 가 될지, '백조' 가 될지는 아직 모를 일이었다.

"누가 배신했는지는 시대 정신을 보라!"

3당 합당에 반대한 이후, 내가 치러야 할 대가는 컸다.

내 고향인 부산에서도 나는 이방인 취급을 받았다. 심지어는 거제도 고향 친구들 중에서도 몇몇은 마치 내가 배신자인 양 나를 외면하고 내 곁에서 떨어져 나갔다. 거제의 어르신들이나 부산 지역구의 유지들도 "그냥 따라가라. 김영삼 안 따라가면 앞으로 부산에서 국회의원도 못 한다"고 했다. 부산의 선후배들 중에서도 "김영삼 안 따라가면 네가 배신자" 라고도 이야기했다. 심지어 평소에 정치에 관해서는 전혀 말씀이 없으시던 아버님마저도 "고집 피우지 말고 고마 영샘이 따라가라"고 말씀하셨다.

"아버님, 다른 것은 몰라도 그것만큼은 저한테 맡겨주십시오. 제가 알아서 처신하겠습니다."

3당 합당에 있어서간른은 아버님의 말씀도 거역할 정도로 내 뜻은 확고했다.

3당합당을 거부한 직후 나는 부산으로 내려가 영도구의 내 지역구 사무실 맞은편에 있는 영선동 한봉예식장의 홀을 하나 빌려서 당원들과 동지들을 불러 내가 왜 김영삼 총재를 안 따라갔는지를 설명했다. 예식장의 복도에까지 사람들이 꽉 찰 정도로 수백 명의 사람들로 입추의 여지가 없었다.

"나는 지난 국회의원 선거 때 야당 하겠다고 여러분께 약속하고 국회의원에 당선되었습니다. 그런데 나 하나 호의호식하자고 여러분들과의 약속을 깨고 일방적으로 여당으로 갈 수는 없었습니다.

어느 시대이건 그 시대의 양심을 지키는 사람들은 있어야 한다고 생각합니다. 조선왕조 5백년 역사를 보더라도 세조를 임금으로 섬기기만 했어도 사육신이나 생육신들이 자기 자신도 고난을 당하지 않았을 뿐아니라 가족들까지 모두 형장의 이슬로 사라지는 고초를 겪지는 않았을 것입니다.

그러나 그 시대의 시대정신은 '충신은 두 임금을 섬기지 않는다' 는 것이었습니다. 그 시대정신을 지키기 위해 그들은 끝까지 세조를 임금으로 섬기지 않았습니다. 역사는 그들을 충신으로 기록하고 있습니다. 그래서 우리는 그들을 훌륭한 인물로 후손들에게 가르치고 있지 않습니까?

일제강점기를 생각해보십시오. '천황폐하 만세' 만 불렀다면 유관순, 안중근, 안창호 같은 사람들이 왜 고난을 받았겠습니까? 그런데 그들은 '천황폐하 만세' 가 아니라 '대한독립 만세! 를 외쳤습니다. 그것이 그 시대의 시대정신이었습니다. 저는 이런 독립투사들이 그때의 시대정신을 지킨 그 시대의 양심세력이라고 생각합니다.

한 정당의 국회의원 59명 모두가 '야당하겠다'고 국민에게 약속하고 국회의원에 당선되었습니다. 김영삼 총재도 바로 지난 대통령 선거에서 '군정종식 김영삼'을 외쳤던 사람입니다. 그런 분이 대통령 하기 위해서 하루아침에 국민과의 약속을 져버리고 자기가 종식하겠다던 그 군사정권과 손잡은 것과 그 당의 국회의원 59명 모두가 여당으로 따라가 버리는 것은 있을 수 없는 일입니다.

모든 사람들이 다 따라가도 그중에 단 한 사람이라도 국민과의 약속을 지키고 그 시대의 시대정신을 지키려는 사람이 있어야 합니다. 아무도 그 일을 안 하겠다고 하니까 나라도 그 역할을 하겠다는 심정으로 저는 따라가지 않았습니다.

저는 김영삼 총재가 비록 대통령이 되지 못하는 한이 있더라도 역사에 '김영삼'이라는 이름 석자가 훌륭한 인물로 기록되기를 원했습니다. 전직 대통령들을 보십시오. 필리핀의 마르코스 대통령, 한국의 이승만 대통령, 전두환 대통령… 역사는 대통령이 된 그들을 어떻게 기록하고 있습니까? 김구 선생님은 비록 대통령은 되지 못했지만 역사는 그를 훌륭한 인물로 기록하고 있지 않습니까?"

나는 진심을 다해 호소했다. 내 이야기를 들은 사람 중에는 박수를 보내는 사람들도 있고, 야유를 하는 사람들도 있었다. 그래서 나를 지지하는 시민들과 반대하는 시민들 사이에 몸싸움이 일어나기도 했다.

많은 청중들이 내 진심을 이해하고 응원해 주었지만 그 다음 국회의원 선거에 나갔을 때 떨어진 것을 보면 부산 시민들 모두가 내 진심을 알아주고 믿어주신 것은 아니었던 모양이다.

아직도 내가 가야 할 길은 멀기만 했다. 부산 시민들의 마음을 얻기 위해 내가 더 노력하는 수밖에 없다.

고마운 평생 동지, 노무현

3당 합당을 거부하고 남은 이후 내게 '노무현'이란 평생의 친구가 생겼다. 그 전에도 같은 부산 출신이고 같은 당 의원이다 보니 자주 식사를 하기도 했고 이야기도 나누었었지만, 3당 합당 이후 노무현과 나의 관계는 20년 넘게 가장 어려울 때 친구요, 평생의 동지로 남게 되었다.

3당 합당 이후, 부산에서 낙선을 거듭하면서 고통과 고난을 함께 겪으며 우리는 더 친해졌다. 힘들 때는 포장마차를 찾아 함께 소주잔을 기울이기도 하고. 함께 노래방을 찾아 〈부산 갈매기〉 등을 목이 터져라 부르며 설움을 달래기도 했다.

그 시절에 대해 노무현 전 대통령은 자전에세이 『여보, 나 좀 도와 줘』에 이렇게 기록하고 있다.

'김정길 의원과는 13대 국회의원에 당선되자마자 통합 운동을 하면서 맺어졌고, 다시 3당 합당 당시 단 둘이 잔류하면서 더욱 굳어졌고, 그리고 그 후 부산에 출마하고 낙선하면서 이제는 서로 떼어놓을 수 없는 관계가 되었다….

김정길 의원은 볼수록 존경스러운 사람이다.

3당 합당 당시를 돌이켜보면, 나는 내 주위의 사람들을 보나 나의 여건으로 보나 야당에 잔류하는 결정을 아무런 스스럼없이 내릴 수 있었다. 나의 주위에는 온통 재야 변호사, 학생 운동권 출신, 노동 운동가들이 버티고 있었고, 그 사람들은 모두 내가 노태우 씨와 악수하는 일은 절대로 용납할 수 없었기 때문이다. 그야말로 나는 다른 선택의 여지가 없었던 셈이다.

게다가 나는 경제적으로 어려워질 경우에는 변호사라는 대안이 있었고, 또 정치적으로 힘들어지면 돌아갈 수 있는 재야라는 길도 있었다.

그러나 김정길 의원은 전혀 그렇지 않았다. 김정길 의원은 그런 면에서는 나와는 전혀 조건이 달랐다. 그런 만큼 그의 잔류 결정은 고뇌에 찬 결정이었고 정말 위대한 결단이었다.

그 뿐만이 아니다. 그 후 민주당을 창당하고 통합을 이루어내고 원내총무와 최고위원을 거치는 동안, 그의 결정은 항상 공명정대하고 합리적이었다. 일을 꾸려가는 교섭력과 추진력도 대단했다. 그 동안 민주당의 최고위원회가 몇 가지 뼈아픈 실책을 저질렀을 때마다 그의 최고위원 낙선이 더욱 뼈아프게 여겨지기도 했다.

어쨌든 난 그 양반이 참 잘 되었으면 좋겠다. 정치적으로 성공하기를 바라는 마음뿐이다. 그래서 그 양반이 성공하는 날, "내가 그래도 동지라고 행세하면서 옆에서 중심을 잡아 줬기 때문에 이렇게 성공할 수 있었다"고 공치사라도 한 번 해보고 싶다.'

노 대통령의 다른 자서전 『운명이다』에서 그는 나를 '고마운 평생 동지'라고 썼는데, 사실 '노무현'이야말로 내게 늘 고마운 평생 동지였다. 언론의 표현대로, 우리는 김영삼 총재가 흘리고 간 '낙동강 오리알'이었지만, 서로가 있었기에 그 어려운 시기를 함께 견뎌낼 수 있었기 때문이다.

노무현 대통령도 3당 합당에 안 따라간 이후, 정치를 못하게 되면 변호사나 재야로 돌아갈 생각을 하고 있었던 것처럼, 나도 만약 국민의 선택을 받지 못해 정치를 계속 할 수 없게 된다면 다시 예전처럼 사업가로 돌아갈 작정이었다.

국회의원이 되기 전에도 나는 노트공장과, 슈퍼마켓, 유통회사 등의 사업을 했었다. 그리고 이후에도 힌지(경첩) 사업과 폐철 사업 등을 했다.

만약 3당 합당을 거부한 것이 잘못된 선택이었다고 국민들이 판단한다면, 나는 다시 사업가로 돌아갈 생각이었다. 설사 내가 다시 돌아갈 곳이 없다고 하더라도 3당 합당에 합류하지 않은 것은 내게는 배수진을 친 것과도 같은 선택이었다.

3당 합당은 결국 호남을 고립화해서 비호남 정치세력이 영구집권하자는 전략이었다. 또한 비호남의 야당을 말살하겠다는 전략이었다. 나는 야당 하겠다는 국민과의 약속은 지켜야 한다고 생각했다.

차라리 낙동강 오리알이 될지언정 길이 아닌 길을 갈 수는 없었다.

꼬마 민주당 창당,
마침내 야권 통합을 이루다

꼬마 민주당을 창당하다

3당 합당 이후, 통일민주당 잔류 의원들과 무소속 의원들, 그리고 재 야인사들을 모아 민주당(꼬마 민주당)을 창당하고, 평민당과의 야권통 합을 추진하였지만 그 과정이 순탄하지만은 않았다.

민주당은 원래 20명 이상의 원내 교섭단체를 목표로 하였지만, 창당 을 할 때까지 합류한 현역 의원은 겨우 8명이었다. 창당을 준비하는 과 정에서 이견이 생겨 김상현 부총재가 모임을 떠나는 일도 있었다.

인적 자원과 자금 등 많은 것들이 부족했지만, 그 모든 어려움들을 딛고 우리는 2월 27일 마침내 민주당 창당발기인 대회를 열고 민주당 (가칭)을 창당했다. 이후, 정식 창당대회는 4월을 목표로 하였으나 평 민당과의 통합협상 때문에 정식 창당은 6월 이후로 늦춰졌다. 창당작 업과 최종적인 당직 인선이 마무리된 것은 7월 4일이었다.

그 결과, 박찬종 의원과의 경선을 통해 이기택 의원이 총재에 선출 되었다. 원내총무로는 김정길, 사무총장에는 이철 의원, 정책의장에는 김광일 의원이 선출되었다. 부총재는 박찬종 의원과 김현규 전 의원이 맡았다.

그리고 창당을 준비하는 과정에서도 지구당 창당 작업을 계속해나 갔다. 꼬마 민주당의 목표는 비호남 야당을 복원하자는 것과 진정한 야권 통합을 이루자는 것이었다. 그래서 지구당을 창당할 때도 평민당 국회의원이 있는 곳에는 지구당 창당을 하지 않는 것을 원칙으로 했 다. 평민당 국회의원이 없는 곳에만 창당한 것은 처음부터 평민당과의 통합을 목표로 했기 때문이었다. 당 내의 반발이 없지는 않았으나 꼬 마 민주당의 이러한 행보에 대한 국민적 지지는 대단한 것이었다.

그 결과는 4월 25일 국회의원 보궐 선거에서 나타났다. 충북 음성 진 천과 대구 서구갑에서 치러진 보궐 선거에서 꼬마 민주당은 각각 허탁 후보와 백승홍 후보를 내세워 선거를 치렀다. 보궐 선거 결과, 꼬마 민 주당의 허탁 후보가 민자당 후보를 누르고 국회의원에 당선되었다. 대 구 서구갑에서도 백승홍 후보가 민자당의 정호용 후보와 맞서 싸워 비 록 낙선하긴 했으나 상당한 표를 얻어 꼬마 민주당의 인기와 국민적 지 지를 확인하였다.

'의원직 사퇴' 라는 초강수

야권 통합을 추진하는 과정에 파란만장한 일들이 많았다. 그중 가장 대표적인 것이 야당 의원직 사퇴다.

299명의 국회의원 중 221명이 거대여당으로 가버린 상황에서 입법 부는 입법부의 기능을 상실하고 '통법부'로 전락했다. 정부 여당의 요 청에 손만 드는 거수기로 전락해버린 것이다. 대표적인 것이 1990년 7

월 13일 국군조직법과 방송관계법 등 각종 악법을 야당의 반대에도 불구하고 민자당이 수적 우세로 밀어붙여 날치기 통과시키려 한 것이다.

우리는 정치발전연구회를 같이 한 5명의 야당 의원들에게 12일 미리 연락하여 여당이 13일 국군조직법과 방송관계법을 강행 통과시키려 한다면 의원직 사퇴라는 강수를 던져 막아내기로 사전에 약속하였다.

13일, 예상대로 민자당은 수적 우위를 앞세워 각종 악법들을 날치기 통과시키려고 시도하였다. 이에 민주당의 김정길, 노무현, 이철 그리고 평민당의 이해찬 등 4명의 의원들이 기자회견을 갖고 국회의원직 사퇴선언을 하였다.

기자회견을 통해 우리는 13대 국회를 해산하고 총선거를 실시할 것과, 민자당의 영구 집권 음모와 내각제 개헌 시도에 맞서 투쟁할 것을 요청하였다.

의원직 사퇴의 파장은 컸다. 4명의 사퇴에 이어 같은날, 민주당의 이기택, 박찬종, 장석화, 김광일, 허탁 의원도 모두 의원직 사퇴를 선언하여, 의원직 사퇴는 모두 9명으로 늘어났다. 민자당과 평민당 모두 앞으로의 사태 추이를 지켜보는 가운데 의원직 사퇴는 파행정국을 뒤흔드는 메가톤급 충격으로 다가갔다. 평민당에 사전 승낙을 받지 않고 단독으로 사퇴서를 제출한 이해찬 의원은 이때 일로 나중에 여러 모로 곤란을 겪게 되기도 했다.

결국 4명으로 시작된 의원직 사퇴파동은, 평민당, 민주당, 무소속 의원들이 모두 참여하는 야당 의원 80명의 총사퇴라는 초강수로 이어졌다.

마침내 야권 통합을 이루다

평민당과의 야권 통합 논의는 진척이 있는 듯하다가도 암초를 만나곤 했다. 민주당과 평민당이 통합해야 한다는 대전제는 동감하면서도 통합의 방법에 있어서는 의견 차이가 많았다. 여러 차례 통합 협상 대표들이 바뀌는 진통을 겪으면서도 야권 통합은 계속해서 추진되었다.

1990년 5월에는 민주당과 평민당 사이에 사실상 통합에 대한 합의가 거의 이루어졌다. 통합의 방식은 당 대 당 통합, 지도체제는 집단지도체제, 대표 선출은 통합당의 최고의사결정기구에서 경선을 통해 하는 것으로 최종적인 합의가 이루어졌다.

민주당에선 내가 협상대표를 맡고 이철, 노무현, 장석화, 장기욱 의원이 협상단으로 나섰고, 평민당에선 김원기 의원이 대표를 맡고 유준상, 한광옥, 한영수, 이재근 의원이 협상단으로 나왔다.

그러나 거의 야권 통합에 이를 뻔했던 협상 논의는 이기택 총재가 "김대중 총재는 정치 일선에서 물러나 2선으로 퇴진해야 한다"고 주장하면서 난관에 부딪혔다. 김대중 총재가 이기택 총재를 통합 야당의 총재로 추대하겠다면서 한껏 야권 통합의 분위기를 만들어 놓았는데, 김대중 총재의 2선 퇴진을 요구하면서 통합 논의는 표류했다. 설상가상, 보라매공원에서 이기택 총재가 연설을 할 때 이 총재를 향해 돌멩이가 날아드는 폭력사태가 발생하면서 야권 통합 논의는 사실상 물 건너가 버렸다.

야권 통합 논의가 표류하게 된 것은, 민주당 내에 심각한 의견 대립이 있었기 때문이기도 했다. 꼬마 민주당은 '스타 군단'이라는 화려한

수식어와 함께 국민적 지지와 사랑을 받았다. 청문회 스타 노무현과, 사형수 출신 이철, 그리고 언제나 많은 인기와 사랑을 받았던 박찬종 등, 수는 적지만 언론의 스포트라이트를 받는 의원들이 많았다. 그러나 각자 개성이 뚜렷하다보니 오히려 '8인 8색' '9인 9색'이라는 평가를 받을 정도로 의견들이 제각각일 때도 많았다.

출신지에 따라 정치적 이해득실이 달랐기 때문이기도 했다. 비호남 야당을 표방하는 민주당과 호남을 대표하는 야당인 평민당이 통합할 경우 수도권 출마자는 유리하지만, 영남권 출마자는 국회의원 당선은 사실상 포기해야 되는 상황이었다.

그럼에도 불구하고 나는 처음부터 민주당과 평민당의 통합에 적극적으로 찬성하는 입장이었다. 노무현 의원도 곧 나와 뜻을 같이해서 함께 부산에서 출마하기로 결정했다.

우리 두 사람은 뜻을 합쳐 이기택 총재를 끈질기게 설득했고, 결국 이기택 총재의 승낙을 받아 야권 통합에 나섰다. 4월 보궐선거에선 승리했지만, 1991년 상반기에 열린 지방의회 선거에서 민주당은 거의 전멸하다시피 참패했던 것도 야권 통합의 명분을 살려주는 좋은 계기가 되었다.

그리고 그 열매는 1991년 9월 10일, 신민당 김대중 총재와 민주당 이기택 총재의 신민당-민주당 통합선언으로 나타났다. 당 대 당 통합, 공동대표제, 신민당과 민주당의 지분 50 대 50이라는 파격적인 양보 끝에 이루어낸 야권 통합이었다. 이런 통합이 가능했던 것은 의석수 67 대 8이라는 절대적인 수적 우위에 있음에도 불구하고 파격적인 양보를 해준 김대중 총재의 결단이 있었기 때문이었다.

1991년 9월 16일, 마침내 신민당과 민주당이 하나로 통합되어 당명을 '민주당'(통합 민주당)으로 정했다. 김대중, 이기택 두 사람이 민주당 공동대표로 추대되었고, 신민당계와 민주당계가 고루 최고위원에 선임되었다. 마침내 그토록 소원하던 야권 통합의 꿈이 이루어졌다. 그리고 제1야당, 정통야당인 통합민주당의 원내총무와 대변인으로 나와 노무현이 전면에 나서게 되었다.

사퇴한 동안의 세비를 기부하다

야당 의원들이 총사퇴한 동안 국회는 공전되었다. 그 사이 국군보안사령부가 여야 국회의원들을 포함하여 민간인까지 사찰한 사실이 밝혀졌다. 그리고 민자당은 여야 합의로 통과된 지방자치법을 어기면서까지 지자제 선거를 연기하려 했다. 국회가 공전되고 여야가 극단으로 대치하는 상황 속에서 10월 8일 김대중 총재는 '지방자치제 실시, 내각제 포기, 보안사와 안기부의 정치 사찰 중지, 민생 문제 해결'을 요구하는 무기한 단식투쟁에 들어갔다. 결국 단식 13일 만인 10월 20일 정부 여당은 지자제 도입 등을 받아들이며 단식 농성은 중단되었고, 야당 의원들의 의원직 총사퇴도 12월에 들어서면서 철회하였다.

12월 들어 국회가 정상화되면서 새해 예산안을 편성해야 하는데, 예결산위원회와 전체회의를 거치는 과정 가운데 애초에 재일본 한국 YMCA 건축 부채 지원액 3억 원의 예산이 누락되는 불상사가 일어났다.

재일본 한국 YMCA 건물은 1919년 3·1독립운동의 도화선이 된 2·8독립선언의 산실인 곳이었다. 1976년 한국 정부의 주선으로 신회관을 건립하면서 약 6억 엔의 부채가 발생하였으나 1980년 한국의 정치

상황이 급변하면서 한국 정부가 약속한 대책이 이루어지지 못하면서 계속 이자가 발생, 1990년에 이르러서는 11억 5천만 엔이나 되는 부채로 늘어났다.

이에, 민주당 의원 전원과 무소속의 김현 의원 등 총 9명의 의원들은 의원직 사퇴서를 제출하고 국회에 등원하지 않은 1990년 8~12월 5개월 간의 세비 전액인 1억 4,570만 2,234원을 재일본 한국 YMCA 건축부채 상환을 위해 지원하기로 하고 1991년 3월 7일 서울 YMCA에서 전달식을 가졌다.

국회에 나가지 않은 동안 나온 세비를 받는다는 것이 국회의원의 양심상 거리끼는 일이었는데, 국회가 약속하였으나 지키지 못한 YMCA 부채 해결 자금으로 지원하는 것은 어찌 보면 당연한 일이었다. 그리고 예산안 심의과정에서 전액 누락된 정부지원금도 예비비 등에서 마련해주기로 하였다.

싸울 때는 싸우고 타협할 때는 타협하고

꼬마 민주당 창당, 야권 통합 협상, 야당 의원 80명 의원직 총사퇴, 김대중 총재 단식 농성, 내각제 개헌 저지 투쟁 같은 굵직굵직한 역사적 과정들을 거치면서 1991년 9월 민주당과 신민당은 마침내 통합 민주당으로 야권 통합을 이루었다.

제1야당 원내총무로서, 나는 싸울 때 싸우더라도 필요하다면 언제든 누구와 어떤 이야기도 허물없이 터놓고 주고받았다. 상대가 정치적 라이벌이나 나와는 전혀 다른 정치적 견해를 가진 사람이라도 상관없이 나는 그와 만나 주요한 정치적 현안에 대한 논의를 했고, 대부분의 경우 서로가 만족할 만한 협상안을 이끌어냈다. 그것이 야당 통합 협상 대표, 제1야당 원내총무로서 내게 맡겨진 역할이었기 때문이다.

나는 제1야당 원내총무로서 가진 첫 기자회견에서 "나는 협상과 타협을 주저하지 않겠다. 그러나 원칙까지 타협하지는 않겠다"고 말했다.

통합 민주당의 원내총무가 된 직후 나는 국회 대표실로 김영삼 대표를 찾아갔다. 그리고 "제가 이번에 민주당 원내총무가 되었습니다. 앞으로 어려운 일들이 있을 때마다 자주 찾아뵙고 상의드리겠습니다. 앞으로 많이 도와주십시오' 하고 인사를 드렸다. 3당 합당으로 인해 정치적으로 갈라서긴 했지만 김영삼 대표도 내가 야당 원내총무가 되어 인사드리러 가자 반갑게 맞아주었다. 그리고 "어려운 일이 있으면 언제든 상의하시라"고 이야기해주었다.

나는 수시로 김영삼 대표를 만났다. 3당 합당 이후 내가 주로 맡은 역할들이 제1야당 원내총무, 대통령 정무수석 등 정치인들을 두루 만나 정국 현안을 풀어가는 일이었으니 내가 김영삼 대표를 자주 만난 것은 어쩌면 당연한 일이었을지도 모른다.

비록 정치적 입장과 철학의 차이가 뚜렷해서 3당 합당 이후 정치적 노선은 분명하게 갈라섰지만, 인간 김영삼에 대한 신뢰나 개인적 존경까지 모두 사라진 것은 아니었다. 비록 3당 합당을 했으나 그가 성공한 대통령으로 역사에 남아주었으면 하는 것은 한결같은 바람이었다. 세상의 누가 어린 시절의 우상이요, 젊은 시절의 정치적 스승이 실패하고 망가지는 모습이기를 바라겠는가.

"대화와 타협의 명총무 김정길"

나는 사람의 마음을 움직이는 것이 몇 가지 있다고 믿는다.

그것은 때로 원칙과 소신이기도 하고, 때로는 정치적 철학과 명분이기도 하다. 그리고 많은 부분, 사람을 움직이는 가장 큰 힘은 '진심'이라고 믿고 있다. 아무리 그럴듯한 정치적 명분과, 탁월한 논리로 포장해도 그 안에 '진심'이 담겨 있지 않으면 사람들은 금방 그 진심을 파악한다. 그래서 정치인에게 가장 필요한 덕목 중 하나는 바로 상대방에게 진심을 전달하는 일이고, 또한 국민들에게 진심을 믿게 하는 일이다.

그럴듯한 궤변과 논리로 자기 자신과 국민을 속이는 사람은 '정치꾼'이다.

자신의 진심은 깊숙이 숨기고 국민들을 자기 뜻대로 움직이는 사람은 '정치인'이다.

그리고 진정한 '정치가'는 자신의 진심을 국민으로 하여금 믿을 수있게 하는 사람이다. 나는 내 평생의 정치인생을 통해 내 진심을 알리는 정치가가 되기를 소원했다.

20년 간 내 정치적 소신을 위해 수없는 낙선과 고난의 시간을 감수해야 했던 나 자신을 '정치꾼'이라고 믿고 싶지는 않다. 그러나 내가 '정치가'인지 '정치인'인지는 내 자신이 내릴 대답은 아닌 듯싶다. 그 평가는 국민들이 내릴 일이며, 오랜 시간을 두고 역사가 내릴 평가이기 때문이다.

아무튼 정국에 어려운 문제와 고비가 생길 때마다 나는 진심을 다해 문제들을 해결하기 의해 노력했다. 내가 원내총무가 된 뒤 여당 중심의 농림수산위원회가 추곡수매가를 날치기로 통과시키면서 국회가 파행을 겪었다. 당시 내 협상 파트너였던 김종호 민자당 원내총무와 여러 차례 만나 협상을 했지만 진전되는 것이 없었다.

이래서는 아무것도 안되겠다 싶어, 나는 밤 9시가 넘은 늦은 시간이었지만 상도동을 찾아가 김영삼 대표를 만났다. 그리고 추곡수매가 등 정치현안에 대한 이야기들을 솔직히 주고받았다.

"추곡수매가 날치기 통과한 것에 대해서 유감표명을 해주십시오. 그리고 김종호 총무에게 전화해서 '모든 것을 내가 김정길 총무와 상의했고 김정길 총무를 믿으니까 김정길 총무가 하자는 대로 잘 따라서 수용하라'고 전화를 해주시면 제가 국회를 정상화시키겠습니다. 대표님의 결단으로 국회가 정상화되는 모양새를 보여주는 것이 앞으로 대표님께서 대통령 후보로 나서실 때도 여러 모로 좋습니다."

김영삼 대표는 모든 문제를 단순하고 명쾌하게 결정하고 정리하는 면이 있었다. 그래서 나는 김영삼 대표를 직접 만나 설득하면 국회 파행 사태를 쉽게 해결할 수 있을 것이란 믿음이 있었다.

결국 다음 날 추곡수매가 날치기 사태에 대해서는 민자당에서 유감을 표명하고, 새해 예산안도 전례 없이 야당의 주장대로 몇 천억 원을 삭감하는 선에서 서로 합의를 보기로 하고 파행 국회를 정상으로 돌려놓았다.

야당의 숫자는 적었지만 정국의 주도권을 쥐고 정국을 이끌어가고 있었다.

국회가 파행을 겪거나 정국 현안이 꼬일 때마다 하루에 7~8번, 심지어 많을 때는 10여 번을 만나 회담을 하면서 꼬인 현안을 풀고 국회를 정상화시키기 위해서 노력했다.

나중에 기자들과 오찬하는 자리에서 김대중 대표가 "요즘은 김정길 총무 전성시대야"라고 웃으면서 칭찬을 했고, 언론에서도 나를 "대화와 타협의 명총무"라고 칭찬해주었다.

그렇게, 싸울 것은 싸우고 협상할 것은 협상하면서 제1야당의 원내총무로서 내게 맡겨진 역할을 차근차근 소화해나갔다.

어려울 때 친구가 진정한 친구

1992년 3월 24일. 제14대 국회의원 선거가 다가왔다. 그리고 많은 사람들이 아는 것처럼 노무현과 나는 부산으로 내려가 3당 합당에 반대하고 망국적인 지역주의와 맞서다 통렬하게 낙선했다.

"우리가 안 싸우면 누가
지역주의와 맞서 싸우겠소?"

솔직하게 고백한다. 14대 국회의원 선거를 부산에서 출마할지 서울에서 출마할지 처음에는 갈설였었다. 그때 민주계에서 내가, 평민계에선 김원기 의원이 공동으로 제14대 국회의원 공천심사위원장을 맡았다. 그리고 공천심사위원도 노무현, 이철 등 절반이 민주계였다. 따라서 노무현과 나는 각각 공천심사위원과 공천심사위원장이었기 때문에 마음만 먹는다면 어디든 당선 가능한 곳으로 우리를 공천하는 것이 가능했다. 그러나 우리는 그렇게 하지 않았다.

고민이 없었던 것은 아니다. 나도 처음에는 민자당의 김덕룡 의원이 나오는 서초을로 출마할까, 부산 영도구로 돌아갈까를 망설였다. '김영삼 대표를 따라 3당 합당에 따라간 김덕룡' 대 '3당 합당을 거부한 김정길' 구도를 만든다면 해볼 만한 선거였다. 명분도 이슈도 충분했다. 그러나 결국 나는 낙선될지도 모르는 위험을 각오하고 부산에서의 출마를 선택했다. 그리고 역시, 나처럼 망설이고 있던 노무현 의원과 의논했다.

"망국적인 지역주의를 깨뜨리기 위해서는 우리가 부산에 출마해야 합니다. 3당 합당에 반대한 우리가 부산에 가서 맞서 싸워야 의미가 있습니다. 우리가 안 내려가는데 누가 부산에 내려가서 지역주의와 싸우겠습니까?'

결국 노무현과 나는 참모들과 가족들의 만류를 뿌리치고 비호남 야당 복원, 통합 야당의 명분을 따라 부산으로 내려갔다.

사실, 선거는 후보자 한 사람만 치르는 것이 아니다. 수많은 동지들과 지지자들이 도와주어서 함께 치르는 것이 선거다. 그리고 선거 기간 동안과 선거 이후에 치러야 할 고통도 후보 한 사람만 겪는 것이 아니다. 참모와 동지들도 함께 고통을 겪지만 가장 큰 고통을 겪는 사람 중의 한 사람은 바로 가족이다.

내 아내도 매번 선거를 치를 때마다 나로 인해 많은 고통을 겪었다. 그때마다 아내는 자신이 겪는 고통을 시로 적었다. 아내가 지은 시 한 편을 소개한다.

이 밤이 지나면
또 하루
선거 치를 날이 다가옵니다

짓밟고 아우성치는
고통스런 싸움판이 벌어질 겁니다

하지만 당신의 뜻이라면
이번에도 허락하소서

더 많은 모욕과
더 많은 돌팔매질
더 많은 눈물을

—이은혜 시집 『나의 아픔이 당신의 위로가 된다면』 중에서 "선거"
　전문.

김정길 vs 김형오가 아니라
김영삼 vs 김대중의 선거?

또다시 더 많은 모욕과, 돌팔매질과, 눈물을 각오하고 노무현과 나
는 부산으로 돌아왔다.

노무현 의원의 지역구인 부산 동구는 민자당 허삼수 후보의 지역구
인데, 허삼수 후보가 워낙 지역구 관리를 열심히 해서 노무현으로서는
많이 어려운 지역구였다.

반면 내 지역구인 영도구는 정치신인인 김형오 후보가 처음으로 국
회의원에 도전하는 지역구라 비교적 유리한 편이었다. 처음 여론조사

에서는 내가 김형오 후보에 비해 더블스코어로 이기고 있었다. 그러나 나중에는 오히려 더블스코어로 지는 결과가 나왔다. 김영삼 대표가 영도구를 집중적으로 지원한 결과였다. 영도구에서 지역유지들을 불러 조찬모임도 갖고 태종대에서 아침 조깅을 하며 선거지원을 했다. 부산에서 반나절을 머물며 집중적으로 선거 지원을 한 곳은 부산에서 영도구가 유일했다.

"김영삼을 대통령으로 만들려면 부산에서 김정길이와 노무현이를 떨어뜨려야 한다"는 말들이 공공연히 나돌았다.

뿐만 아니라 14대 총선에서는 불법 흑색 유인물들이 판을 쳤다. 내가 야구 방망이를 들고 타격 자세를 취하고 그 뒤에 김대중 대표가 감독으로 서서 "정길아, 잘 해라" 하면 그 앞에서 내가 "형님. 걱정 마이소. 내가 누굽니까?" 라고 대답하는 그림이었다. 지역 감정을 자극하는 치졸한 그림이었다.

1988년 4월 13대 국회의원 선거에서는 허삼수 후보를 향해 "허삼수는 반란을 일으킨 군인입니다. 반란의 총잡이입니다. 허삼수는 국회가 아니라 감옥으로 보내야 합니다"라고 이야기하던 김영삼 대표는 불과 4년이 지난 지금 "허삼수 후보는 충직한 군인입니다. 허삼수 후보를 뽑아주면 제가 중하게 쓰겠습니다. 저를 대통령으로 만들어주시기 위해서라도 허삼수 후보를 국회의원으로 뽑아주십시오"라고 했다. 상전벽해, 격세지감, 적반하장이었다.

이 선거는 노무현과 허삼수, 김정길과 김형오의 선거가 아니었다. 김대중과 김영삼의 선거였다.

"노무현이, 김정길이를 밀어주면 김대중이 대통령 된다. 김영삼을 대통령으로 만들려면 허삼수와 김형오를 찍어야 한다."

이 한 마디에 모든 것이 끝나버린 선거였다.

다음 대통령이 김영삼이냐 김대중이냐가 가장 큰 이슈가 된 선거에서, 김영삼 대표의 텃밭인 부산에서, 김대중이 대표인 당의 원내총무와 대변인이 나서서 표를 달라고 하는 자체가 말빨이 안 먹히는 선거였다. 처음에는 '김정길'이라는 인물과 '김형오'라는 인물의 대결에서 더블스코어로 이기고 있다가, '김대중의 사람'과 '김영삼의 사람'이라는 대권 후보 대결로 이슈가 바뀌면서는 오히려 더블스코어로 뒤집혀 버렸다. 허망했다.

민주당의 약진과 공천 혁명

14대 총선이 아무런 의미가 없었던 것은 아니었다. 민자당은 219개 의석에서 149개로 의석이 줄었다. 반면 민주당은 63석에서 97석으로 늘었고, 현대그룹 정주영 회장이 창당한 통일국민당은 31석을 차지했다. 민자당 참패, 민주당 약진, 국민당 돌풍으로 기록될 만한 선거였다. 민자당의 참패 이유는 3당 합당 때문이었다. 3당 합당에 대해 국민들이 심판한 결과였다.

민주당이나 나 개인적으로도 14대 총선은 의미가 있었다. 민주당도 호남 중심의 정당에서 수도권에 골고루 당선되면서 전국 정당의 기초를 다질 수 있었다. 나도 공동공천심사위원장으로 활동하면서 민주당이 합리적인 공천을 할 수 있도록 많은 노력을 기울였다.

공천에서 가장 애를 먹은 것은 김홍일 씨와, 이해찬 의원 등에 대한 공천이었다. 공천심사 과정에서 동교동계 강경파 공천심사위원들은 김대중 공동대표의 장남인 김홍일 씨를 목포에 공천하려고 했다. 그리고 당의 의사와 상관없이 개인적 소신으로 야권 통합 운동에 앞장섰던 이해찬, 이철용, 조윤형 의원 등에 대해 공천을 배제하려고 했다. 현역 의원이었는데도 불구하고, 김대중 공동대표의 뜻에 어긋난 일을 했으니 공천할 수 없다는 것이었다. 이 문제들을 놓고 공천심사위원들 간에 엄청난 논쟁이 있었다. 아무리 싸워도 쉽사리 결정이 나지 않았다. 김대중 공동대표 장남의 공천에 관한 것인데 쉽게 물러설 수 있는 문제가 아니었던 것이다.

결국은 공동공천심사위원장인 김원기 의원과 내가 마지막 인선 안을 들고 김대중 이기택 공동대표를 찾아가 당무회의에서 담판을 지었다.

"김홍일 씨를 목포에 공천한다면 총선 분위기를 다 망칩니다. 여론이 아주 안 좋아질 게 뻔합니다. 김대중 대표께서 대통령에 출마하실 생각이시라면 장남을 과거 자기 지역구에 공천하시는 일은 하시면 안 됩니다."

김홍일 의원 개인에게는 미안한 일이지만 결국 간곡하게 설득을 해서 김홍일의 목포 공천은 철회되었다. 김홍일 씨가 국회의원에 공천된 것은 그 다음 선거인 15대 총선 때였다.

남은 문제는 이해찬, 조윤형 의원 등에 대한 공천 배제 문제였다. 그동안에도 엉뚱한 사람들을 공천하려고 하면 노무현 의원은 공천 심사를 거부하고 여의도의 자택으로 돌아가버리고, 내가 좀 더 진전된 안을 들고 가서 노무현 의원을 데려오고 하는 일을 몇 번 했었다. 말하자면 노무현과 내가 배드캅 굿캅 역할 분담을 한 셈이다.

그런데 이해찬, 조윤형 의원 등의 공천을 받아내는 일은 쉽지 않았다. 결국 김대중 이기택 양 공동대표를 모신 당무회의에서 "이해찬 의원은 의정 활동도 열심히 한 의원인데 왜 공천을 못하겠다는 겁니까? 만약 그렇다면 노무현과 김정길도 공천 반납하고 출마 안하겠습니다!"라고 버틴 끝에야 겨우 이해찬 의원 하나만 겨우 살려낼 수 있었다.

이렇게 어렵게 공천을 마치고 부산에 선거를 치르러 내려가니 부산 정서는 야당 하라고 뽑아준 국민과의 약속을 어기고 여당으로 간 김영삼이 배신자가 아니라, 김영삼을 따라가지 않은 노무현과 김정길이 배신자였다.

당시 나는 교회 장로였는데 아내가 교회에 가면 "장로가 장로 안 따라갔다"고 나를 비판하는 분위기였다. 뿐만 아니라 아내의 고향이 전남 고흥이다보니 아내앞에서 대놓고 "김정길이는 마누라 잘못 만나서 앞길 망쳤다. 마누라가 전라도 사람이라 김영삼이 못 따라가게 하고 김대중이한테 데려 가려고 했다"고 비난하기도 했다. 아내는 선거기간 내내 이렇게 힘들게 선거운동을 했다.

그래도 내 지역구에서의 지지는 견고할 줄 알았는데, 김영삼 대표가 영도구에 내려와서 반나절 선거운동을 하고 가니 순식간에 여론이 확 뒤집혀 버렸다. 제1야당 원내총무이자 현역의원이 정치 신인에게 참패를 당한 것이다.

낙선한 날 아침 김대중 대표가 집으로 전화해서 나를 위로했다.
"김 총무, 그동안 많은 고생과 수고를 하셨는데 결과가 이렇게 나오고 나니 무슨 말로 위로를 해야 할지 모르겠소."
"대표님, 저희는 비록 떨어졌지만 저희들의 희생으로 수도권에서는 많이 당선되지 않았습니까? 저희는 그것으로 족하게 생각합니다."

그렇게 말씀드리니 김대중 대표는 "그렇게 생각해주시니 정말 고맙소"라고 감사인사를 전했다.

서로의 어깨에 기대어 소주잔을 기울이다

그때부터 노무현과 나는 사실상 백수가 되었다. 낙선한 후 우리는 각자의 지역구를 돌아다니며 낙선사례를 했다.

그리고 이후 서울과 부산을 오가며 시간을 보냈다. 서울에 중요한 행사가 있으면 서울에 있다가, 부산에 일이 있으면 부산에 왔다가… 이런 세월을 보냈다. 당시 부산의 지역 정서가 워낙 반 김대중 정서가 강한 터라 참 힘들 때가 많았다. 그럴 때면 노무현과 나는 포장마차에서 만나 소주잔을 기울이며 서로의 어깨에 기대 위로를 받을 때가 많았다.

권양숙 여사와 내 아내도 가깝게 지냈다. 노무현 의원이 국회의원으로 당선한 후 여러 번 같이 식사를 하기도 하고 만남도 가졌지만 노무현 의원이 서울로 거처를 옮기면서 더욱 가까워졌다. 그래도 우리가 재선을 해서 서울에 먼저 올라왔으니 서울 지리도 좀 더 잘 알지 않겠느냐며 권 여사도 자주 아내와 같이 다녔다. 남편이 국회의원이지만 평소 검소한 살림을 하는 것도 두 사람이 같아서 좀 더 싼 데를 찾아서 같이 시장을 다니곤 했다.

한번은 노무현 의원에게 한약을 지어 먹이려고 권 여사가 한약방을 찾았다. 그런데 비용을 아끼려고 한약방에서 약을 짓지 않고 경동시장에 가서 약을 짓기로 했다. 아내가 그래도 서울에 먼저 올라와 서울 지리를 잘 아니까 앞장을 서서 권 여사와 경동시장에 함께 가서 한약을 지었다.

그때 한의사가 "이 한약을 먹는 동안에는 밀가루 음식을 먹지 말라"고 했는데, 노무현 의원이 그만 밀가루 음식을 먹는 바람에 이때크터 밀가루 알러지가 생겼다.

나중에 대통령이 된 후에 부부동반으로 청와대 관저에서 저녁식사를 하면서 노 대통령이의 밀가루 알러지 얘기가 나왔는데 그때 아내는 자기 잘못도 아니면서 노 대통령께 미안해서 몸 둘 바를 몰라 했다.

추억은 슬픔의 자리를 아프게 비춘다

시간이 지나고 나니 그렇게 포장마차를 돌던 일도, 경동시장에 갔던 일도, 심지어는 밀가루 알러지에 대한 민망함도 모두가 아름다운 츠억으로 남았다. 그때는 그렇게 힘들고, 서럽고, 부끄러웠던 기억들도 지나고 나니 모두가 아름답기만 하다.

그렇게 우리는 20년 동안 때론 힘들고, 때론 즐거운 시간들을 함께 보냈다.

지금 생각해도 '그때 나 혼자였으면 그 힘든 세월을 어떻게 견뎌낼 수 있었을까?' 싶다.

그런 친구가 지금은 내 곁에 없으니 많이 보고 싶고 많이 그립다 내 영혼의 일부가 그와 더불어 영원히 사라진 듯한 느낌이다.

시간이 지날수록 그와 함께했던 추억들은 점점 더 날카롭게 빛난다.

그 날카로운 추억들이 그의 빈 자리를 더욱 아프게 비추고 있다.

김대중 대통령과 정들다

1992년 제14대 대통령 선거가 있었다. 나는 그때 민주당 최고위원으로서 김대중 대통령 후보를 모시고 전국 캠페인을 했다.

14대 총선에서 낙선한 나는 5월 26일에 열린 민주당 전당대회에서 최고위원에 출마했다. 총선에서 낙선한 아픔이 컸던 탓에 나는 특별히 최고위원 선거운동을 하지 않았다. 전당대회장에서 후보 연설을 할 때 "저는 지역주의의 벽을 깨기 위해 부산에서 출마했다가 낙선했습니다. 만약 부산의 선택이 잘못 되었다면 당원 동지 여러분께서 표로써 심판해주십시오." 호소한 게 선거 운동의 거의 전부였다.

그런데 비록 부산 시민들에게는 인정받지 못했지만 고맙게도 당원 동지들은 내 진심과 노력을 인정해주었다. 나는 최고위원에 당선되었다.

무난하게 당선될 수도 있는 수도권 출마를 포기하고 사실상 사지(死地)와 다름없는 부산에 내려가 지역주의와 싸운 나와 노무현을 김대중 대표는 각별히 아껴주었다.

그래서 92년 대선을 앞두고 김대중 후보는 내게는 후보와 함께 전국 유세를 하게 하였고, 노무현에게는 청년특위 물결유세단장을 맡겼다. 대통령에 당선되기 위해서는 꼭 해야 하는, 영남 지역의 지역주의 정서를 깨는 일과 청년층의 표심을 붙잡는 일을 맡긴 것이다. 대선에서 승리하기 위해서는 영남에서 일정 정도의 득표를 해야 했고, 청년층의 지지를 받지 않으면 힘든 일이었다.

나는 때로는 김대중 후보와 함께 승용차를 타고 다니면서, 때로는 시간이 급해 헬기를 빌려 타고 다니면서 대통령 선거 찬조연설을 하고 다녔다. 후보와 같이 다니기도 하고, 후보와 따로 떨어져 움직이다가 연설회장에 먼저 가서 후보가 도착하기 전 찬조연설을 하다가 후보가 도착하면 후보를 소개하고 마이크를 넘겨드렸다. 말하자면 분위기를 띄워 후보가 연설할 때 최고의 호응이 나오도록 유도하는 게 내 역할이었다.

"내가 왜 고향 선배인 김영삼을 지지하지 않고 호남 출신인 김대중을 지지하는가?"에 대해 그 이유를 설명했다. 청중들의 호응이 무척 좋았다. 김대중 후보도 내 연설을 아주 마음에 들어했다. 그렇게 제주도에서부터 강원도 산골에 이르기까지 모두 157곳의 찬조연설을 다녔다.

한번은 대구–안동–영주로 이어지는 릴레이 유세였는데, 나는 김포에서 헬기를 타고 곧바로 안동으로 먼저 가서 찬조연설을 하며 후보를 맞기로 했다. 그런데 안개가 끼고 날씨가 너무 안 좋아서 도저히 헬기로 산을 넘을 수 없는 상황이었다. 헬기는 시골 논바닥에 불시착해버렸다. 구두가 온통 진흙투성이인 채로 택시를 잡아타고 안동역으로 달려갔으나 허사였다. 날씨 때문에 연설일정이 취소되어 후보가 대구에서 오지 못했기 때문이었다. 그때는 유세를 못한 게 안타까웠지만 지나놓고 보니 헬기가 불시착을 했기에 망정이지 추락을 했다면 어쩔 뻔했던가 싶다.

찬조연설을 다니다보니 많은 시간을 김대중 후보와 차 안에서 같이 보내게 되었다. 그러다보니 이런저런 많은 이야기들을 나누면서 자연스럽게 정이 들었다. 후보도 나를 무척 아끼고 고맙게 생각해주셨고, 나도 김대중 후보에 대한 신뢰와 존경과 정이 쌓였다.

원래 사람은 멀리서 보는 것과 달리 가까이서 보면 실망하게 되는 경우도 많은데, 김대중 후보는 가까이에서 볼수록 더 믿고 존경할 만한 분이었다.

김대중 후보는 차 안에 이런 저런 간식거리를 가지고 다니면서 이동 중에 자주 즐기곤 했다. 과일이나 닭튀김 같은 간식들도 있었다. 한번은 겨울인데도 갑자기 아이스케키가 먹고 싶다고 해서 수행비서가 잠시 차를 세우고 가게에 가서 비비빅이란 아이스케키를 사와서 차 안에서 같이 먹기도 했다. 대선 후보와 차에서 아이스케키를 함께 먹다니, 보기 드문 일이라 즐거운 추억으로 기억에 남았다.

선거기간 동안 함께 다니며 바라본 김대중 후보는 참 따뜻한 분이었다.

KAL기 폭파사건, 초원복집 사건

1992년 대선이 이렇게 따뜻하고 추억만 남는 선거는 아니었다. 참 치졸한 정치공작과 흑색선전, 왜곡보도가 여전히 난무했다.

1992년 10월 6일에는 안기부가 '이선실 간첩단 사건'을 발표했다. 1987년에는 선거 직전에 김현희의 'KAL기 폭파사건'이 터지더니 이번에는 선거판을 뒤흔드는 대형 간첩사건이었다. 안기부는 심지어 간첩 이선실이 동교동에 가서 이희호 여사와 기념사진까지 찍었다는 소문을 퍼뜨렸다. 말도 안되는 정치공작이었다. 이 사건은 훗날 과거사진상규명위원회에서 국정원 스스로 "사실과 다르거나 과장되었고, 정치적 목적으로 조작된 의혹이 있다"고 인정한 사건이었다.

또한 12월 11일에는 김기춘 전 법무장관이 부산지역 기관장들을 복집에 모아놓고 "우리가 남이가"라며 부산지역 기관장들의 선거개입을 부추긴 이른바 '초원복집' 사건이 터졌다. 그러나 이 사건은 선거중립을 지켜야 할 기관장들의 관건선거보다는 불법도청에 초점이 맞춰지며 오히려 적반하장으로 지역감정을 더 부추기는 결과를 낳았다. 신생 정당인 국민당이 제대로 대응하지 못한 결과였다.

투표 이삼일을 남겨놓고는 부산, 경남, 대구, 경북 지역에 "김대중이 당선되면 경상도에 피의 보복이 있을 것입니다"라는 내용의 흑색선전물이 뿌려지기도 했다.

12월 18일, 개표가 시작되자 지역대결의 양상이 뚜렷했다. 영남에서 김영삼 후보에 대한 몰표가 쏟아져 나왔다. 서울과 호남지역을 뺀 대부분의 지역에서 김대중 후보가 패했다. 지역정서에서 기인한 영남지역의 몰표로, 김영삼 후보가 대통령에 당선되었다.

나는 밤새 개표상황을 지켜보았다. 이미 지고 있었지만 그동안 너무 열심히 선거운동을 했었기 때문에 혹시나 해서 아침까지 밤을 새며 개표를 지켜보았다.

기적은 일어나지 않았다. 김대중 후보도 대선에서만 세 번째 낙선이었다. 나는 아침 일찍 동교동으로 출발했다. 김대중 후보는 정계은퇴 선언을 하기 위해 당사로 출발하시고 이희호 여사만 계셨다. 우리는 눈시울을 붉히며 서로 포옹을 하며 위로했다.

당사로 가니 정계은퇴선언을 위한 간부회의를 하는 중이었다. 많은 간부들과 당직자들이 회의를 하는 중이었는데, 내가 들어서자 김대중 후보가 자리에서 일어나 나를 포옹해 주었다. 우리는 누가 먼저랄 것도 없이 부둥켜안고 뜨거운 눈물을 흘렸다. 나를 포옹하며 내 어깨를 도닥여주는 그의 손길에서 그의 고뇌와 좌절이 고스란히 전해졌다. 애써 눈물을 참으려는 그의 모습에서 시대의 아픔과 맞서 싸운 거인의 고독을 느낄 수 있었다.

　참 따뜻한 가슴을 가진 한 사람이 정계은퇴와 함께 우리 곁에서 떠나려 하고 있었다.

떨어지고, 떨어지고, 또 떨어지다

"노무현 먼저 찍어주시고
남는 표 있으면 김정길도 부탁합니다"

김대중 총재가 영국 케임브리지로 유학을 떠난 후 1993년 3월 11일 전당대회가 있었다. 대표최고위원과 최고위원 등을 뽑는 전당대회였다. 김대중 총재는 은퇴 후 누가 민주당을 이끌어갈지 민주당의 새로운 리더십을 선출하는 자리였다. 최고위원 후보로는 한광옥, 김원기, 유준상, 김영배, 김정길, 이부영, 조세형, 박영숙, 노무현, 신순범, 권노갑 등 11명이 출마했다. 1인 4표제로 8명의 최고위원을 선출하는 선거였다. 대표최고위원으로는 이기택, 김상현, 정대철 후보가 출마했다.

대부분의 언론이 최고위원 중에는 "김정길이 1등을 할 것"이라고들 예상했다. 지난 대선에서 김대중 총재와 함께 전국을 돌아다니며 열심히 선거운동을 했던 나의 진심을 호남 대의원들과 동교동계에서 고맙게 생각하고 있었다. 게다가 나는 김대중 총재 이후 민주당을 이끌어갈 이기택계의, 말하자면 제2인자였다. 따라서 민주계에서도 나를 지지할 것이므로, 내가 최고위원에 당선되는 것은 당연한 일로 보였다.

나 역시도, 1등이 아니더라도 무난히 최고위원이 될 거라 생각했다. 그 때문에 나는 내 선거보다 다른 사람 선거운동을 더 하고 다녔다.

"한 표는 동교동계의 권노갑 선배, 한 표는 나와 같이 영남에서 고생하고 있는 우리 노무현 의원, 그리고 혹시 남는 표가 있으면 이 김정길이도 찍어주세요."

이게 내 연설의 요지이자 구호의 핵심이었다. 혹시 남는 표. 이 얼마나 겸손하지 못한 표현인가. 하지만 그때는 그것이 겸손한 이야기라고 생각했다.

이기택 의원이 대표가 된 것은 예상대로였지만 최고위원 선거 결과는 전혀 예상 밖이었다. 다들 떨어질 것이라 예상했던 신순범, 노무현, 유준상은 당선되고, 당시 최고위원이었던 김영배, 박영숙, 그리고 내가 떨어졌다. 신순범 의원은 당시 연설을 아주 잘 했고, 유준상 의원은 교통사고가 나서 휠체어를 타고 전당대회장에 나타났는데, 이게 동정표를 많이 불러 모았다.

그런데 다들 1등 할 거라고 예상했던 내가 9위로 떨어졌다. 다들 1등으로 당선될 거라던 선거에서 '떨어진 후보들 중에서 1등'을 한 것이다. 이변이었다.

노무현은 이 일을 늘 미안해했다. 『여보, 날 좀 도와줘』에서도 "김정길 의원이 최고위원에서 떨어진 것은 참으로 가슴 아프고 미안한 일이 아닐 수 없다. 더구나 김정길 의원은 내가 떨어질까 봐 가는 곳마다 내 이름을 들먹이며 지지해줄 것을 부탁했었는데…. 어찌 보면 김 의원의 낙선에 힘입어 내가 당선된 셈이었다"라며 미안해했다.

하지만 내가 최고위원 선거에서 낙선한 것은, 무엇보다 내가 자만한 탓이 가장 컸다. 김정길이는 1위든 아니든 당연히 최고위원이 될 테니 노무현 먼저 챙겨야 한다고, 나뿐만이 아니라 다른 대의원들도 대부분 그렇게 생각했던 것이다. '내가 안 찍어도 김정길은 당연히 될 테니…' 라는 대의원들의 생각에 대비하지 못한 내 잘못이었다. 그리고 그 잘못은 결국 자만심에서 나온 것이 아니겠는가. 표를 얻으려는 사람은 사자가 토끼 한 마리 잡을 때도 젖 먹던 힘을 다하는 것처럼 해야 하는 것이다.

그렇게 나는 떨어졌다. 14대 총선에서 떨어지고, 14대 대선에서 DJ의 당선을 위해 죽을 힘을 다해 뛰었으나 지역정서의 벽을 넘지 못해 떨어지고, 누구나 당연히 될 거라고 예상했던 당내 최고위원 경선에서도 또 떨어졌다. 떨어지고, 떨어지고, 또 떨어졌다.

사실 정치를 하는 사람이 선거에 나가 떨어진다는 그 좌절감은 이루 말할 수가 없다. 국민들의 선택을 못 받았다는 좌절감은 물론이고, 떨어진 후에는 사람들을 만나기가 두려워진다. 대인기피증이 생기기도 한다. 사람들의 위로가 위로가 아니다. 마음만 힘든 것이 아니다. 당장 선거 후에 처리해야 할 빚들, 각종 고소 고발들….

선거에 떨어져본 사람은 또 떨어지는 게 두려워서 다음번에는 쉽게 당선될 만한 곳을 먼저 찾아보게 되는 것이 인지상정이다. 웬만한 소신과 신념이 없으면 낙선의 충격과 현실적 여파는 정말 견디기 힘든 길이다.

나도 선거에 떨어진 후에는 사람들을 만나는 게 두려운 때도 있었다. 그래서 선거에 떨어진 후에는 정치권에는 전혀 기웃거리지 않고 정치권 바깥에서 다른 일들만 하는 습관이 생겼다. 국민의 선택을 같지 못한 정치인이 정치권을 기웃거리며 무슨 임명직이나 받아서 하고, 조그마한 감투라도 하나 더 쓰려고 애쓰는 게 구차해 보였다.

"노무현은 광명, 김정길은 부산 사하로?"

1993년 4월 13일, 보궐선거가 있었다. 부산 동래구와 사하구, 그리고 광명시 3곳이었다. 당시는 김영삼 대통령이 취임한 지 2달이 채 지나지 않아 여론조사를 하면 김영삼 대통령의 지지도가 97%까지 나올 때였다.

그런데 민주당에선 동래와 사하는 물론이고 광명시에도 후보를 정하지 못하고 있었다. 광명에는 그나마 하겠다는 후보자들이 있으나 동래나 사하는 후보다운 후보가 없었다. 당에서는 고민에 빠졌다. 명색이 제1야당인데 부산에 후보조차 내지 못한다는 것은 망신이었다.

나는 노무현을 만나 "만약 당에서 광명에 공천을 주면 해볼 생각이 있느냐?"고 물었다.

그는 공천을 주면 나가겠다고 했다.

"그러면 내가 이기택 대표를 만나 담판을 지어보겠다"고 하고 이기택 대표를 만났다.

"내가 부산 사하에 출마할 테니 노무현에게 광명 공천을 해주십시오. 나는 사하에서 떨어지겠지만 광명에서 노무현은 틀림없이 붙을 겁니다. 그래서 부산 사람들에게 부산에서 떨어진 두 사람이 '한 사람은 수도권에 나가니 당선 되고, 다른 한 사람은 부산에서 나오니 또 떨어지는구나' 하는 그림을 한번 그려 보여줘서 노무현이나 김정길이 부산에서는 떨어져도 수도권에서 출마하면 붙는다는 것을 확실히 보여주고 싶습니다. 내가 희생할 테니 노무현이라도 광명에서 당선되도록 해주십시오."

이기택 대표는 확답을 주지 않다가 어느 날 여의도의 내 사무실로 찾아와서 이야기했다.

"김 의원이 부산 사하이 출마한다고 내가 언론에 발표를 할테니 사하구에 출마해주시오."

나는 대답했다.

"노무현을 광명에 공천을 주는 조건이면 내가 부산 사하에 나가겠습니다. 노무현을 광명에 공천 안 주면 저는 안 나갑니다."

사실 명분도 명분이거니와 그동안 내가 선거를 치를 때마다 몸뼤 바지를 입고 지역구를 누비며 누구보다 열심히 도와주던 아내도 그때만큼은 절대로 선거 안 도와준다고 선언하고 일본의 친구 집으로 가버렸다. 사실상 보궐선거 나가지 말라는 시위였던 셈이다.

그런데 이기택 대표는 광명에 노무현이 아니라 자기 직계 계보인 최정택 위원장을 공천했다. 최정택이 광명지구당 위원장이긴 했으나 당선에는 어림도 없는 사람이었다. 민자당에서는 서강대의 손학규 교수를 광명에 공천했다. 당에서 여론조사를 해봐도 노무현이 광명에 나가면 확실히 이긴다는 결과가 나올 때였다. 당 최고위원회에서 노무현 최고위원이 빠진 상태에서 투표를 해서 4:4로 결과가 나왔다. 이 정도면 노무현을 추천하는 게 상식이었다. 그런데도 이기택 대표는 노무현을 공천하지 않았다.

내가 최고위원회에 들어가지 못한 것이 정말 후회되었다. 노무현과 내가 함께 싸웠다면 이런 결과는 나오지 않았을 것이다.

결국, 광명에서는 손학규 후보가 당선되었다.

정말 피하고 싶은 잔, 사하 보궐선거…

이제 문제는 부산 사하였다. 노무현을 광명에 공천하지도 않았으니 내가 부산 사하로 내려갈 이유도 없었다.

4월 6일이 후보 등록 마감일인데 4월 4일, 당에서는 광명은 최정택, 부산 사하는 김정길이라고 언론에 일방적으로 발표를 했다. 내가 부산 사하 공천을 수락할 것인가 아닌가가 언론의 초미의 관심사였다.

아내는 반대해서 일본으로 떠나버리고, 모시고 있는 부모님도 이번 보궐선거에 나가는 것을 반대하고 있었다. 나도 보궐선거에 나갈 명분이나 이유가 없었다. 그럼에도 불구하고 당에서 나를 공천한다고 발표를 한 것이 못내 마음에 걸렸다.

나는 마포당사로 이기택 대표를 찾아가 내 뜻을 전했다.

"노무현을 광명에 공천한다는 조건으로 부산 사하로 간다고 했는데 노무현은 빼고 나만 부산 사하로 공천하다니 이게 무슨 일입니까. 이렇게 본인 의사와 상관없이 언론에 일방적으로 발표하는 경우가 어디 있습니까. 만약 지금 와서 내가 공천을 거부한다면 나도 항명이란 정치적 데미지를 입을 거고 이기택 대표도 리더십에 데미지가 생길 것입니다. 일을 어떻게 이렇게 합니까."

이런 항의와 함께, 하는 수 없이 공천을 수락했다. 그리고 부산 사하 공천 수락 여부를 기다리던 기자들에게 당사 기자실로 올라가 내 입장을 밝혔다.

"정말 이 잔은 피하고 싶은 잔입니다. 그러나 피할 수 없는 잔이라면 받아들이겠습니다. 이 잔이 비록 독배라고 할지라도 받아들겠습니다. 당명을 수락합니다."

공천을 거부했다간 당도, 당 대표도, 나 자신도 모두 망신을 당할 수밖에 없는 상황이라 어쩔 수 없이 수락한 것이었다.

사하 보궐선거를 위해 부산으로 내려가기 직전, 영국에 있는 김대중 전 대표에게 전화로 인사를 드렸다.

"이번에 사하구에서 보궐선거가 있는데, 당에서 사람이 없다고 저보고 내려가라고 해서 지금 부산으로 내려갑니다. 결과를 기대할 수 없는 선거이긴 하지만 최선을 한번 다해보려고 합니다."

"정말 정치인 중에 김 의원 같은 사람이 없습니다. 떨어질 줄 알면서도 당을 위해서 고생하시는 김 의원은 내가 봐도 참 존경스럽습니다. 열심히 해서 좋은 결과가 있기를 바랍니다."

김대중 전 대표는 나를 격려하고 덕담도 해주셨다.

김영삼 대통령의 지지도가 97%인 상황에서, 그것도 부산에서 출마한다는 것은 미친 짓이었다. 그래도 당에 사람이 없다고 하니 선거 사무실도 준비하지 못한 채 부산으로 내려갔다.

사하보궐선거를 치르면서 두고두고 미안한 일이 생겼다. 당시 설훈 의원이 사하 보궐선거를 지원하기 위해 부산에 내려와 나를 도와주었다. 그런데 선거를 돕는 기간 중에, 아직 초등학교에 입학도 하지 않은 설훈 의원의 큰딸이 교통사고로 사망하는 사고가 일어났다. 후진하는 트럭에 치었다고 한다. 나때문에 소중한 가족을 잃어버린 것 같아 설훈 의원에게 너무 미안했다. 이때의 일은 두고두고 마음의 빚으로 남았다.

준비 없이 선거를 치르다보니 경제적 어려움이 먼저 닥쳤다. 후보 등록 마감일 오후에 가까스로 공탁금을 냈다. 수많은 선거를 치러봤지만 이건 내가 생각해도 처음부터 불가능한 선거였다. 최정진이란 후배가 사하구 출마를 준비하며 마련했던 선거 사무실을 대신 빌려서 선거를 치렀다. 내가 사하로 내려온다고 하니 기꺼이 사무실을 내어주었다. 참 고마웠다.

부산 사하 보궐선거에는 민자당 후보로 김영삼 대통령의 수행비서이던 박종웅, 신정당(대표 박찬종) 후보로 박찬종 의원의 보좌관 홍순호, 그리고 민주당 후보로 내가 출마하여 3파전을 이루었다.

내 지역구가 영도구인데 사하구에서 보궐선거를 나온다는 것이 죄송스러운 일이었다. 그래서 보궐선거를 시작하면서 나는 맨먼저 영도구부터 들러 인사를 드렸다.

"존경하는 영도구민 여러분, 여러분이 지금까지 키워주신 이 김정길입니다. 저는 오늘 잠시 영도를 떠납니다. 지금은 잠시 당의 명을 받아 영도를 떠나지만 반드시 영도로 다시 돌아와 영도구민 여러분들을 찾아뵙겠습니다. 감사합니다, 영도구민 여러분."

영도구 구석구석을 돌아다니며 영도구민들께 내가 영도구를 잠시 떠나는 것에 대해 먼저 이해를 구했다.

선거 결과는 2위를 했지만 1위와는 엄청난 표 차이의 낙선이었다. 야당 후보가 둘이나 나와서 표가 갈라졌다. 박찬종 의원이 홍순호 후보 선거운동을 열심히 도와준 결과이기도 했다.

처음부터 예상했던 일이지만 사하 보궐선거 낙선의 후유증은 엄청났다.

서울로 올라오니 참 마음이 허탈했다. 여러 번 선거를 치렀지만 이번처럼 좌절감을 느껴보기는 처음이었다.

미국행… 가족들에게 봉사한 유일한 시간

쉬고 싶었다.

이기택 대표를 만나 잠시 정치를 떠나 있고 싶다고 전했다.

미국 미시건대학교에 객원연구원으로 가고 싶다고 신청서를 냈다. 미시건대에서 회신이 왔다. 객원연구원이 아니라 객원교수 자격으로 초청하겠다는 연락이었다. 미시건대학교 국제관계대학원의 임길진 학장이 여러 모로 애써준 결과였다.

그해 여름, 가족들과 함께 미국으로 떠나는 비행기에 몸을 실었다.

대학 입시 준비로 공부를 해야 하는 둘째 딸은 한국에 남겨두고, 첫째와 셋째 딸, 그리고 중학생이던 큰아들과, 아직 채 돌이 지나지 않은 늦둥이 막내 아들을 데리고 시카고행 비행기에 올랐다.

늦둥이인 막내 기범이는 내게 하느님이 주신 선물이라고 나는 늘 생각한다. 내가 재선의원을 하며 대치동의 우성아파트에서 부모님을 모시고 살던 어느 날이었다. 집사람이 "몸이 좀 이상한 게 아무래도 임신인 것 같다"고 이야기해 검사를 해보니 임신이었다. 내 나이 48살. 형과는 12살 터울이 지는 아이였다. 나와 집사람은 기독교 신자라 낙태란 것은 생각할 수 없었다.

"하느님이 주신 선물이니 감사하게 생각하고 낳읍시다"라고 말했는데, 시간이 지나고 나니 정말 하느님이 주신 선물이 맞았다. 그 다음 해

선거에서 나는 부산에서 낙선했다. '국회의원 선거에도 떨어지고 막막할 테니 늦둥이라도 보면서 즐겁게 살라'는 뜻으로 하느님이 주신 것이라고 감사했다.

미국에서 보낸 1년 동안 나는 운전수요, 짐꾼이요, 가이드… 가족들이 바라는 수퍼맨이었다. 이 시절이 내가 가족들에게만 온전히 봉사한 유일한 시간이었다.

재미있는 일도 있었다. 한번은 큰 아들 창희가 "미국 애들이 내가 동양인이라고 자꾸 괴롭혀요" 하길래, 방법을 가르쳐 주었다.

"아빠가 일러주는 대로만 하면 안 괴롭힐 거다. 우선 너를 괴롭히는 애들 중에서 제일 센 녀석에게만 붙어라. 일단 제일 센 친구 앞에 서서 태권도 하는 폼을 딱 잡은 다음에 불시에 걔를 잡아서 넘어뜨려라. 미국 애들도 태권도 무서운 것은 다 아니까 더 이상 안 괴롭힐 거다."

실제로 창희는 자기를 괴롭히는 애들 셋 중 제일 센 애와 맞붙어서 내가 일러준 대로 했다. 그 이후로는 더 이상 괴롭히지 않을뿐더러 나중에는 걔들과 친해졌고 학교생활도 잘 적응했다. 처음에는 영어를 잘 몰라서 그림을 그려가며 의사소통을 하더니 미국에서 돌아올 무렵엔 곧잘 영어로 대화를 나누었다.

아침저녁으로는 애들과 가족을 위해 봉사하고 낮 시간에는 미시건대 연구실에서 국제관계나 각국의 정치에 대해 공부했다. 멕시코에서 온 교수와 연구실을 함께 썼다.

가끔씩 한국 유학생들이나 교포들을 위한 특강을 했다. 행복한 재충전의 시간이었다.

미국에서 돌아온 후로도 정치 일선에서는 여전히 물러나 있었다.

미국 가기 전부터 하고 있던 '(주)하나산업' 회사 일을 다시 시작했다. 카본을 생산해서 인조다이아몬드를 만드는 회사에 납품하는 사업이었다. 내 보좌관을 하던 하봉갑 사장과 공동으로 출자한 '(주)코힌정공' 이라는 중소기업 일도 다시 시작했다. 힌지(경첩)을 만들어 가구회사와 건설회사에 납품하는 공장이었다.

정치를 하기 전 원래 내 자리였던 사업가로 다시 돌아왔다. 국회의원도 떨어지고, 최고위원에서 떨어졌으니 국민의 선택을 받지 못한 정치인은 다시 국민의 선택을 받을 때까지 조용히 물러나 있는 게 도리라는 생각 때문이었다.

요동치는 한국 정치

　문민정부 중반은 사건 사고가 끊이지 않았다. 구포역 열차 전복, 서해 페리호 침몰, 성수대교 붕괴, 아현동 가스폭발, 대구 지하철 공사장 폭발, 삼풍백화점 붕괴 등 육해공을 가리지 않고 각종 사건 사고들이 줄지어 일어났다.

　한마디로 총체적 난국이었다.

　이런 와중에 정치권도 소용돌이치고 있었다.

　1993년 7월 4일, 정계 은퇴 후 영국으로 떠났던 김대중 전 총재가 한국으로 돌아왔다. 1994년 1월 27일, 아시아 민주화와 남북통일을 위한 아시아·태평양 평화재단(아태재단)을 설립했다. 6월 15일부터 사흘간 카터 전 대통령이 북한을 방문하여 김일성 주석을 만났다. 그 결과로 남북한 정상회담이 예정되었다. 정상회담을 사흘 앞둔 7월 8일, 갑자기 김일성 주석이 사망했다.

　김 주석 사망 직후, 국회 외무통일위에서 이부영 의원이 "정부는 조문의사를 표명할 의사가 없는가?"라고 물은 질문을 빌미로 '조문파동'이 일어났다. 정상회담까지 하겠다던 남북관계는 이후 적대관계로 돌아섰고 공안정국이 형성되었다.

　1995년 2월 9일, 김종필 총재가 민자당을 탈당하고 3월 30일 자유민주연합(자민련)을 창당했다. 6월 27일, 4대 지방선거가 동시에 치러졌다. 광역단체장부터 기초의회 의원에 이르기까지 지방자치에 필요한 모든 단체장과 의원들을 주민들의 손으로 직접 뽑았다. 민주당은 압승을 거두었지만, 당과 여론을 무시하고 자기 계파 인사를 낙점한 이기택 대표와 김대중 전 총재 사이에 불신의 골이 깊어졌다.

　결국 7월 13일, 김대중 전 총재는 정계 복귀를 선언하고 9월 5일, 새정치국민회의를 창당했다.

"저는 어떤 일이 있어도 당을 깨는 것은 반대합니다"

　김대중 총재가 귀국하고 정계 복귀 문제가 수면 위로 떠오르면서부터는 민주당 내에서도 분당하느냐 마느냐 의견들이 분분했다. 나는 다른 것은 몰라도 당을 깨는 문제에 대해서는 단호하게 반대하는 입장이었다.

　어느 날 김대중 총재가 나를 꼭 보고 싶어 한다고 했다. 그래서 전화를 드렸더니 동교동 자택으로 들어와서 좀 만나자고 했다. 이때 이미 김대중 총재는 신당 창당에 대한 구상을 끝내고 있을 즈음이었다. 내 입장은 단호했다. 3당 합당에 반대하고 야권 통합을 위해 몸 바쳐 온 내가 통합야당을 깨는 일에 앞장설 수는 없었다.

　"총재님, 저는 총재님께서 정계에 다시 복귀하시는 것에 대해서는 얼마든지 찬성합니다. 대권 후보로 나서신다면 열심히 나서서 도울 것입니다. 하지만 민주당을 깨는 것에 대해서는 절대로 동의할 수 없습니다. 지금 당으로 돌아오셔서 이기택 대표와 경선을 하셔도 총재님께서 얼마든지 이기실 수 있습니다. 야권 통합에 앞장섰던 사람으로서 저는 어떤 일이 있어도 당을 깨는 것에는 반대합니다."

김대중 총재와 이기택 대표 사이에 계파정치와 공작정치에 대한 깊은 불신이 있다는 것은 나도 잘 알고 있었다. 그러나 당을 깨는 것은 다른 일이었다.

"김 의원, 지난번 대통령 선거 때처럼 우리 다시 손을 잡고 전국 캠페인을 한번 다녀봅시다. 김 의원이 원하시면 내가 비례대표 5번 안의 상위순번을 주겠소. 나를 좀 도와주시오."

김대중 총재의 부탁을 거절하는 것은 쉽지 않은 일이었다. 좋은 지역구나 비례대표 약속 때문이 아니라 '김대중'이라는 사람에 대한 신뢰와 존경 때문이었다.

"총재님, 죄송합니다. 당을 깨는 것은 명분이 없습니다. 명분이 없다고 3당 야합 때 고향 선배인 김영삼 총재도 안 따라갔는데 당을 깨는 것은 동의할 수 없습니다. 어떻게 만든 당입니까?"

이후에 권노갑 선배나 김상현 선배 등 나와 친한 동교동계 선배들을 통해 김대중 총재는 여러 차례 신당에 합류하기를 권했지만 나는 끝까지 거절했다.

언제나 그랬지만 정치적 동지인 노무현과, 오랜 정치 선배인 김원기 선배는 나와 뜻을 같이 했다. 노무현과는 깊이 상의할 것도 없었다. 국민회의가 창당한다고 해도 그냥 전화 한 통 해서 "안 갈 거지요?" 물으면 "당연하지, 뭘…." 이러면 끝났다. 더 물어볼 것도 없었다.

김원기 선배는 "자네들은 어떻게 할 거냐? 김정길, 노무현이 안 간다고 하면 나도 안 갈 걸세"라고 물어왔다. 결국 김원기 선배는 "김정길, 노무현 두 사람에게 브끄러워서 따라갈 수가 없더라"며 민주당 간판으로 전북 정읍에 출마했다가 낙선의 쓴잔을 마셨다. 그전에도 존경했지만, 이후로 노무현과 나는 김원기 선배를 더욱 존경하게 되었고, 정치적으로 중요한 고비가 있을 때마다 함께 상의드렸다.

결국 9월 5일, 새정치국민회의가 창당되었고, 김원기, 노무현 등과 나는 민주당을 떠나지 않았다.

1995년 6·27 지방선거

1992년 대선 패배 후 김대중 총재가 정계 은퇴를 하면서 이기택 대표를 적극적으로 밀어서 민주당 대표가 될 수 있었다. 그런데 이기택 대표는 선거 때마다 자기 계파를 주로 공천했다. 가장 대표적인 것이 1995년 6월 27일 4개 지방선거 때였다.

6·27 지방선거에서 가장 중요한 곳은 서울시장과 경기도지사였다. 서울 시장은 경제부총리를 지낸 조순 후보를 추천하는 것으로 의견일치를 보았지만, 문제는 경기도지사였다. 여당에서는 이인제 후보를 내세웠는데 민주당에서는 이종찬 후보와 장경우 후보를 두고 동교동계와 이기택계가 갈려 의견 대립이 심각했다. 이기택 대표는 동교동계에서 이종찬 후보를 미는 것에 반발해서 당무를 거부하고 제주도로 내려가 있었다.

두 사람 사이는 서로 만나지도 않겠다고 하는 등 분위기가 좋지 않았다. 나는 제주도까지 내려가 이기택 대표를 서울로 모시고 올라왔다.

결국 4월 하순의 어느날, 경기도지사 후보 문제를 의논하기 위해 김대중 총재와 이기택 대표가 일산의 김대중 총재 자택에서 직접 만났다. 김대중 총재는 여론 조사 결과를 알려주며 이종찬 후보가 경기도지사로 나가면 분명히 이길 수 있다고 설득했다.

내가 보기에도 '서울시장 조순, 경기도지사 이종찬' 카드는 필승 카드였다. 그러나 자기 계파인 장경우 후보를 미는 이기택 대표의 입장은 변화가 없었다. 오히려 이때의 일로 인해 나는 이기택계의 젊은 당원들로부터 "당신은 왜 이기택계이면서 김대중 첩자 노릇이나 하느냐?"며 멱살잡이를 당하는 등 봉변을 당하기도 했다.

여기에다 김대중 총재와 이기택 대표 사이에 신뢰가 깨지는 결정적 사건이 생겼다. 경기도지사 후보 경선을 위한 대의원대회에서 장경우 후보측이 돈봉투를 돌리다 현장에서 잡혔다. 경선에 나섰던 안동선 후보는 결과에 승복할 수 없다고 선언했고, 이 과정은 고스란히 언론의 주요 기사로 보도되었다. 나중에 안동선 후보의 사퇴로 마무리되었지만 낙승이 예상되던 선거를 어렵게 만드는 악재였다.

그 이전에도 공공연히 세대교체론을 언급하며 김대중 총재의 퇴진을 요구하던 이기택 대표에 대해 인간적 신뢰를 잃은 김대중 총재는 신당 창당을 통해 완전히 갈라섰다.

노무현 부산 시장 출마, 선대위원장을 자청하다

이 선거에서 노무현이 부산 시장 후보로 출마했다. 노무현은 부산 시장 출마와 관련해 나에게 먼저 의논을 해왔다. 내가 부산 시장에 출마할 것인지 물었다.

"김 의원이 부산 시장 나가신다면 저는 안 나가고, 김 의원이 안 나가신다면 제가 한번 나가 볼랍니다" 면서 자신이 출마하고 싶다는 뜻을 비쳤다. 그 당시 나는 새로운 정치적 돌파구를 찾기 위해서는 부산 시장에 출마해야 한다는 주위의 조언 등으로 부산 시장 출마에 대해 한창 고민하고 있었다. 하지만 다른 사람도 아닌 노무현이 출마하고 싶다고 하는데 내가 하겠다고 말할 수 없었다. 나는 흔쾌히 노무현이 나 대신 출마하는 데 동의했다. 뿐만 아니라 선대위원장을 자청해서 선거 초일선에서 뛰었다.

하지만 이 또한 공천과정이 쉽지 않았다. 이기택 대표는 청문회 스타인 노무현 대신 자신의 계보인 황백현 위원장을 공천하기 위해 여러 가지 방안을 강구하며 지원했다. 잘못하면 노무현이 경선에서 떨어질 수도 있는 상황이었다. 나는 이기택 계보 중의 한 사람이자 나하고 잘 통하던 남구의 손태인 위원장을 만났다.

"청문회 스타인 노무현이 붙어도 될까 말까 한데 황백현으로 말이나 되느냐?" 며 설득했다. 손태인은 결국 계파 보스의 지시를 어기고 노무현 후보를 지원했다. 이런 순탄치 않은 과정을 거치면서 노무현은 경선에서 어렵사리 부산 시장 후보가 될 수 있었다. 겨우 60여 표 차이의 아슬아슬한 승리였다.

노무현 후보가 부산 시장에 출마했을 때 처음에는 지역 여론이 아주 나쁘지는 않았다. 하지만 김대중 총재가 선거지원 유세에 나서면서 '지역등권론' 을 펼쳤는데, 이것이 부산 시민들에게는 오히려 지역주의를 주장하는 것처럼 오해를 받으면서 노무현이 지역등권론의 느탄을 맞았다. 결국 37%의 득표로 안타깝게 낙선하고 말았다.

노무현 종로 출마의 명분을 만들어주다

1996년 4월 11일, 제15대 총선이 있었다. 결과부터 이야기하자면 민주당의 참패였다. 국회는 신한국당과 새정치국민회의 양당 체제로 재편되었다.

15대 총선과 관련해서는 에피소드 한 가지가 있다.

생전에 노무현 대통령은 몇 가지 일로 인해 나에게 개인적으로 미안해하고 고마워하는 감정을 가지고 있었다.

첫 번째는 앞에서 언급한 것처럼 민주당 최고위원 선거 때 나는 당연히 당선될 것으로 자신만만해하며 노무현 전 대통령을 뽑아달라고 선거운동을 하고 다녔는데, 나는 떨어지고 노 대통령이 당선되었던 일에 대한 것이다.

두 번째는 노무현 대통령이 부산 시장선거에 출마했을 때, 내가 부산 시장 후보직도 양보하고 선대위원장으로 뛴 일이다.

마지막 세 번째는 노무현 전 대통령이 부산에서 출마하는 대신 서울 종로구에서 출마할 수 있도록 내가 도와줬던 일이다.

잘 알려지지 않은 세 번째 일에 대한 자초지종은 이렇다.

1996년 4월 15대 총선을 앞두고 노무현 의원이 이번에는 부산이 아니라 서울 종로에서 출마했으면 하는데, 부산을 떠날 수 있는 명분이 없다고 고민을 하고 있었다. 그래서 나는 "그래, 이번에 당신은 떨어질 것이 뻔한 부산에서 출마하지 말고 서울 종로에서 출마하시오. 당신 지역구는 내가 맡아 당신이 부산을 떠날 수 있도록 명분을 만들어 줄 테니 고민하지 말고 가시오"라고 말했다. 그때 나는 사하 보궐선거로 영도 지역구를 떠나 있었다. 나는 영도구로 돌아가는 대신 노무현 의원의 지역구인 중·동구를 맡아 선거에 출마했다.

노무현 의원은 이렇게 해서 종로구로 올라갔는데, 그만 종로구 선거에서 떨어지고 말았다. 노무현 의원이 종로구에서 당선된 것은 이명박 현대건설 사장이 선거법 위반혐의로 의원직을 박탈당할 위험에 처하자 의원직을 사퇴한 후 치러진 1998년 종로구 보궐선거에서였다.

3당 합당 이후 부산에서 세 번째 낙선하다

아무튼 내가 15대 총선에서도 민주당 간판으로 부산에 다시 출마한다고 하니 집안에서는 난리가 아니었다. 80세가 넘은 아버님께서도 "내가 3일 굶으면 죽지 않겠느냐?"시며 죽음을 작정한 단식을 하며 부산 출마를 반대하셨다. 아내도 이번에 또 부산에 출마한다는 소식에 아예 몸져 드러누웠다.

게다가 새정치국민회의에서도 비례대표 상위 순번과 서울의 좋은 지역구 중에서 원하는 대로 선택하라며 나의 입당을 권유했다. 마음만 먹으면 국민회의 간판으로 국회의원은 쉽게 할 수도 있었다.

하지만 국회의원 한두 번 떨어졌다고 노무현과 나 둘 다 부산을 버리고 서울로 떠날 수는 없었다. 나라도 부산을 지켜야 했다.

나는, 이번에는 부산 시민들이 내 정치적 선택을 올바로 판단해줄 것이란 믿음이 있었다. 누군가 한 명이라도 이 강고한 지역주의에 균열을 내기 위한 도전을 해야 하는 것 아닌가라는 소신도 있었다.

나는 제1야당인 국민회의가 아니라 제2야당인 민주당의 간판으로 다시 부산에 출마했다.

결과는 낙선이었다. 3당 합당 이후 세 번째였다.

'민주당+신한국당=한나라당' 이라는 참담한 비극

국민회의가 창당된 뒤 민주당에 남은 사람들은 두 갈래로 나뉘었다. 이기택 대표측과 이 대표의 퇴진을 요구하는 '구당(救黨)모임'이었다. 나와 노무현, 이철, 김원기, 조세형, 김근태, 제정구 등의 구당 모임은 김대중 총재도 언젠가는 당을 함께 해야 할 사람이라고 생각해서 비판에 조심스러웠던 반면, 이기택 대표측은 우리를 '김대중 이중대'라 부르며 김 총재를 원색적으로 비난했다.

그러나 민주당 전당대회에서 구당모임은 이기택 대표측에 완패했다.

구당모임은 '개혁과 통합을 위한 국민통합추진회의'(통추)를 결성했다. 통추에는 김대중 총재와 함께 하지 않으면서도 신한국당으로는 절대 갈 수 없는 사람들이 함께했다. 통추 사람들은 함께 돈을 출자해 강남구 역삼동에 '하로동선'이라는 식당을 열었다. 하지만 오래 가지 못하고 적자 때문에 문을 닫아야 했다.

민주당은 1997년에 조순 시장을 대선 후보로 내었는데 저조한 지지율에 머물던 조순 시장이 신한국당 이회창 후보 지지를 선언했다. 그러더니 민주당과 신한국당이 합당하여 한나라당이 되었다. 민주당의 법통이 한나라당으로 넘어가는 황당한 상황이 일어난 것이다. 민주당을 사당(私黨)처럼 운영한 비극적인 결과였다.

인터넷으로 국민과의 소통을 시도한
최초의 장관

1997년 대선, 김대중 지지를 선언하다

내가 다시 김대중 총재와 합류하게 된 것은 1997년 제15대 대통령 선거 직전이었다. 국민통합추진회의(통추) 상임집행위가 열려 통추의 향후 진로에 대해 격론을 벌였다. 의견은 크게 양쪽으로 나뉘었다. 97년 대선에서 이회창 후보를 지지하자는 쪽과 김대중 후보를 지지하자는 쪽이었다.

이부영, 유인태, 제정구, 이철 의원 등은 이회창 지지 입장이었고, 나와 노무현, 김원기, 박석무 등은 김대중 지지 입장이었다. 김 총재가 민주당을 깨고 새천년국민회의를 창당해 나가버린 일 때문에 노무현과 김원기 등은 유감은 있지만 '그래도 우리가 이회창을 지지할 수는 없지 않느냐?'는 입장이었다.

원래부터 김대중 총재에 대한 애정과 존경심을 가지고 있던 나는 새정치국민회의 합류를 적극 주장했다. 민주당이 신한국당과 합당해 한나라당이 되어버린 상황에서 통추에 남은 사람들도 이제는 어떻게든 진로를 결정해야 하는 어려운 시절이었다.

1997년 11월 13일, 통추의 김원기 대표와 나, 노무현 등 8명의 상임 집행위원들은 새정치국민회의에 입당했다. 우리의 입당으로 크게 힘을 얻은 김대중 후보도 무척 반가워했다. 나는 1997년 대선에서 부산, 경남, 울산 지역의 선대위원장을 맡았다. 부산 경남 지역에서 김대중 후보의 당선을 위해 지원연설을 하는 등 최선을 다해 뛰었다.

11월 21일, IMF 구제금융사태가 터졌다. 김영삼 정부에 대한 신뢰가 바닥까지 무너져 내렸다. IMF 사태, 자민련과의 연합, 그리고 이인제 후보까지 포함한 3자 구도에 힘입어 다른 어느 때보다 해볼 만한 선거였다.

마침내 12월 18일, 김대중 후보가 제16대 대통령에 당선되었다. 약 40만 표 차이였다.
대한민국 역사상 초초의 선거를 통한 평화적 정권 교체가 마침내 이루어지는 순간이었다.

국민의 정부 출범, 인수위에 참여하다

정권 교체가 이루어지면서 대통령직인수위원회(인수위)가 출범했다. 나도 인수위 위원으로 지명되었다. 이때 황보 성, 임병익, 김성배, 전용찬 등 훗날 내 비서관 등으로 나를 도와줄 젊은 친구들을 만났다.
인수위가 공식 출범하면서 나는 정무분과 간사를 맡았다.

IMF 구제금융 사태 바로 직후라, 작은 정부를 지향해 공무원들 숫자도 많이 줄이려 할 때였다. 내무부와 총무처, 법무부, 총리실 그리고 청와대 등의 인수 업무가 주로 정무분과 업무였다. 그런데 인수위 일을 해보니 정부 부처에서 인수위에 파견 나온 공무원들의 경우 대부분이 자기 부처의 일을 챙기는 데 급급했다. 특히 자기 부처와 관계된 부서나 업무가 축소되지 않을까 하고 급급하는 것이 눈에 보일 정도였다. 부처 이기주의였다. 이런 모습들은 나중에 내가 행정자치부 장관이 되었을 때 공무원 사회를 개혁하는 데 많은 자극이 되었다.

인수위에서 일하다보니 "해양수산부를 없애려고 하는데, 해양수산부가 없어지면 부산은 큰일납니다"라며 해양과 관련된 기업과 일이 많은 부산 경남 쪽에서 많은 민원들이 들어왔다. 이 문제만큼은 부산 민심을 반영하는 게 옳겠다 싶어서 김대중 당선자를 만나서 해양수산부 존속을 설득했다.

"지금 정권이 교체된 뒤에 안 그래도 호남 정권이라고 거부감을 갖는 정서들이 있는데, 만약 부산 경남에서 원하고 있는 해양수산부를 없애버린다면 부산 경남의 민심은 지금보다 더 나빠질 겁니다. 당선자님이나 저나 지역주의를 없애겠다고 평생을 걸어왔는데, 만약 김영삼 정부 때 만든 해양수산부를 김대중 정부에서 없애버린다면 오히려 지역 정서를 자극하는 역효과가 날 겁니다. 정부조직을 축소하자는 대원칙에서 보자면 없애는 게 맞습니다만, 정치적으로 생각해본다면 해양수산부는 살리는 게 맞는 것 같습니다."

내 설득이 충분히 일리가 있다고 판단한 김대중 대통령은 다른 부처들을 통폐합할 때도 최종적으로는 해양수산부를 살려 놓았다. 이렇게 살아난 해양수산부의 장관 자리를 노무현 의원이 거치게 되었다.

1998년 2월 25일, 드디어 제16대 대통령으로 김대중 대통령이 취임했다.

내 이름이 청와대 정무수석, 행정자치부 장관, 해양수산부 장관 등으로 오르내리기 시작했다.

초대 행정자치부 장관이 되다

1998년 3월 3일, 국민의 정부 초대 내각의 조각 발표가 있었다. 내 이름도 이미 언론을 통해 오르내리고 있었다. 이 날, 나는 우리나라 공무원 사회의 놀라운 모습을 보게 되었다.

조각발표가 있던 날 당의 고위 당직자로부터 아마도 입각이 결정된 듯하다는 귀띔을 미리 받았다. 그런데 어느 부처인지는 알 수 없었다. 그런데 해양수산부의 간부로부터 전화가 왔다. "해양수산부 장관으로 오시게 되어 축하드린다"며 내 개인 사무실로 와서 업무보고를 하겠다고 했다. 나는 아직 청와대로부터 정식통보를 받지 못했으니 오지 말라고 거절했다.

얼마 후 청와대의 김중권 대통령 비서실장으로부터 행정자치부 장관으로 임명되었다는 전화를 받았다. 전화를 끊은 지 10여 분쯤 지났을 때, 행정자치부 간부 몇 명이 내 개인 사무실로 찾아왔다. 놀라운 것은 이미 장관 취임사와 함께, '행정자치부 장관 김정길'이라는 명함까지 들고 온 것이었다.

그날, 그들은 장관 관용차까지 가지고 왔다. 그리고 급한 결재가 있으니 바로 결재해 달라며 서류를 내밀었다. 나는 장관 통보만 받았을

뿐 아직 임명장도 받지 않았으니 아직 장관이 아니라며 거절했다.

공직 사회의 순발력은 대단했다. 나중에 알게 된 일이지만 그들은 내 사무실로 오기 직전, 행자부 장관 후보로 거론되던 다른 분의 사무실로 가다가 급히 내 사무실로 발길을 돌려 온 것이라고 했다. 나중에 행자부 장관 비서실에서 다른 분의 이름이 찍힌 편지봉투가 발견되기도 했다. 관료 사회가 얼마나 순발력과 눈치 보기, 그리고 줄서기에 뛰어난지 나는 장관 임명 첫날부터 생생히 경험하였다.

『공무원은 상전이 아니다』를 출간하다

정치인 출신 장관들은 입각을 하게 되면 금방 부처를 장악하고 자신의 정치 철학을 곧바로 부처를 통해 펼칠 수 있을 것이라 착각을 한다. 그러나 이것은 오산이다. 정치인 출신 초보 장관이, 순발력과 눈치 그리고 보고서를 통해 중요한 정보들을 통제하는 데는 귀신인 관료들을 통제하기란 절대 쉬운 일이 아니다. 이것은 장관뿐만 아니라 대통령도 마찬가지이다.

자칫하면 관료들이 제공하는 온갖 보고서와 정보들에 파묻혀 자기도 모르게 관료들이 원하는 대로 이끌려 가기 십상이다.

나는 공무원 사회의 생생한 모습과 개혁의 방향과 사례들을 담아 『공무원은 상전이 아니다』라는 책을 펴냈다. 스스로 종아리를 내리치는 심정으로 쓴 내용들이기도 했지만, 끝까지 공무원 사회의 개혁과 구조조정을 받아들이지 않는 '공무원과의 전쟁'을 선포하는 일종의 선전포고이기도 했다.

이 책은 언론의 엄청난 조명을 받으며 몇 주간 부문별 베스트셀러 1위를 기록하기도 했다. 현직 행자부 장관이 공무원 사회의 개혁을 외치며 공무원 사회를 질타한 것이 충분한 이슈거리가 되었기 때문일 것이다. 현직 장관으로서 공무원 조직을 스스로 비판하는 책을 출간하는 것이 사실 많은 부담이 되기도 했다. 실제 일부 공무원들은 노골적으로 비판을 해 오기도 했지만, 많은 공무원들이 내가 바라는 공무원 사회의 개혁에 대해 공감을 했고, 무엇보다 나는 국민과 여론의 지지를 얻어 더욱 힘있게 공무원 개혁과 구조조정을 진행할 수 있었다.

동생의 구속 수사를 지시하다

행자부 장관으로 임명된 뒤 첫 정기 국회 때였다. 국회에 출석하여 대정부 질의에 답하기 위해 장관 대기실에서 기다리고 있는데 치안보좌관이 급한 일이라며 들어왔다.

"장관님, 큰일났습니다."

"무슨 일인가?"

"지금 김포경찰서에서 전화가 왔는데 장관님 동생분이 불심검문에 걸렸답니다. 확인해보니 부도수표방지법 위반으로 수배중인 상태라고 합니다. 어떻게 처리할까요?"

"뭘 어떻게 처리해요? 그게 나한테 물어볼 사안입니까? 그냥 원칙대로 처리하라고 하세요."

경찰행정을 총괄하는 행자부 장관의 동생이 불심검문에 걸렸으니 직속상관의 동생을 구속할 수도 없고, 그냥 풀어줄 수도 없는 진퇴양난이라 내게 처리 지침을 물어온 모양이었다. 나는 조금의 망설임도 없이 법대로 처리하라고 지시했다. 동생은 그날로 구속됐다.

동생은 내가 창업했던 하나산업을 물려받아 운영하고 있었는데, IMF를 맞으면서 회사 사정이 어렵게 되자 돌아온 당좌수표를 막지 못해 부도가 난 뒤 도망을 다니는 중이었다고 한다. 그런데 형이 행자부 장관을 하면서 동생이 어려울 때 도와주기는커녕 오히려 구속시켰다고 동생과 가족들로부터 "형이 장관이면 뭐하냐?"며 많은 원망을 들었다.

나중에 경찰서 출입기자들이 이 일을 알게 되어 기사화가 되었다. 동생에겐 미안한 일이긴 하지만 다시 같은 일이 일어난다고 해도 나는 또다시 똑같은 선택을 할 수밖에 없다. 장관 동생이라고 봐주고 특혜를 주는 것은 내가 바라는 대한민국이 아니다.

법은 공평해야 한다.

김종필 총리의 유일한 부탁도 거절하다

행자부 장관으로 있으니 당을 비롯해서 여기저기서 인사와 관련한 쪽지들이 들어왔다. 나는 인사에 관한 한은 분명한 원칙을 세워두었기 때문에 원칙에 어긋난 인사 청탁은 전부 거절했다.

그런데 행자부 장관 취임 직후 김종필 총리로부터 한 경찰간부의 승진에 관련한 쪽지 한 장을 받았다. 그런데 살펴보니 원칙에 어긋나는 인사였다. 아무리 총리의 부탁이라도 들어줄 수가 없었다.

행자부의 인사 중에서 가장 골치 아픈 인사가 경찰청과 관련된 인사였다. 항상 말도 많고 탈도 많은 게 경찰청 인사였다.

공동여당의 총리가 처음으로 부탁한 인사인데, 거절을 하게 되어 기안한 마음에 김종필 총리를 찾아가 자초지종을 말씀드렸다.

"검토해 보았으나 지금 그분으로 인사를 하게 되면 인사원칙에도 어긋날 뿐더러, 말썽의 소지가 있어서 죄송한 일이지만 이번 일은 총리님께서 좀 양해를 해주셨으면 합니다."

그런데 뜻밖에도 김종필 총리는 전혀 섭섭해 하지 않고 "허허. 그렇다면 할 수 없는 일이지요" 하며 그냥 넘어갔다.

그것이 김종필 총리가 내가 장관이나 수석시절에 한 유일한 부탁이었다. 나는 그 일로 인해 김종필 총리에 대한 인식을 새롭게 했다. 내가 행자부 장관과 정무수석 시절에 모신 김종필 총리는 사람들이 생각하는 것보다 훨씬 대범하고 합리적인 분이었다.

덕분에, 내가 장관과 수석으로 재임하던 시절에는 경찰청 인사와 관련해서는 큰 말썽은 없었다.

인터넷으로 국민과의 소통을 시도하다

1998년 4월 7일 행정자치부 인터넷 홈페이지에 '장관과의 대화방'을 개설했다. 국민과 공무원이 장관에게 직접 전하고 싶은 현장의 민원이나 행정자치부에 대한 정책 건의, 개선 사항 등을 마음껏 털어놓을 수 있는 '만남과 소통의 장'이 되기를 바랐기 때문이다. 이곳에 올리는 글은 장관인 나와 글쓴 당사자만 볼 수 있기 때문에 많은 분들이 다양하고 솔직한 의견들을 보내주셨다.

다양한 계층의 국민들과 공무원들이 행정현장의 모순과 부조리, 그리고 공무원 구조조정과 개혁에 대한 개인적 의견과 고충 등 많은 의견들을 허심탄회하게 털어놓았다. 그 고충과 의견들이 공무원 사회의 개혁과 행자부의 정책 아이디어에 적극 반영되었음은 물론이다.

누가 내게 행자부 장관으로서 가장 잘한 일 한 가지만 고르라고 한다면 나는 주저없이 '장관과의 대화방' 개설을 꼽을 것이다. 지금은 정부 부처장의 인터넷 대화방이 일상화된 일이었지만 그 당시로서는 국민과 직접 소통할 수 있는 최초의 시도였고, 고위 공무원들이 제출하는 보고서만이 아니라 국민과 일선 공무원들이 생생한 목소리로 직접 들려주는 현장의 소리와 고충, 그리고 민원과 제안들을 들은 일은 내가 공무원 사회를 개혁하는 데 한쪽으로 치우치지 않고 균형을 잡아가는 데 결정적인 도움을 주었기 때문이다.

내가 초대 행정자치부 장관으로서 가장 중점을 둔 일은 공무원 사회의 개혁과, 구조조정이었다. 소위 '철밥통' 으로 대변되는 공무원 사회지만 개혁과 구조조정에서는 예외가 되어서는 안되었다. 그러나 IMF 직후라 국민들이 허리띠를 졸라매고, 때로는 거리로 나앉기도 하는 상황에서 대통령이 직접 앞장서서 개혁과 구조조정을 지휘하는데도 공무원 사회는 요지부동, 복지부동인 경우가 많았다. 개혁의 "총론에는 찬성, 각론에는 반대" 하는 방법으로 개혁을 피해가려 하였다. 공무원 사회도 구조조정이 필요하다는 것에는 공감하나 "그게 왜 하필이면 나인가?" 라는 반발은 만만치 않았다.

담당 국장에서 일선 공무원에 이르기까지 나는 공무원 사회의 개혁과 구조조정의 필요성에 대해 직접 만나 토론하고 설득하였다. 모두가 납득할 수 있는 분명한 기준을 세우기 위해 노력하였다. 그럼에도 불구하고 공무원 사회를 개혁하는 일은 쉽지 않았다.

원래 내무부와 총무처로 나뉘어 있던 두 부처를 합쳐서 행정자치부로 통합하다보니 행정자치부 안에서 내무부 출신과 총무처 출신의 갈등과 반목이 심각한 상황이었다. 인사를 할 때도 내무부 출신이 승진하면 총무처 출신들이 반발하고, 총무처쪽이 승진하면 내무부쪽이 반발하는 식이었다. 결국 인사를 할 때마다 구 총무처와 구 내무부 인사들이 지그재그로 엇갈리도록 인사를 했고, 두 부처 출신들의 사람들이 화합할 수 있도록 두 부처 출신들을 서로 교차하는 혼합인사를 단행했다. 부처간 교차율이 60% 정도 되었다. 이질적이던 두 부처 출신들이 서로 화합하게 되는 데는 기득권의 반발을 이겨내는 인내력이 필요했다. 결국 시간이 지나자 내 인사가 불편부당하지 않다는 것을 받아들이면서 조직은 점차 안정을 찾아갔다. 때로는 개인과 조직의 희생을 무릅쓰면서 개혁을 추진해 나갔다.

공무원 사회의 개혁과 구조조정을 주도하는 부처의 주무장관으로서 내가 먼저 솔선수범을 보이지 않고 다른 사람들에게만 고통 분담을 요구한다는 것은 있을 수 없는 일이다.

장관 해외출장비 1,800만 원을
아껴 국고로 반납하다

행정자치부 장관 재임 시절인 1998년 연말에서 1999년 연초 동안 나는 엘 고어 미국 부통령이 주관하는 '정부혁신포럼'에 참석차 워싱턴을 방문했다. 주무장관인 행자부 장관으로서의 공식 방미일정이었다. 나는 엘 고어 부통령에게 전달하는 김대중 대통령의 친서를 가지고 미국으로 떠났다.

그때만 해도 아직 IMF 구제금융의 여파로 국내 경기가 많이 어려울 때였다. 그런데 장관의 해외 출장에는 비즈니스클래스 좌석에 5성급 호텔의 스위트룸 예약이 관례였다. 나는 아무리 이전부터 관례라고는 하나, 국민들은 고통을 겪고 있는 IMF 사태에 장관이 비즈니스클래스와 5성급 호텔의 스위트룸이라는 호사를 누리는 것은 국민들에게 미안한 일이라고 생각했다. 그래서 비즈니스클래스를 이코노미클래스로 바꾸고, 호텔도 5성급 대신 3·4성급으로 바꾸라고 지시했다. 비용 문제뿐이 아니었다. 수행원 외에 함께 가는 교수님들도 여섯 분 계셨는데 나만 편하게 갈 순 없었다. 자리가 편한 것보다 마음이 편한 게 더 나았다.

워싱턴에서는 '정부혁신포럼'에 참석하느라 2박 3일을 머물렀다. 엘 고어 부통령을 만나 김대중 대통령 친서를 전달했다. "한국의 행정자치부 장관 김정길이다"라고 인사를 하고 "대통령께서 IMF 때 많이 도와주신 점에 대해 깊이 감사드린다는 말씀을 하시고 안부를 전해달라고 하셨다"고 하자, 엘 고어 부통령은 "아시아에서 가장 존경하는 정치인이 김대중 대통령이다. 꼭 안부를 전해달라"고 답했다. 워싱턴에서는 한국 특파원들을 만나고, 프레스센터에서 서툴지만 한국의 개혁을 주제로 영어 연설도 했다.

그리고 월드컵 경호문제와 관련한 경험과 조언을 듣기 위해 프랑스 파리로 가서 프랑스 내무장관을 만났고, 월드컵 준비를 위해 프랑스 월드컵 경기장들을 시찰했다. 그리고 영국이 대처 수상 시절 IMF 사태를 어떻게 극복했는지를 배우기 위해 영국의 관계 부처 장관들을 만났다. 워싱턴, 파리, 런던 등을 오갈 때도 이코노미클래스와 3·4성급 호텔로 예약을 했다.

한국에 돌아와서 경비를 정산해보니 예산보다 약 1,800만 원의 경비를 절감할 수 있었다. 남은 경비 1,800만 원은 전부 국고로 반납했다.

공무원은 아직도 상전인가?

어느덧 『공무원은 상전이 아니다』를 출간한 지 10여 년이 지났다. 절판된 지가 오래 된 책인데도 책을 찾는 독자들이 많다고 했다. 그래서 2009년, 이 책의 개정판을 다시 냈다. 개정판 서문을 쓰면서 10년 전 쓴 이 책의 내용과 지금의 공무원 사회가 어떻게 달라졌는지를 비교해보았다.

10년 전과 비교하면 달라지거나 개선된 것들이 많이 있었다. 공무원 사회의 서비스, 특히 일선 민원창구에서의 서비스는 10년 전과는 비교할 수 없을 정도로 눈에 띄게 좋아졌다. 당시에는 첨단적인 제안의 하나였던 전자민원제도는 이제 너무나 당연한 일상적인 제도가 되었다. 그리고 국민연금제도에 비해 상대적으로 개혁의 대상으로 지적되었건 공무원 연금제도도 상당 부분 합리적으로 개선되었다.

그러나 10년이 지났어도 전혀 달라지지 않은 것들도 많다. 정부 기관 아래 산하단체들을 늘려서 퇴직한 공무원들의 일자리를 만드는 행태는 예전보다 더 심해졌으면 심해졌지 결코 나아진 것이 없다. 그리고 아직도 국민을 섬기려는 자세가 아니라 국민 위에 상전으로 군림하려는 자세를 가진 공무원들도 여전히 많다.

10여 년 전의 책에서 지적하고 있는 많은 문제들이 지금 읽어도 10여 년 전 이야기가 아니라 마치 지금 현재의 이야기처럼 읽히고 있는 현실은 안타깝다.

공무원은 상전이 아니다. 그러나 아직도 마치 상전인 것처럼 행동하는 공무원들이 많다는 것은 슬픈 일이다.

선진사회의 바람직한 사회구조는 세발자전거에 비유할 수 있다. 앞바퀴는 기업이요, 뒤의 두 바퀴는 중앙정부와 지방정부다. 즉, 기업이 마음껏 전진할 수 있도록 정부는 뒤에서 받쳐주는 것이다. 그리고 자전거의 안장에는 시민사회, 즉 국민의 자리가 마련된다. 국민들이 진정한 주인공이다.

어느 대기업은 내부기구표를 만들면서 사장의 윗자리에 소비자인 고객을 그려 넣었다고 한다. 정부도 조직도를 그린다면 대통령의 윗자리에 넓은 칸이 마련되어야 한다. 그 칸에 들어갈 가장 높은 상전의 이름은 '국민'이다.

공무원은 국민의 복리와 국익을 극대화하라는 국민의 요청을 받아 일하고 있는 국민의 대리인에 불과하다. 공무원은 상전이 아니다.

이렇게 공무원 사회의 개혁을 위해 한참 일하고 있을 즈음, 청와대에서 대통령 정무수석을 교체하려 하는데 내가 하마평에 오르내리고 있다는 이야기들이 전해져 왔다.

하지만 나는 아직은 공무원 사회 개혁을 위해 행자부 장관으로서 할 일이 많다고 생각했다.

정무수석으로서 해야 할 세 가지 과제

국민의 정부는 IMF 구제금융 사태를 겪은 직후에 출범한 정권이다. 외환 위기를 극복하는 것이 최우선 과제였다. IMF의 요구에 따라 강도 높은 기업 통폐합과 구조조정이 이루어졌다. 많은 사람들이 명예퇴직이나 정리해고로 정든 회사를 떠나야 했다. 공무원 사회도 예외가 될 수 없었다. 강도 높은 개혁과 구조조정이 요구되었다.

국민의 정부는 자민련과 국민회의가 내각제 개헌이라는 고리로 함께 세운 연립정부였다. 김대중 대통령이 내각 등의 인적 구성에서 공동정부의 정신에 따라 자민련의 지분을 철저하게 챙겨주었음에도 불구하고 공동 여당 내에서도 서로 다른 정치철학 등에서 오는 갈등들이 상존하고 있었다.

이런 문제들을 잘 조율하는 역할을 하는 사람이 정무수석이었다. 그런데 국민의 정부 출범 후 김현철 씨 문제로 김영삼 전 대통령과도 갈등이 있었고, 공동 여당 내에서도 내각제 문제로 갈등이 생겼다. 그리고 집권여당에서 야당으로 바뀐 한나라당과도 갈등이 심각했다. 김종필 총리의 총리 인준을 해주지 않고 몇 달을 총리서리 체제로 가게 하는 등 사사건건 국정의 발목을 잡았다.

이렇게 여러 가지 정치적 상황들이 오랫동안 꼬이자, 청와대에서는 이런 일들을 조정해줘야 할 정무수석의 역할에 대해 고민을 많이 하고 있었던 모양이었다.

행자부 장관에서 정무수석으로

해가 바뀐 1999년 2월 초, 청와대에서 국무회의를 마치고 나오는데 박지원 공보수석이 나를 보며 푸념을 했다.

"김 장관, 요새 마땅한 정무수석감이 없어 죽을 지경이야. 어디 좋은 사람 있으면 추천 좀 해주지?"

둘이 친한 사이다 보니 농담 삼아 넌지시 나를 떠보는 것 같았다.

그래서 나도 웃으며 "왜? 내가 거기로 갈까?" 농담으로 이야기했더니 갑자기 반색을 하였다.

그런데 내가 농담으로 "내가 갈까?"라고 했더니 박지원 공보수석은 그 길로 대통령께 가서 보고를 한 모양이었다.

다음 날 박지원 공보수석으로부터 전화가 왔다.

"내가 대통령님께 '김정길 장관을 정무수석으로 임명하는 것은 적재(適材)고, 김기재 의원을 행자부 장관으로 임명하는 것은 적소(適所)입니다'라고 말씀드렸소. 그야말로 적재적소라고 말이야."

"아니, 당신 왜 그런 쓸데없는 소리를 했소?"

내가 대놓고 박 수석에게 타박을 주었다.

"아마 대통령께서 전화가 갈 거야. 그렇게 알고 있어."

2월 6일. 점심때였다. 비서가 "대통령님께서 전화십니다" 하고 전화기를 건네주었다.

"김 장관. 내 옆에 와서 나를 좀 도와줘야겠소."

무슨 이야기인지 직감이 왔다.

"대통령님, 이제 제가 업무파악도 다 하고 해서 아직은 여기서 일을 좀더 했으면 좋겠습니다."

완곡하게 거절을 하자 대통령께서 이야기하셨다.

"김 장관, 그 일은 김 장관이 아닌 다른 사람이 해도 할 수 있는 일인데, 이 일은 김 장관 외엔 적임자가 없소."

정무수석을 하라는 이야기도 아니고, 서로 선문답식으로 주고받은 대화였지만 서로 무슨 말인지 잘 알고 있었다. 그러나 나는 이제 행자부 업무를 다 파악해서 막 재미있게 일을 좀 해보려는 참에 정무수석으로 가는 것이 썩 마음이 내키지 않아서 바로 "가겠습니다"는 대답을 하지 않고 있었다.

그랬더니 대통령께서 1분이 넘는 시간 동안 아무런 말씀도 없이 그냥 전화기를 들고만 계셨다. 실제로는 1분이었는지 그보다 더 길었는지는 모르겠다. 내 느낌으로는 몇 분이 흘렀다고 느낄 정도로 긴 침묵이 이어졌다.

내가 대답을 않고 있으니 대통령께서 계속 전화기를 들고 계셨다. 대통령께서 전화를 끊지도 않고 계속 전화기를 들고 계시니 하는 수가 없었다. 내가 먼저 무거운 침묵을 끊었다.

"네. 알겠습니다."

그랬더니 대통령께서도 "알겠네." 짧게 대답하고는 전화를 끊으셨다.

그날 저녁에 곧바로 정무수석 임명장이 주어졌다. 내가 정무수석으로 들어간다는 것은 그날까지 김중권 비서실장도 모르고 있던 일이었다.

그렇게 나는 하루아침에 정무수석으로 부름을 받아 청와대로 들어갔다.

내가 청와대 정무수석으로 가면서 대통령의 업무 스케줄이 바뀌었다. 항상 아침에 출근하자마자 대통령, 비서실장, 정무수석 셋이 만나 티타임을 갖는 것으로 대통령 업무가 시작되었다. 그 전에는 대통령과 비서실장만 만났으나, 내가 정무수석이 되자 매일 셋이 만나 정국의 주요 현안들에 대한 논의를 하는 것으로 대통령의 일정이 바뀐 것이다.

YS는 이회창보다 DJ가 대통령이 되길 바랐다

내가 정무수석으로서 해결해야 할 일은 세 가지였다.

첫째는 상도동과의 갈등을 해소하는 일이었다. 차남 김현철 씨가 구속된 후 김영삼 전 대통령과 김대중 대통령사이에는 갈등의 골이 깊어졌다. 두 사람 사이의 문제는 전현직 대통령 간의 갈등을 넘어 영호남 화합과도 관련된 문제였다.

둘째는 내각제 문제로 꼬여버린 DJP연합의 얽힌 실타래를 푸는 것이었다. 내각제 개헌 문제는 대통령과 총리 사이에 불편한 긴장을 주는 문제였다.

셋째는 여야관계를 원만하게 회복하는 일이었다. 집권 초기부터 사사건건 국정의 발목을 잡는 한나라당으로 인해 여야 관계가 좋지 않았다.

내가 정무수석이 되자 그동안 청와대와 사사건건 갈등을 빚고 있던 한나라당에서 이례적으로 "정치력 있는 정무수석의 임명을 환영한다"고 환영성명을 냈다. 그래서 나는 한나라당과의 관계나 상도동과의 관계를 회복시키는 일을 우선적으로 해결하려고 노력했다.

나는 민주당 원내총무가 되자었을 때나, 행자부 장관이 되었을 때처럼 중요한 일이 있을 때마다 항상 상도동을 가장 먼저 찾아서 인사를 드리곤 했다. 그래서 3당합당 때 갈라섰던 김영삼 전 대통령과의 관계도 원만하게 회복이 된 상태였다.

내가 행자부 장관이 되고 처음 상도동을 방문하여 인사를 드리러 갔을 때 김영삼 전 대통령은 나를 반갑게 맞이해주었다.

"김 장관, 이번에 김대중 씨가 대통령이 된 게 참 잘된 일이제?"

김영삼 전 대통령이 사실은 이회창 후보가 아니라 김대중 후보가 대통령이 되기를 바랐었다는 이야기는 뜻밖이었다. 그때만 해도 김영삼 전 대통령은 김대중 대통령에 대해서 무척 호의적이었다.

김영삼 전 대통령은 임기 말에 IMF 사태가 터지고 차남 현철씨가 구속되고 하면서 참 어려운 일들을 겪고 있었다.

"얼마나 마음 고생이 심하셨습니까?"

내가 위로를 하자 김영삼 전 대통령은 마음고생한 이야기들을 털어놓았다.

"김대중 대통령도 처음이라 지금은 잘 모르겠지만, 내가 지내고 보니 청와대가 마치 감옥 같습디다. 퇴근 후에 모두가 다 돌아가고 집사람과 둘만 관저에 남아 있으면 그게 참, 그런 적막강산이 없어요."

그런데 내가 정무수석에 임명될 즈음부터는 현철 씨 문제로 두 사람이 심한 갈등 관계에 있는 중이었다. 김대중 대통령께서 당선자 시절에 김영삼 전 대통령을 만나 "현철 씨 문제는 잘 해결하겠다"고 약속을 하셨던 모양이었다. 그런데 막상 현철 씨를 사면하려고 하니 주변에서 아직은 국민감정을 생각하면 시기상조라는 이유 등으로 반대가 심했다. 여론의 추이를 보아가며 현철 씨를 풀어주겠다는 약속을 한 지가 1년이 지났는데도 아직 현철 씨 문제가 해결되지 않으니 김대중 대통령이 약속을 안 지켰다고 화가 났던 것이다.

그래서 정무수석에 임명되자 마자 상도동으로 YS에게 인사를 드리러 가겠다고 연락을 드렸다. 그런데 YS는 방문을 거절했다.

DJ와 YS의 화해 보고서

정무수석에 임명된 후 내가 김대중 대통령께 맨 처음 올린 보고서의 내용은 "DJ와 YS, 두 분의 화해"를 제안하는 보고서였다. 정무수석으로서 가장 시급하게 해결해야 할 문제는 상도동과 동교동 간의 오랜 갈등을 해소하는 일이라고 판단했다.

나는 대통령 관저로 찾아가 직접 보고를 하려고 했다. 그런데 때마침 대통령께서 다른 일정이 잡혀 있어서 직접 보고를 드리지 못하고 보고서만 놓고 왔다.

보고서의 내용은 "YS와 화해를 하시는 게 좋겠습니다. 대통령께서 예고 없이 불시에 상도동을 한번 방문하십시오. 대통령께서 찾아가시면 YS가 문을 안 열어줄 수 없습니다. 그러니 대통령께서 먼저 화해의 손을 내미십시오." 그래서 YS의 손을 잡고, '그동안 내게 서운한 게 있으면 다 풉시다. 당신은 전직 대통령이고 나는 현직 대통령인데 우리가 이렇게 앞서거니 뒤서거니 대통령이 된 것도, 오늘날 우리나라의 민주화가 여기까지 온 것도 당신과 내가 함께 민주화 투쟁한 결과가 아니겠습니까. 이제는 우리 드 사람이 손잡고 동서가 먼저 화합하고 당신과 내가 남북이 통일되는 일에도 함께 앞섭시다." 이렇게 진심으로 청하면 YS가 받아들일 것입니다.'"라는 내용이었다.

그런데 이 보고서를 드린 뒤에도 김대중 대통령은 가타부타 아무런 말씀이 없으셨다.

그 이후로 직접 대놓고 "두 분이서 화해하시라. 먼저 화해의 손을 내미시라"고 말씀드리지는 않았지만, 기회가 있을 때마다 "DJ와 YS는 화해해야 한다"는 내용으로 기자간담회나 초청강연 등을 했다.

3당 야합은 비호남 정치권이 연합해서 호남을 고립시키려는 정치 구도이다. 나는 평소 소외되었다고 생각하는 호남에서 한번 집권을 해야 동서화합이 가능하다고 생각하고 있었다. 그래서 DJ가 대통령이 된다면 지역주의가 어느 정도 완화될 것으로 기대했다. 그동안 지역주의와 맞서 싸워온 나로서는 DJ가 대통령으로 만들기 위해 최선을 다해 도왔다.

결국 내가 정무수석을 마칠 때까지 DJ와 YS의 화해는 이루어지지 않았다. 역사에는 '만약'이라는 것이 없지만, 그때 만약 DJ가 YS를 먼저 찾아가 화해의 손을 내밀었더라면 우리나라의 지역주의가 훨씬 더 많이 사라지지 않았을까 하는 아쉬움이 남는다.

한나라당과의 관계, 내각제 문제를 잘 해결하다

비록 김영삼 전 대통령과의 화해는 이끌어내지 못했지만, 한나라당과의 관계 회복이나 김종필 총리와의 내각제 문제는 원만하게 잘 해결되었다. 여야관계는 그동안 대화마저도 단절되어 있었다. 나는 이회창 총재와는 그 이전부터 원만한 관계였다.

한나라당과의 갈등은 내가 정무수석이 되자마자 이회창 총재를 찾아가 이회창 총재와 김대중 대통령이 여야 영수회담을 갖도록 주선하면서 원만하게 잘 매듭지어졌다. 이때 한나라당쪽 핫라인은 윤여준 전 장관이었다. 윤여준 전 장관과 자주 만나 문제를 의논했다. 윤여준 전 장관은 합리적 보수주의자로서 한나라당 사람 중에서도 이야기가 잘 통하고 나와의 관계도 좋은 편이었다. 좋은 파트너를 만난 덕분에 한나라당과의 관계는 비교적 잘 조율되었다. 그러나 서상목 의원 체포동의안 문제로 다시 갈등이 심화되었다.

한나라당과의 관계는 어차피 여야의 관계이니 잘 안되면 삐거덕거릴 수도 있는 일이었지만 정작 심각한 문제는 공동정부 내의 일이었다.

국민회의와 자민련은 공동정부 구성과 내각제 개헌 약속을 고리로 세워진 공동정부였다. 대통령께서 김종필 총리의 의견을 존중하고, 자민련의 지분을 잘 챙겼기 때문에 외견상으로는 큰 문제가 없는 것으로 보였다.

문제는 내각제 개헌이었다. DJP가 공동정부를 합의하며 선거공조를 이룰 때 김대중 대통령이 "국민이 원하면 내각제 개헌을 수용한다"는 약속을 했는데, 이 내각제 문제로 대통령과 김종필 총리 사이에 계속

신경전이 벌어지고 있었다. 두 분이 드러내놓고 말은 안했지만 김종필 총리는 내각제 개헌 약속을 지키라는 것이고, 김대중 대통령은 국민들이 내각제를 원치 않고 시기적으로도 적절치 않으니 내각제 개헌은 사실상 힘들다는 입장이었다. 이러한 내각제 문제는 언론에서도 항상 주시하는 문제로 공동정부를 둘러싸고 있는 언제 터질지 모르는 시한폭탄의 뇌관과도 같은 존재였다. 이 문제가 근본적으로 해결되지 않고는 국민의 정부의 개혁정책은 물론이고 공동정부가 원만하게 지속될 수 있을 것인지도 사실상 예견하기 어려운 상황이었다.

1999년 3월 4일. 나는 어떻게든 이 문제를 더 이상 질질 끌어서는 안된다고 생각하고 총대를 메기로 작심했다. 대통령과 총리의 의견을 물어보지도 않고 "내 감으로는 김대중 대통령과 김종필 총리 사이에 올해 상반기엔 내각제 논의가 없을 것 같다"고 말했다. "두 분 사이에 논의연기가 합의된 것이 아니라 두 분을 만나본 내 개인적인 감"이라고 덧붙였다. 언론에서는 이를 대서특필했고 조기에 내각제 개헌을 밀어붙이던 자민련에는 벌집을 쑤셔놓은 격이었다. 상반기에 내각제 논의가 되지 않는다면 2000년 4월에 총선을 앞두고 있는 등 정치일정상 하반기에는 내각제 논의 자체가 어려운 상황이었다.

세상을 시끄럽게 했던 이 발언이 있은 직후 김대중 대통령을 엘리베이터에서 우연히 만났다. 김 대통령은 나에게 "김 수석, 그렇게 말해도 되는 거요?" 하고 걱정스러운 듯 물어오셨는데 말씀은 않으셨지만 싫지 않은 표정이었다. 나는 "괜찮을 겁니다. 걱정하지 마십시오"라고 아무렇지 않은 듯 말씀드렸다.

하지만 더 이상한 건 김 총리 쪽이었다. 김 총리는 이에 대해 아무런 말씀이 없으셨다. 얼마 뒤 나는 김종필 총리를 찾아가 "총리님 내각제 개헌문제와 관련해 제 감을 팔아먹어서 죄송합니다"라고 말씀드렸다. 대통령과 약속한 내각제 개헌 문제를 일개 정무수석이 "물건너 갔다"고 언론플레이를 했으니 당연히 화를 낼 만도 한데, 김종필 총리는 그냥 나를 보며 허허 웃어넘기고 말았다. 김종필 총리도 정치 9단인 분이라 이미 내각제는 불가능하다는 것 받아들였던 것으로 보인다.

그 후 실제로 대통령과 총리는 8월까지 내각제 논의 중단에 합의했다. 그렇게 해서 DJP연합의 암초처럼 자리잡고 있던 내각제 문제는 해결될 수 있었다.

국민회의 공천을 받으러 온 변호사

내가 정무수석을 할 때 이런 일들도 있었다.

이회창 총재가 출마할 예정이었던 송파 갑 보궐선거와 인천 계양강화 갑 재보궐선거 때의 일이다. 국민회의에서는 김희완 지역위원장이 이미 송파 갑에 공천 신청을 한 때였다. 그런데 여당인 국민회의의 공천을 받으려고 현 한나라당의 유력한 대선후보 중의 한 사람이자 광역단체장인 변호사 한 사람이 공천 문제를 의논하러 청와대 내 방으로 찾아왔다.

"송파 갑에 국민회의 공천을 받고 싶은데 도움을 주셨으면 좋겠다"는 그의 말에 나는 "송파 갑에는 이미 김희완 지역위원장이 공천신청을 한 상황이기에 어려울 것"이라는 이야기를 했다. 그 뒤 그는 한나라당으로 가서 공천을 받아 다음 총선에서 당선되었다.

또 인천 계양강화 갑 재보궐선거와 관련해서는 나중에 한나라당 공천으로 광역단체장을 지내신 분 역시 국민회의 공천을 얻기 위해 나를 찾아왔다. 그랬던 사람이 나중에는 한나라당으로 가더니 광역단체장에 당선되었다.

'정치를 하려면 자신의 소신과 신념에 맞는 정당을 찾아서 공천을 신청해야 할 텐데, 젊은 사람들이 정치이념이 아니라 여당의 공천을 받기 위해, 또는 공천 여부에 따라 이 당 저 당 기웃거리는 것이 이 땅의 정치현실이구나' 싶어 안타까웠다.

그렇게 소신 없는 사람들이 지금은 한나라당으로 가서 한 사람은 현직 광역단체장을 지내며 유력한 대선후보의 한 사람으로 거론되고 있고, 또 한 사람은 조직 광역단체장을 지냈으니 참 아이러니한 일이 아닐 수 없다.

내가 대통령께 사표를 제출하고 정무수석을 그만둔 것은 제16대 총선을 앞둔, 1999년 11월이었다.

그 사이 노무현 의원은 1998년 7월 종로구 보궐선거에서 당선하여 다시 국회로 돌아와 있었다. 노무현과 나는 다시 한번 부산에서의 무모한 도전을 준비하였다.

2000년 4월 13일 제16대 국회의원 선거가 다가오고 있었다.

4부

어려울 때 친구가
진정한 친구다

제2차 남북정상회담에서 김정일 위원장을 만나며

다시 부산으로 돌아가다

노무현, 내게 부산 대신 분당을 추천하다

4·13 총선을 앞두고 노무현은 내게 부산이 아닌 내가 살고 있던 경기도 분당에서 출마할 것을 권유했다.

"김 장관. 이번에는 부산 가지 말고 분당 가세요. 분당에 가면 이번에는 반드시 됩니다."

사실, 내가 분당에 출마하는 것으로 자체 여론조사를 하면 한나라당 후보에게 무난히 이긴다는 결과가 나왔다. 상대 후보는 국회부의장을 지낸 한나라당의 오세응 후보였음에도 상당한 차이로 이긴다는 것이고, 부산 영도로 가던 김형오 의원에게 더블스코어로 지는 결과가 나왔다.

그래서 참모진이나 주변 사람들도 이번에는 부산에서 나가지 말고 분당으로 나가길 강하게 권유하고 있었다. 심지어는 청와대 출입하는 기자들조차도 '김 수석, 이번에는 꼭 당선되어야 하니까 부산으로 가지 말고 살고 계시는 분당으로 가세요. 필요하면 우리 기자들이 그쪽으로 갈 수 있도록 기사도 써 드릴게요" 하며 나를 걱정해주었다.

"명색이 대통령 정무수석과 장관을 지낸 사람으로서, 대통령의 국정 목표 중 하나가 지역주의 극복이라는 것을 알면서 나 하나 국회의원 되자고 이번엔 분당으로 나갈 수는 없지 않소. 게다가 종로에서 국회의원에 당선되었던 노무현이도 다시 부산으로 내려가겠다는데 김정길이만 분당을 간다는 것도 명분이 없는 일이요."

그러자 이번엔 노무현이 나를 설득했다.

"내가 청와대와 당에는 잘 이야기를 하겠습니다. 만약 둘 다 부산에 내려갔다가 둘 다 떨어지면 부산의 민심을 대변하고 부산의 현안을 챙기는 일은 누가 합니까? 그러니 김 장관은 이번엔 부산 가지 말고 분당에 나가세요."

그가 무슨 뜻에서 하는 말인지는 충분히 알 수 있었다. 지난 부산 사하 보궐선거 때 내가 사하로 나가는 대신 노무현이 광명에 나가기를 바랐던 것이나, 서울 종로로 출마하고 싶다는 노무현에게 명분을 만들어주었던 것과 똑같은 심정이었던 것이다. 내가 사하에서 떨어져도 노무현은 광명에서 당선되어서 둘 중 하나라도 국회에 들어가기를 바라던 마음, 비록 우리가 부산에서는 떨어져도 수도권에 나가면 당선한다는 것을 부산 시민들에게 보여주고 싶은 마음이었을 것이다.

그러나 나를 생각하는 노무현의 진심 어린 설득에도 불구하고 나는 결국 고집을 꺾지 않고 부산에서 출마를 했다. 노무현은 북·강서을에 출마했고, 나는 원래 지역구인 영도구로 다시 돌아갔다.

다시 부산으로 돌아가다

정무수석에서 물러나 영도구로 출사표를 던지면서 나는 대통령께 먼저 인사를 드렸다.

"다시 한번 지역주의의 벽을 넘어보기 위해 부산으로 나가려고 합니다."

김대중 대통령께서 덕담을 해주셨다.

"김 수석처럼 소신 있는 정치인을 내가 보지 못했소. 존경합니다. 혹시 떨어지더라도 다시 내 옆에서 할 일이 있지 않겠습니까. 열심히 하십시오."

김대중 대통령은 선거 기간 중 마침 김해 해군사령부에 행사 차 내려오시는 길에도 따로 격려 전화를 주셨다.

나는 영도구 봉래동에 새천년민주당 부산시 영도구 지구당 사무실을 마련했다. 새정치국민회의는 중산층과 서민층을 대변하는 개혁정당을 목표로 2000년 1월 20일 새천년민주당으로 새롭게 창당했다. 새천년민주당은 대한적십자사 총재를 지낸 서영훈 전 총재가 대표를 맡았고, 이인제 의원이 중앙선거대책위원장을 맡았다. 장영신 애경그룹 회장과 이재정 성공회대 총장 등이 신당 창당에 참여했다.

부산 영도구의 남고등학교 강당을 빌려 지구당개편대회를 했다.

2천 명 정도 들어갈 수 있는 강당이었는데, 강당이 넘쳐서 운동장까지 찰 정도로 많은 사람들이 참석했다. 5천 명이 넘었다. 지구당 개편대회를 할 때 노무현은 축사를 통해 "분당 가면 당선될 수 있는 김정길이 분당 안 가고 부산으로 돌아왔다. 부산 시민들께 김정길을 잘 부탁드린다"고 나를 응원했다. 나도 노무현의 지역구로 가서 "종로에서 당선되었던 노무현이 종로를 버리고 부산으로 왔다. 노무현이 부산 시민들을 믿듯이 나도 부산 시민들이 노무현을 믿어줄 것으로 믿는다"고 노무현을 응원했다.

부산 시민들의 숙원이었던 해양수산부도 존속시켰고, 해양수산부에서 장기 저리로 예산을 지원받아 자갈치시장 등을 현대화할 수 있도록 힘썼다는 것을 알 만한 부산 시민들은 알고 있었다. 그래서 "부산이 낳고 영도가 키운 김정길이 행자부 장관과 정무수석을 지낸 큰 인물이 되어 부산에 돌아왔으니 이번에는 인물을 보고 김정길을 찍어 달라. 김정길을 더 큰 나무로 키우실지, 커가는 나무를 자르실지는 영도구민 여러분의 손에 달렸다. 영도가 키운 큰 나무를 더 큰 나무로 키워달라"고 호소했다.

게다가 김형오 의원의 경남고 동기생인 한 건설업자가 수억 원의 정치자금을 김형오 의원에게 제공했다는 양심선언까지 터져 나왔다.

이 정도면 해볼 만한 선거가 되겠다 싶었다. 하지만 이게 오히려 화근이 되었다. 김형오 의원은 "김대중 대통령과 김정길이 김형오를 죽이려고 한다"며 삭발투쟁을 하고 차에다 확성기를 달고 다니며 읍소했다. 동정표가 움직이며 지역감정이 살아났다.

결국 선거에서 또 떨어졌다.

선거에 떨어진 것도 억울한데 상대후보 측의 고발로 선관위에서는 나를 선거법 위반으로 고발했다. 고발 내용도 황당한 것이, 당원용 홍보물에 후보자 홍보내용이 너무 많아서 선거법 위반이라는 것이다.

이것은 이미 선거 전에 내가 중앙선관위에 문의하여 중앙선관위에서 선거법 위반이 아니라고 유권해석까지 받은 내용이었다. 문제로 삼은 것은 일반인에게 배포되는 홍보물도 아니고 당원용으로 당원들에게만 보내지는 지구당 당보였는데, 거기에 내 약력이나 홍보내용이 너무 많이 들어갔다는 것이었다.

문재인 변호사에게 변론을 부탁하다

문재인 변호사에게 변론을 부탁했다. 문재인 변호사와 송기인 신부 등은 3당 합당을 거부하고 지역주의의 벽을 극복하겠다고 계속해서 부산에서 도전하는 나와 노무현을 계속 격려하고 도와주는 고마운 분들이었다.

문재인 변호사가 사건 자료들을 살펴보더니 "걱정하지 마세요. 이건 무죄입니다"라고 했다. 그런데 1심 재판 결과, 벌금 80만 원이 나왔다. 다행히 피선거권을 박탈당하는 벌금형은 아니었으나, 선관위에 둔의해서 선거법 위반이 아니라는 유권해석까지 받았던 것을 선거법 위반이라고 하니 도저히 받아들일 수 없었다. 피선거권을 박탈당하는 100만 원 이상 벌금형을 기대했던 검찰도, 무죄를 기대했던 나도 모두 항소했다.

2심인 고등법원에 선관위 유권해석 확인서를 첨부해서 제출했다. 주변에서는 내게 합의부 부장판사를 만나보라고 권유했다. 그러나 자기 재판 중인 사건의 부장판사를 만난다는 것이 양심상 허락하지 않았다. 선고 당일 문재인 변호사에게 재판장은 만나봤는지 물어보았다. "안 만나봤습니다만, 이건 무죄인 사건이니 너무 걱정마세요"라고 했다.

그랬는데 2심에서는 오히려 벌금 150만원이 나왔다. 피선거권이 탁

탈당하는 벌금형이었다.

대법원에서도 그대로 확정되어 나는 졸지에 피선거권을 박탈당했다.

엇갈린 운명

노무현은 쉽게 당선될 수 있는 종로를 버리고, 나 역시 쉽게 당선될 수 있는 분당을 버리고 부산으로 내려왔다. 떨어질 가능성이 높았지만, 지역주의를 극복해보겠다는 열망이 워낙 컸고, 이제는 부산 시민들도 노무현과 나의 이런 진심을 믿어주실 것으로 생각했다. 부산 시민들과 함께, 노무현과 내가, 지역주의를 극복했다는 자부심을 함께 만들고 함께 누리고 싶었다.

그런데 결과는 참담했다. 노무현과 나, 둘 다 또 떨어졌다.

떨어진 것은 같은데 두 사람의 앞길은 달랐다. 노무현은 '바보 노무현'이란 애칭을 얻으며 '노무현을 사랑하는 사람들의 모임'(노사모) 팬클럽도 생기고, 이후 해양수산부 장관이 되었다.

나만 먼저 행자부 장관이 되어 늘 미안한 마음에, 김대중 대통령께 "저만 장관을 하고 있으니 미안합니다. 기회가 되실 때 꼭 노무현에게도 장관을 한번 시켜주시면 제가 좀 덜 미안할 듯합니다" 이렇게 말씀드린 터라 노무현의 입각 소식은 내게도 더 없이 반가운 소식이었다.

그러나 한 번 부산을 떠나 종로로 갔다 다시 부산으로 돌아온 노무현은 전국적인 관심과 조명을 받으며 전국적인 스타로 부상했는데, 한번도 부산을 떠나지 않고 줄곧 부산만 지키던 나는 언론의 관심도 받지 못한 채, 말도 안 되는 황당한 꼬투리를 잡혀 피선거권을 박탈당하고 나니, 나도 사람인지라 씁쓸한 마음이 들지 않을 수 없었다.

하지만 그런 마음을 오래 두지 않았다. 나는 선거에서 국민의 선택을 받지 못했을 때 하던 대로, 다시 사업으로 돌아가거나 외국에 객원연구원으로 나갈 마음을 먹었다.

아주 오래된 좋은 기억 하나

그런데 얼마 전 2010년 부산 시장 선거가 끝난 뒤 나는 페이스북을 통해 반가운 쪽지 하나를 받았다. 그 쪽지는 내가 잠시 잊고 있었던 2000년 부산에서의 기억을 떠올리게 했다. 박영주라는 분이 보낸 쪽지였다.

"저는 영도에 있는 복지시설에서 일합니다. 아주 오래된 좋은 기억 하나가 있어서 반가운 마음에 친구요청을 했습니다.

의원님께서 영도에서 낙선하셨을 때 사무실을 정리하시고 몇천 몇백 원까지 계산해서 장애시설과 우리 시설에 후원을 해주셨습니다. 많은 정치인들이 표를 얻으러 시설에 와서 인사를 하지만 결과가 나오고 나서 감사하다는 인사를 하는 사람을 본 적이 없는 저로서는 정말 놀랐습니다. 그것도 당선이 아닌 낙선 후에 사무실 정리 비용을 후원해주시다니….

그 돈은 우리 아이들을 위해 정말 감사히 사용했습니다. 그 일로 저는 늘 소외되고 어려운 사람들에게 진심으로 다가와 주시는 의원님을 존경하고 사랑하게 되었습니다. 늘 지켜보며 지지하고 있습니다."

쪽지를 받고 나서야 그때 일을 기억했다. 2000년 부산 영도에서 낙선한 후 아내가 이야기했다.

"선거에 떨어지는 것도 붙는 것도 하느님이 허락하시는 일입니다. 감사한 마음으로 결과를 받아들이고, 우리가 선거를 치르느라 마련했던 선거 사무실 임대료나 집기 등을 팔아 남는 돈은 어려운 이웃들께 돌려드립시다. 우리에겐 지금 꼭 필요하지는 않은 돈이지만 다른 누군가에겐 꼭 필요한 돈이 될 겁니다. 하느님도 기뻐하실 거예요."

아내의 말이 옳다고 생각하여 나는 사무실을 정리한 돈을 둘로 나누어 아내와 내가 평소에 후원하던 장애시설과 청소년시설에 전액 기부했다.

그리고서는 그때의 일을 까마득하게 잊고 있었는데, 내가 잊어버린 어떤 일을 누군가 감사한 마음으로 여태까지 기억해주고 있다니 오히려 내가 감사할 일이었다.

"김 장관, 나 좀 도와주소"

그게 언제였는지 정확하게 기억나지는 않는다. 아마도 내 선거법 2심 재판 중일 때였을 것이다. 내 기억으론 노무현이 해양수산부 장관으로 입각하기 전이었던 것으로 기억한다. 만약 해양수산부 장관 재임 중이거나 장관에서 물러난 후였더라면 내가 그에게 했던 대답이 달라졌을 테니까.

어느 날 아침, 노무현이 내게 전화를 해 점심약속을 하자고 했다.

점심식사를 하고 나서 그는 대뜸 내게 이렇게 말했다.

"김 장관님, 나 좀 도와주소."

"내가 도울 수 있는 일이라면 당연히 도와야지. 근데 무슨 일이오?"

"제가 요번에 민주당 대통령 후보 경선에 나가려고 하는데 김 장관님이 좀 도와주십시오."

사실, 그때만 해도 여론조사에 따라 조금씩 차이가 나긴 해도 "다음 대통령 후보로 누구를 지지하느냐"를 묻는 여론조사에 이회창이 50% 이상, 이인제가 30% 나올 정도였다. 그래서 누구나 한나라당 대통령 후보는 이회창, 민주당 후보는 이인제가 될 것으로 생각할 때였다.

노무현의 이야기를 듣고 나는 좀 뜬금없다고 생각했다. 아마도 짐작키로는, 그때까지 아무에게도 말하지 않았던 대통령에 대한 꿈을, 친구이자 동지인 내게 처음으로 밝히면서 도와달라고 했던 게 아닌가 싶다.

그런데 명색이 친구이자 동지라는 내 대답은 좀 시큰둥했다.
"노 의원, 당신이나 나나 부산에서 국회의원이라도 당선되었다면 모를까, 국회의원도 떨어졌는데 누가 찍어주겠소?"
당시 노무현은 민주당 상임고문이었지만, 우리는 지난 선거에서 떨어진 후 둘 다 사실상 백수 신세였다. '그런데 백수가 무슨 대통령?' 이게 솔직한 내 생각이었다.
노무현은 특유의 웃음에, 자신 있는 말투로 내게 말했다.
"김 장관님이 도와주시면 됩니다."
아무리 친한 친구 사이라도 웃고 있는 그에게 속에 있는 생각을 그대로 말할 수는 없어 나름대로 에둘러 이야기했다.
"내가 도와줘서 될 것 같으면 도와드려야죠."
이렇게 이야기하긴 했으나, 시간이 지나고 나서 생각하니 내가 당시 노무현의 입장이었다면 좀 섭섭했을 듯싶다.
하지만 나는 그때 정말 지쳐 있었다. 선거에 떨어지고 또 떨어지는 일에도 지쳐 있었고. 진 선거도 억울한데 재판까지 해야 하니 더 지쳤다. 심지어 대인기피증까지 생겨서 정치를 그만두고 싶다는 생각이 들기도 할 때였다.

세 번의 빛과 단 한 번의 빚

노무현은 평소 내게 세 번의 빚을 졌다고 말하곤 했다. 부산 시장 나갈 때, 최고위원 나갈 때, 그리고 종로구 국회의원 나갈 때. 나는 그를 위해 세 번 지원하거나 양보했다. 그는 내게 그걸 늘 고마워했다.

나는 한 번 그에게 빚을 졌다. 그가 대통령 선거에 나갈 때 예전처럼, 처음부터 전력을 다해 돕지 못했다. 그게 나는 늘 마음의 빚으로 남아 있었다.

그 단 한 번의 빚이 평생 청산 불가능한 빚이 되었다.

그러나 당시만 해도 내 처지는 매우 곤궁했다. 현 정부의 장관과 정무수석을 지내고 선거에 뛰어들었건만, 또다시 낙선했고, 설상가상 선거법 위반으로 피선거권을 박탈당할 위기였다. 정치인에게 피선거권 박탈이란 정치적 사형선고인데, 2심에서는 내게 정치적 사형을 선고하고 있었다.

결국 3심에서도 벌금 150만원 확정, 피선거권을 박탈당했다. 내가 한 번도 경험해보지 못한 정치적 위기였다. 낙선은 참담한 패배이지만, 피선거권을 박탈당한 내게는 승리는커녕 이제 패배할 기회조차 주어질 수 없었다.

이기택 총재의 강권으로 나갔다 떨어진 사하구 보궐선거보다 더 큰 좌절과 허탈감이 몰려왔다.

내심 김대중 대통령이 사면복권을 해주시지 않을까 하는 기대도 있었는데, 보수언론들이 워낙 선거법이나 정치자금법 위반에 대해선 사면을 극렬하게 반대하는 상황이라 그것도 힘든 상황이었다. 선거에 떨어지면 곁에 두고 다시 함께 일하자고 하셨던 김대중 대통령도 내가 선거법 위반에 걸려 있으니 아무 것도 해줄 수 없는 입장이었다.

좌절했다. '정치를 계속해야 하나?' 하는 회의가 밀려왔다.

노무현, 광주의 기적을 이루다

그리고 얼마 후, 민주당 대통령 후보 경선이 시작되었다. 그런데 예상을 깨고 노무현 후보가 제주경선에서 3위를 하더니, 울산 경선에서는 1위로 올라왔다. 놀라운 일이었다. 반가운 마음에 노무현 후보에게 축하 전화를 했다.

그랬더니 그는 내게 "광주 경선이 중요한데, 김 장관이 광주 쪽에서 인기가 많으니 광주로 가서 광주 지역 언론인들을 만나 나를 좀 도와주라고 해주세요" 라고 부탁했다.

"정말 잘될 거요. 내가 안 도와주더라도 광주에서도 충분히 이길 거요" 라고 사양하고 나는 광주로 내려가지 않았다.

처음부터 도왔다면 모를까, 제주와 울산에서 이기는 결과를 보고 도와주는 모양새가 되니 마음이 내키지 않았다. 그동안에는 돕지 않다가 이길 것 같으니 돕는 꼴 같아 내 모양새가 참 우스워 보였다. 일종의 결벽증이었다.

예상대로 노무현 후보는 광주에서 극적인 1위로 승리를 하며 국민경선 국면을 전적으로 자기 페이스로 끌고 가더니, 정동영 후보와 마지막 서울 경선에서 이겨 무난히 민주당 대선 후보가 되었다.

노무현 후보의 인기가 하늘을 찔렀다. 누구도 예상 못한 승리요 반전의 주인공이었다. 그러나 그 인기는 오래 가지 못했다. 노무현 후보가 김영삼 전 대통령을 만나기 위해 상도동을 방문했을 때 이른바 'YS 시계'를 자랑한 게 화근이었다. 지지도가 곤두박질쳤다.

나는 위로 겸 격려 겸 노무현 후보에게 전화를 했다. 그런데 그 전에는 내가 전화하거나 만날 때마다 "나 좀 도와주소" 하던 노 후보도 더 이상 도와달라는 이야기를 하지 않았다. 이야기를 해도 내가 도와줄 수 없는 입장이라고 생각을 했을 터였다.

이후, 6·13 지방선거가 있었다. 노무현 후보는 김민석 서울시장 후보 등을 위하여 열심히 뛰었으나 안타깝게 서울시장, 경기도지사, 부산시장 등에서 한나라당에 패했다.

6월 월드컵에서 히딩크 감독의 한국팀이 4강에 진출하는 기적이 일어났다. 대한축구협회 회장이던 정몽준 의원의 지지율이 오르자 정몽준 의원은 '국민통합21'이란 신당을 만들고 대선 출마를 선언했다

노무현 후보의 지지율이 떨어지자 노 후보를 반대하는 민주당 의원들이 이른바 '후보단일화협의회'(후단협)를 만들어 정몽준 후보와의 단일화를 요구했다. 게다가 지난 서울시장 선거에서 노무현 후보가 손을 잡고 도왔던 김민석 의원이 10월 17일 정몽준 지지를 선언하며 탈당했다. 노무현 후보 절체절명의 위기였다.

그러자 그때 우리 국민들과 노무현의 진짜 모습이 드러났다. 노구현 후보 홈페이지로 노무현 후보를 격려하는 소액후원금들이 갑자기 몰려들었다. 10만 원 이하의 소액 후원금들이 모여 하루에 1억 원이 넘는 날들이 계속되었다. 김민석의 배신이 국민들의 마음을 건드렸고 노무현 후보에게로 모여들었다. 역린이었다.

11월 4일, 후단협 소속 민주당 의원들이 집단 탈당을 했고, 이후로도 탈당이 이어졌다. 그들 중 일부는 한나라당으로 가고, 일부는 두소속

으로 남아 후보단일화와 신당창당을 요구했다.

11월 11일, 노무현 후보는 전격적으로 정몽준 후보와의 단일화 협상을 받겠다고 선언했다. 어쩌면 본인이 떨어질 수도 있지만 한나라당의 집권만은 막으려는 노무현다운 선택이었다.

결국 많은 우여곡절과 불리한 여론조사 방식의 단일화 조건을 극복하고 노무현은 정몽준 후보와의 단일화경선에서 이겨 후보 단일화를 이루었다.

낙동강 오리알 이야기

노무현 후보는 도와달라는 소리를 더 이상 하지 않았지만, 이젠 무조건 노무현을 도와야 한다는 생각을 했다. 이제는 예선이 아니라 이회창과의 본선이었다. 친구라면 이건 무조건 도와야 하는 일이었다. 이번에는 노 후보가 도와달라고 해서 부산으로 내려간 것이 아니라 내 발로 먼저 부산으로 내려갔다.

나는 짐을 챙겨 부산으로 내려갔다. 다음 날 초량동 국제오피스텔에 차려진 노무현 후보의 부산캠프에서 문재인, 이호철, 최도술 등을 만나 캠프에 합류했다. 선대위 고문직을 맡아, 부산 각 지역을 돌며 당원들을 독려하고 열심히 지원을 했다. 그리고 캠프에 필요한 선거자금을 모금하는 역할도 맡았다.

대선 공식 선거기간 중 대선 후보 공식 후원회가 있었다. 서구의 구덕실내체육관에서 후원회를 했는데 5천 명이 넘는 사람들이 후원회에 참석하여 구덕실내체육관을 꽉 채우고 있었다. 노무현 후보는 내게 축사를 부탁했다. 나는 짧은 연설로 축사를 했다. '낙동강 오리알' 이야기였다.

"김영삼 대통령이 3당 합당을 할 때 통일민주당에는 59명의 국회의원이 있었습니다. 그런데 야당 하겠다고 국민에게 약속했던 59명의 의원 중 김영삼 총재가 대통령 하고 싶은 욕심에 여당으로 가겠다고 하니까 59명의 의원 중에 57명의 국회의원이 모두 김영삼 총재를 따라가고 노무현과 나, 둘만 남았습니다.

그때 언론에서 우리 둘에게 붙여준 별명이 뭐냐 하면, '낙동강 오리알' 입니다. 김영삼 대통령의 지역구가 부산 아닙니까. 원래 이삿짐을 싸가지고 갈 때 필요 없는 물건은 버리고 가지 않습니까. 그런데 'YS가 부산에서 이삿짐을 싸가지고 여당으로 갈 때 김정길과 노무현은 필요 없는 물건이라고 낙동강변에 버리고 갔다. 그래서 YS가 버리고 간 낙동강 오리알 두 개가 김정길과 노무현이다' 이렇게 이야기했습니다.

그런데 그 오리알 두 개가 10년이 지나도록 부화를 안 했습니다. 그래서 저는 이 오리알이 썩은 오리알이라고 생각했습니다. 그런데 그 오리알 중 하나가 12년 만에 부화를 했는데, 그냥 오리새끼로 부화를 한 게 아니라 왕오리새끼로 부화를 했습니다.

이제 부산 시민 여러분들이 이 왕오리새끼를 잘 키워서 왕으로 만들어주십시오."

짧은 연설이었지만 재미난 이야기에 청중들의 호응이 아주 좋았다. 노무현 후보도 기분이 좋아서 박수를 치며 웃고 있었다.

실제로 낙동강 오리알 둘 중 하나는 잘 부화해서 진짜 왕오리가 되었다.

대통령 선거자금과 영수증

대통령 선거를 도우면서 나는 피선거권이 박탈된 상황에서 드러내 놓고 선거운동을 할 수 없는 처지라 주로 부산 지역의 원로와 유지들, 오피니언 리더들을 만나 노무현 지지를 부탁하고, 각 지구당을 돌며 당원들을 격려하고 부족한 선거자금을 모금하는 일을 주로 했다.

내가 부산으로 내려간 첫날, 부산 캠프의 회계책임자 최도술이 내게 "장관님, 큰일 났습니다. 지금 선거가 시작되었는데 캠프에 선거자금이 한 푼도 없습니다"라며 급히 도움을 요청했다.

"얼마 정도면 되나?"

"당장 2~3억 정도의 자금이 필요합니다."

당시는 부산 지역의 정서도 그렇고, 노무현이 아니라 이회창이 대통령이 될 것이라는 분위기여서 선거 자금은커녕 기업인들을 만나기조차 쉽지 않았다. 어렵사리 친분에 있던 K회장을 만나 선거자금 지원을 부탁했다.

"지금 노무현 후보 캠프에 선거자금이 바닥났다는데 돈을 좀 마련해 주십시오. 공식 선거자금 2억 정도만 만들어 주시면 감사하겠습니다."

그런데 K회장은 난색을 표했다.

"내 입장이 지금 아주 곤란합니다. 지난번 선거 때도 DJ를 도와주었다는 이유로 한나라당에게 찍혀서 아주 고생을 하고 있습니다. 만약에 이번에 또 도와줬는데 한나라당이 집권한다면 저는 아주 죽어납니다." 그러면서 "친한 몇몇 기업인들과 한번 의논해보겠다"고 하며 헤어졌다.

K회장에게서 일주일 만에 연락이 왔다. K회장은 도합 2억 원의 선거

자금을 4차례에 나눠서 마련해주었다. 마지막 선거자금을 전해줄 때, 그동안 선거자금을 후원한 기업인들 네 사람의 이름과 금액이 적힌 쪽지를 주었다. "기업체가 하나가 아니라 여러 개인들이니 나중에 본인들이 요청하는 기업체 이름으로 법인 영수증을 끊어주시면 된다"는 말과 함께였다.

나는 K회장에게는 회계담당자인 최도술에게 이야기해둘 테니 영수증이 필요한 법인명은 최도술에게 연락을 하면 된다고 했다. 그리고 최도술에게는 "여러 사람이 만들어준 선거자금이니 나중에 K회장에게서 연락이 오면 꼭 따로따로 영수증 처리를 하라"고 말을 전했다.

그런데 대통령 선거를 치르는 과정 속에서 깜빡 잊고 최도술에게 후원자 명단이 적힌 쪽지를 전달해주지 않고 마지막날 공식 선거운동이 끝난 후 나는 막비행기를 타고 서울로 올라왔다. 나도 다음 날 투표를 하러 가기 위해서였다. 그런데 노무현 대통령이 당선되고 나서 보니 내 양복 주머니 안에 선거후원금을 받은 회장단 명단이 적힌 쪽지가 들어 있었다.

며칠 뒤 부산으로 내려가 서면의 유원오피스텔에서 최도술을 만나 쪽지를 전해주면서, "K회장 등에게서 연락이 올 거다. 연락을 받는 대로 영수증을 끊어줘라"고 다시 한 번 이야기를 했다. 최도술은 "기업인들 중에 별로 도와주지도 않고서 '내가 노무현 대통령을 많이 도와주었다'고 떠벌리고 다니는 분들이 있다고 합니다. 좀 주의하라고 전해주세요"라고 하며 한두 사람의 이름을 거론했다. 나는 이로써 기업후원금에 대한 영수증 문제는 모두 처리된 것으로 생각했다.

그런데 K회장을 통해서 조성된 이 선거후원금이 나중에 문제가 되었다. 한나라당의 이회창 후보가 차떼기로 수백억대의 불법 선거자금을 가져다 쓴 게 국세청 불법선거자금 모금사건을 수사하는 과정에서 밝혀졌다. 한나라당에선 선거 패배 후 표적수사라고 반발했다. 어림없는 소리였다. 그러나 야당을 조사하니 구색 갖추기로 여당도 조사를 해야 했다.

어느 날 K회장에게서 전화가 왔다.

"검찰에서 선거자금 문제로 조사를 하겠다는데 어떻게 할까요?"

"검찰에 가서 그냥 사실대로 이야기하세요. 그런데 영수증은 받아두셨지요?"

그런데 K회장 등은 법인 명의의 후원금 영수증을 안 받아놓은 상태였다.

"왜 안 받으셨냐?"고 물어보니, "많이 도와준 것도 아니고 몇 천만 원 도와준 건데 그걸 영수증 처리해달라고 하기가 미안해서 말을 못 했습니다"라고 했다.

영수증 처리를 안 한 게 좀 걸리긴 했지만, 크게 문제가 될 것으로는 생각하지 않았다. 단순히 회계담당자의 회계처리 실수 정도로 생각했다. 그 돈을 내가 받아서 개인적으로 쓴 것도 아니고, 캠프의 요청을 받아서 모금을 해서 전액 그대로 전달했고, 캠프에는 영수증 처리를 하라고 지시했으니 큰 문제는 안될 것이라 판단했다. 오판이었다.

돈을 준 사람들이나 전달한 나는, 있는 그대로를 검찰에서 진술했고 문제될 것이 없었는데, 문제는 최도술이었다.

최도술은 법정에서 "돈을 받은 것은 맞지만 영수증을 끊어주란 말을 들은 적 없다. 그리고 쪽지를 받은 일도 없다"고 딱 잡아뗐다. 지금도 최도술이 왜 그런 진술을 했는지 이해를 할 수 없다.

아무튼 최도술의 진술로 인해 졸지에 합법적인 공식 선거후원금이 불법 선거자금으로 변질되어 버렸고, 나는 1심에서 집행유예, 2심에서 3천만 원 벌금형, 그리고 3심인 대법원에서 그대로 확정되었다. 내가 쓴 돈도 아닌데 벌금 3천만 원은 적은 돈이 아니긴 했으나, 그나마 피선거권을 박탈당하는 형은 아니란 점에서 위로를 삼았다.

16대 총선에서 선거법위반으로 피선거권을 박탈당했는데, 여기다 대선자금 문제로 재판을 받으니 심정이 말이 아니었다.

그래도 노무현 대통령을 처음부터 적극적으로 돕지 못한 것에 대한 벌이려니 하고 좋게 생각하려고 노력했다.

정몽준의 지지 철회,
가장 급박했던 하루

아마도 대한민국 정치사 중에서 가장 급박했던 하루를 꼽아보라면 5·16쿠데타나 12·12쿠데타 같은 날들이 있겠지만, 2002년 12월 18일 저녁에서 19일 저녁까지의 하루도 거기에 버금가는 날이었을 것이다. 5·16이나 12·12가 군부와 정치권이 분주한 날이었다면 2002년 12월 18~19일은 대한민국 국민들이 가장 분주했던 하루였을 것이다. 5·16이나 12·12가 군부에 의한 쿠데타였다면 12월 19일은 국민들에 의한 선거혁명이었다.

그날은 나도 바빴다. 민주당 의원들도 바빴고, 언론사 기자들도 바빴고, 모두가 바빴다. 아마 가장 바쁜 사람들은 노사모를 비롯한 노무현의 열혈 지지자들이었을 것이다. 밤새 인터넷을 들여다보고, 전화를 하고, 잠자는 친구와 일가친척들을 깨워 투표장으로 데리고 나갔다.

정몽준, 노무현 지지를 철회하다

12월 18일 저녁, 정몽준 의원이 노무현 지지 철회를 선언했다.

부산에서의 마지막 선거운동 일정을 마치고 김포공항에 내리자마자 김원기 선배로부터 전화가 왔다. 다짜고짜 "노무현, 그 사람 뭐 그런 사람이 다 있어?"라는 잔뜩 화가 난 목소리였다.

비행기를 타고 오는 중 일어난 일이라 나는 무슨 일이 생겼는지 전혀 모르고 있었다.

"아니, 형님. 무슨 일인데요?"

"다 틀렸어. 다 사단 났어. 다 끝났어."

내일이 대통령 선거일인데 오늘 저녁 정몽준이 지지철회를 선언했다는 소식이었다. 선거를 하루 앞두고 생긴 초대형 악재라, 이제 선거는 끝났다고 생각했다.

"아니, 형님 지금 어디 계십니까?"

"정읍에 있어."

"그러면 형님 오늘 서울로 오실 겁니까. 내가 당사로 가서 노 후보 만나고 있을 테니 당사에서 봅시다."

김원기 선배 전화를 끊자마자 노무현 후보 수행비서인 여택수 비서에게 전화를 했다.

"지금 노 후보 어디 계시냐?"

"지금 동대문 유세 끝나면 남대문으로 갈 겁니다."

"그럼, 노 후보님 만나려면 어디로 가야 되나?"

"남대문 마치면 중앙당으로 가실 예정이니 중앙당사로 가십시오."

그래서 여의도 중앙당사로 갔더니 완전히 초상집 분위기였다. 당시 선거대책위원장인 정대철 의원, 이해찬, 김근태, 조순형, 이상수 의원 등이 다들 모여 있었다.

내가 도착하니 반갑게 맞으며 "부산은 분위기가 어떠냐?"라고 물어는 보지만 분위기는 침울했다. 이해찬 의원과 이상수 의원 등에게서 그날 있었던 자초지종을 대략 들었다.

얼마를 기다리자 저녁식사 시간이 좀 지났을 무렵, 노무현 후보가 당사로 들어왔다. 모두들 "지금 당장 정몽준 의원 집 앞으로 가야 한다. 문을 안 열어주는 한이 있더라도 정몽준 의원을 만나러 가야 한다"라고 노무현 후보를 설득했다. 노 후보는 "내가 대통령을 안 했으면 안 했지 그렇게는 못하겠소"라고 버텼다.

이해찬 의원이 옆에 있다가 "지금 노 후보님이 후보님 한 사람의 몸입니까? 가셔야 됩니다"라고 설득했다. 정대철 의원 등 모두가 한 목소리로 설득하자 노 후보가 결심한 듯 "그럼, 갑시다" 하더니 벌떡 일어섰다. 결국, 정몽준 의원 집앞까지 찾아갔지만 아무리 초인종을 눌러도 문을 열어주지 않아서 못 만나고 돌아왔다.

노 후보가 정몽준을 만나러 간 사이에 우리는 대책회의를 하고 있었다. 그런데 밤 12시가 다 될 때까지 뾰족한 대책이 없었다. 밤 12시쯤 되자 김원기 선배가 도착했다. 당시 나는 피선거권이 박탈된 상황이라 대책회의의 정식 멤버도 아니고 당직을 맡고 있는 것도 아니어서 그냥 참관만 하고 있다가 "혹시 제가 이야기를 해도 괜찮다면 잠시 발언을 해도 좋겠느냐"고 물어보았다. 다들 "괜찮으니 말해보라"고 했다.

"노무현 후보와 정몽준 대표가 공동정부를 하겠다는 것은 국민과의 약속입니다. 노무현 흐보가 대통령에 당선되면 공동정부를 구성하겠다는 약속을 정몽준 대표는 비록 깼지만 노무현 후보는 깨지 않았습니다. 국민들은 지금 헷갈리고 있습니다. 그래서 정몽준 대표는 국민과의 약속을 깼지만 노무현은 국민과의 약속을 지키겠다는 내용으로 기자회견을 해야 합니다. 오늘은 이미 12시가 지났고 언론사의 마감도 지났으니 내일 6시 투표를 시작하기 전, 늦어도 아침 6시에는 기자회견을 해야 합니다. 그래서 투표를 하러 가는 국민들에게 '아, 정몽준은 약속을 깼지만 노무현은 약속을 깬 것이 아니구나' 하는 것을 알려야 합니다."

이 제안에 조순형 의원, 김근태 의원 등이 "그거 정말 좋은 생각이고. 내일 당장 그렇게 합시다"라고 찬성했고 곧바로 의견일치를 보았다.

그런데 문제는 회의가 끝나니 새벽 1시가 넘은 시간이라 노무현 후보에게 누군가 이 내용을 전해야 하는데 전할 방법이 없었다. 노무현 후보에게 전화를 해도 아무도 전화를 받지 않았다. 나는 결국 명륜동의 노 후보 자택으로 직접 가서 이 뜻을 전하기로 했다.

대책회의가 진행되는 동안, 부산에서 문재인 변호사와 이호철 등에게서 계속 "어떻게 되었나? 회의 결과는 나왔나?" 하는 전화가 왔다. 당시만 해도 부산쪽 친노 그룹들은 중앙당에 아무런 인맥이 없는 상황이다보니 계속 내게 전화를 했다.

나는 명륜동으로 가는 동안 두 사람에게 전화를 해서 상황을 전했다. 문재인 변호사와 이호철은 "내일 꼭 기자회견을 하시도록 장군님이 설득해 주셔야 한다"고 신신당부했다.

새벽 2시가 다 되어 명륜동 자택에 도착했는데 후보 자택을 경호하는 경찰관들이 "출입하실 수 없습니다" 하고 못 들어가게 막았다. 함께

갔던 황보 성 비서실장이 "이분은 여러분들 직속상관인 행정자치부의 김정길 전 장관인데, 지금 급하게 후보님을 만나야 할 일이 있으니 문을 열어 주시게" 했더니 책임자급 되는 사람이 길을 열어주었다. 벨을 눌러도 사람이 안 나오더니 한참 만에 일하는 아줌마가 나와서 "후보님, 지금 주무서서 안됩니다"라고 했다. "내가 예전에 행자부 장관하던 김정길인데, 지금 후보님께 급히 전해드려야 할 말씀이 있으니 문을 좀 열어주세요" 해서 들어갔다. 노 후보와 권 여사가 새벽 2시가 넘은 시각에 잠옷 차림으로 거실로 나왔다.

그래서 셋이 거실 바닥에 앉아서 이야기를 나누었다.

"노 후보님, 걱정하지 마십시오. 내일 반드시 노 후보님께서 대통령 되십니다."

본론을 이야기하기에 앞서 우선은 마음을 진정시켜 드리기 위해 걱정하지 마시라는 이야기부터 드렸다. 그랬더니 노 후보가 느닷없이 "이 녀석들이 말이야, 갖다 붙이기는 왜 갖다 붙여…!'라면서 혼잣말처럼 화난 목소리로 말했다.

"아니, 그게 무슨 말씀입니까?' 하고 물었다.

자초지종이 이랬다. 정몽준 대표와 노 후보가 같이 연설을 다니지 않고 따로 다니는 것으로 연설 일정을 짜라고 지시를 했었다는 것이다. 정몽준 대표와 후보가 같이 연설을 하게 되면 사고가 날 가능성이 있으니까 참모들과 비서진들에게 절대로 둘이 같이 붙어서 연설을 하지 않도록 지시를 했다는 것이다. 그런데 참모들이 마지막 날 정몽준 대표를 후보와 같이 붙여놓는 바람에 결국 사고가 났다는 이야기였다.

명동 유세에서 정몽준 지지자들이 하도 "차차기는 정몽준"이라고 외치며 피켓을 들고 플래카드를 흔들며 정몽준을 치켜세워서, 노무현 후보가 정동영, 추미애 의원을 정몽준 의원과 나란히 단상으로 불러 올려 "차차기는 정몽준만 있는 게 아니고 정동영과 추미애도 있다"며 한마디 한 것이 결국 화근이 되었다는 것이다.

후보의 이야기를 듣고 난 후, 나는 당에서 회의할 때 제안한 이야기를 자세하게 설명드린 후에 "내일 아무리 피곤하시더라도 꼭 새벽 6시 전에 일어나셔서 기자회견을 하셔야 합니다"라고 말씀드렸더니, 노 후보는 마지못한 듯 "알겠습니다" 하고 나를 배웅했다.

이야기를 마치고 명륜동 자택을 나서니 새벽 3시경이었다. 다시 부산에서 전화가 왔다.

상황을 전달했더니 문 변호사가 말했다. "후보님은 그렇게 말씀하시고도 내일 아침에 기자회견 안 나갈지도 모릅니다. 그러니 장관님이 내일 새벽에 다시 가셔서 후보님을 끌고라도 기자회견 하러 나가도록 꼭 챙겨주세요."

"지금이 새벽 3신데, 내일 6시까지 다시 못 옵니다" 했더니 문 변호사는 전화를 끊지 않았다. 결국 "알았다"고 항복을 한 후에야 전화를 끊을 수 있었다. 분당 집에 도착해서 씻고 나니 4시가 넘었다. 선거기간 내내 쌓인 피로에, 그날 새벽까지 있었던 긴장들이 풀리며 죽은 듯이 쓰러졌다.

다음 날 일어나보니 6시는커녕 벌써 8시였다. 급히 전화를 돌려봤더니 새벽에 기자회견을 했다고 했다. 정대철 의원과, 조순형 의원 등 의원들 몇 분이 새벽에 가서 후보님을 모시고 5시 30분에 기자회견을 했다는 것이다. 뉴스에도 기자회견 장면이 나왔다.

12월 19일. 피 말리는 하루였다. 오전 내내 이회창 후보에게 지고 있다가 점심시간이 지나면서부터 젊은이들이 투표장으로 많이 몰리고 있다고 했다. 친구와 일가친지들 모두에게 전화하고, 직접 집으로 찾아가 투표장으로 한 사람이라도 더 데리고 나오려고 노력한 열혈지지자들 덕분이었다. 출구조사 결과가 시시각각 전해졌다. 여론조사 기관에 따라 조금씩 차이는 났지만 오후 3시를 넘으면서부터는 대부분의 여론조사 기관 사전출구조사에서 노무현 후보가 이기고 있다는 소식들이 전해졌다.

그리고 6시 정각. 개표 방송 시작과 함께 사전출구조사 결과가 공개되었다. 노무현 후보의 승리였다.

정몽준 의원이 지지철회를 하는 순간, "이미 끝났다"고 생각되었던 선거를 국민의 손으로 뒤집은 선거혁명이었다. 당사 안과 밖에는 당선을 축하하는 당원들과 지지자들의 물결로 넘쳐났다.

텔레비전 카메라들이 노무현 대통령 당선자 부부를 비쳤다. 대통령 당선자로서 처음 텔레비전 앞에 서는 자리였다. 노무현 당선자는 특유의 그 웃음을 지으며 "허허~ 기분 참 좋습니다"라는 말로 당선 소감을 전했다.

나도 기분이 좋았다. 마치 내가 당선된 것처럼 기뻤다.

비록 우리가 부산 시민들에게는 인정받지 못했지만 국민들에게 인정을 받은 것같아 기뻤다. 지난 12년 간 떨어지고 또 떨어지면서 지역주의에 맞선 결과가 헛되지 않아 기뻤다.

다른 사람이 아닌, 노무현이 대통령에 당선되어 기뻤다.

오랫동안 가슴 한켠을 답답하게 막고 있던 벽이 시원하게 뚫리는 기분이었다.

"임명직은 하지 않겠습니다"

노무현, 제16대 대통령에 취임하다

2002년 노무현 대통령이 제16대 대통령으로 당선되었다. 한편으로 기뻐하고 한편으로 축하하면서도 다른 한편으로 나는 늘 노무현 대통령에 대한 미안한 마음이 있었다. 누구보다 먼저 내게 대통령 출마에 대한 꿈을 이야기하고 도와달라고 요청했는데, 처음부터 선뜻 도와주지 못한 것에 대한 미안함이었다.

그러나 노 대통령은 선거 기간이나 대통령 당선 후에도 한 번도 내게 거기에 대해 섭섭하다고 한 적이 없었다. 하지만 노무현 대통령을 볼 때마다 나는 목에 걸린 가시처럼 그 일이 늘 마음에 걸렸다. 선거법 위반으로 피선거권이 박탈된 상황과 나 자신의 결벽증이 스스로의 발목을 잡은 탓이었다.

그래서 나는 노무현 대통령의 참여정부가 출범하는 것을 지켜보면서 한 가지 결심을 하였다.

노무현 대통령 임기 중에는 임명직은 하지 않겠다는 결심이었다.

나는 정치인이 선거에서 낙선하면 정치권과 거리를 두는 것이 좋다는 것이 평소의 생각이다. 낙선 후에도 정치권 주변에 기웃거리는 것은 추해 보인다는 생각이 있었다. 정치는 국민의 선택을 받은 사람들이 해야 한다는 것이 나의 지론이다.

특히 나는 노무현 대통령이 가장 필요로 하는 때에 제대로 도와주지 못했으면서 대통령의 친구다, 동지다 해서 대통령이 임명하는 좋은 자리에 가서 앉을 생각은 없었다.

다른 하나는, 정치는 당분간 그만두겠다는 결심이었다.

내 가장 가까운 동지가 대통령이 되었으니 내 평생을 바쳐 싸워온 지역주의 극복이란 소원도 어느 정도는 이루어졌다고 생각했다. 그래서 나는 예전과 달리 정치권에는 어느 정도 거리를 두고 살았다.

열린우리당 창당, 상임중앙위원에 당선되다

노 대통령이 취임한 첫해인 2003년 첫 시작부터, 당권을 쥔 구주류와 개혁파인 신주류 간에 갈등이 심해졌다. 대북송금특검을 수용하면서부터였다. 동교동계를 중심으로 한 구주류와 '천신정'을 중심으로 한 신주류 사이의 대립이 극심해졌다. 결국 9월 20일, 신주류 의원들이 민주당을 탈당했다.

내 인생을 지역주의 극복과 야권통합을 위해 바쳐왔는데, 같은 여당 안에서 대립과 반목으로 분당이 이루어지다니 가슴 아픈 일이 아닐 수 없었다. 민주당은 나와 함께 숱한 고난을 함께 해온 오랜 동지들이 있었고, 당권을 틀어쥐고 기득권을 누리는 민주당 내에서는 더 이상 개혁을 기대할 수 없다고 탈당을 택한 신주류에겐 '개혁'이란 명분이 있었다. 오랜 동지들과 개혁의 명분 사이에서 나도 마음고생을 했다.

2003년 8월 15일 마침내 나는 사면 복권이 되었다. 2003년 11월, 한나라당을 탈당하고 온 이른바 '독수리 5형제'와, 민주당 개혁파, 그리고 개혁당이 손잡고 열린우리당을 창당했다. 민주당이 쪼개지는 상황이 바람직하진 않았지만 강력한 개혁을 통한 새로운 정치 구현이라는 명분이 더 컸다.

나도 열린우리당에 입당했다. 그리고 전당대회를 통해 당의장과 상임중앙위원을 뽑는 선거에 출마했다. 나는 4등으로 당의장을 포함한 5명의 지도부에 선출되었다. 정동영 당의장, 신기남, 이부영, 김정길, 이미경. 사람들이 무지개연합이라고 불렀을 만큼 좋은 구성이었다. 천신정과 개혁당이 지지하는 두 사람, 독수리오형제의 대표, 나, 그리고 여성 대표. 그 가운데, 새로운 당에는 이렇다 할 세력이나 지분을 지니지 못했고 몇 년간 정치활동도 제대로 못한 내가 비록 4위였지만 지도부에 들어갈 수 있었던 것은, 전국정당, 동서화합정당을 바라는 영호남 노사모들의 지지에 힘입은 바가 컸다.

탄핵 역풍, 열린우리당의 압승

2004년 3월 12일. 노무현 대통령에 대한 탄핵소추안이 가결되었다. 17대 총선을 앞두고 "대통령으로서 할 수만 있다면, 합법적인 방법을 통해 열린우리당에 대한 압도적 지지를 기대한다"고 한 발언이 문제였다. 이 발언이 공무원의 선거중립을 위반한 선거법 위반이라는 이야기였고, 대통령이 선거법을 위반했으니 탄핵소추를 받아야 한다는 것이었다. 박관용 국회의장, 최병렬 한나라당 대표, 조순형 민주당 대표가 탄핵소추에 앞장을 섰고, 한나라당 뿐만 아니라 열린우리당 창당으로 이미 여당에 감정적 원한을 품은 민주당까지 탄핵소추에 찬성했다. 열린우리당으로서는 물리적으로라도 막으려 애썼으나 중과부적이었다.

그 장면은 방송을 통해 국민들에게 생중계되었다. 노무현 대통령의 대통령직이 정지되었다. 헌법재판소가 탄핵소추를 기각할 때까지 무려 63일 간의 일이었다. 대한민국 역사상 대통령 탄핵이라는 초유의 일이, 대통령의 말 한 마디를 꼬투리 잡아서, 한때는 동지였던 민주당 의원들까지 찬성표를 던진 가운데 이루어졌다.

탄핵에 맞선 건 국민들이었다. 국민들이 촛불을 들고 광장으로 몰려 나왔다. 광화문 광장에서 시청앞 광장에 이르기까지, 전국 주요 도시의 광장이란 광장엔 촛불을 든 시민들이 몰려나왔다. 수십 수백만에 이르는 어마어마한 촛불의 물결이었다. 비폭력 평화 시위인 촛불 시위엔 남녀노소 누구나 나왔다. 아이의 손을 잡고 나온 가족들도 수없이 많았다. 촛불시위는 전국을 뒤흔들었다.

2004년 4월 15일. 제17대 총선이 치러졌다.

열린우리당이 과반수를 넘어선 152석을 얻어 압승을 했다. 탄핵 역풍을 타고 이른바 '노무현의 아이들'이 속속 국회에 입성했다. 열린우리당 당선자의 절반 이상이 초선인 정치 신인들이었다.

국민들은 한나라당에도 제1당에서 제2당으로 전락시키는 심판을 했지만, 가장 무섭게 심판한 것은 민주당이었다. 민주당은 겨우 9석의 군소정당으로 전락했다. 그나마도 추미애 의원의 삼보일배 참회가 없었

으면 한두 석도 건지기 힘들었을 정도로 민주당에 대한 국민들의 분노
는 대단했다.

국회보다 더 무섭고, 정치인보다 더 지혜로운 균형을 잡아준 선거였
다. 촛불은 투표를 통해 국민의 무서운 힘을 생생하게 보여주었다.

부산에서 다섯 번째 낙선하다

17대 총선을 맞아 나는 참여정부의 개혁작업에 힘을 실어주고 노무
현 대통령과 평생을 함께 했던 과제인 지역주의를 타파하는 노력을 지
속하기 위해 부산으로 돌아왔다.

하지만 또다른 난제가 기다리고 있었다.

부산의 정치권은 조성래 부산시당 위원장을 비롯한 소위 친노 그룹
들이 그들이 원하는 새로운 부산 정치판을 짜기 위해 골몰하고 있었
다. 어려운 시절 민주당을 지켜왔던 사람들보다는 지난 대선 등을 거
치며 새롭게 친노 그룹으로 합류한 사람들 위주로 정치권을 재편하려
했다.

당시 그들로부터 소외된 대표적인 사람들이 바로 조경태, 노저철
위원장 등이었다. 이들은 나에게 그들과 대응할 새로운 세력의 구심점
역할을 해달라며 도움을 요청하기도 했다.

천신만고 끝에 조경태, 노재철 위원장은 자신이 원하던 지역에 공천
될 수 있었다. 바로 이 조경태 위원장이 2004년 제17대 총선에서 열린
우리당의 후보로서는 유일하게 부산에서 당선되는 쾌거를 이루었다.
이어 제18대 총선에서도 재선되는 기염을 토했다. 민주당의 불모지인
부산 땅에서 이룬 대단한 성과가 아닐 수 없다.

하지만 그 당시 조경태 의원 등과 부산의 친노 그룹들 사이에 쌓여 있던 앙금과 불신의 여파는 지난 2010년 6·2지방선거 과정과 그 이후의 민주당 부산시당 위원장 선거에 이르기까지 영향을 미쳤다. 안타까운 일이 아닐 수 없다.

나도 어렵사리 당내 경선을 거치고 열린우리당 후보로 총선에 출마했다. 탄핵 역풍으로 초반에는 한나라당의 김형오 의원에 비해 2배 이상 이기고 있다는 여론조사 결과가 나왔다. 이제야 마침내 지역주의를 극복하고 화려하게 당선될 수 있을 것이라는 기대로 가득 찼다.

그러자, 김형오 의원을 살리기 위해 박근혜 한나라당 대표가 나섰다. 선거운동기간 중에 김형오 의원을 사무총장으로 임명하더니 영도구에서 3~4차례나 집중유세를 했다. 당시는 박근혜 대표의 인기가 대단했다. 박근혜 대표가 연설을 오면 시장통에는 온통 사람들이 몰려들었다. 특히 40대 이상 아주머니들의 인기는 대단했다. 박근혜 대표가 연설하면 눈물을 흘리는 아주머니들도 있었다. 엎친 데 덮친 격으로, 열린우리당 정동영 의장의 노인폄훼발언 사건이 터졌다. 그것은 잠자고 있던 지역감정을 부추기는 결정적인 빌미가 되었다.

2,500여 표차, 또다시 낙선하고 말았다. 박근혜 대표의 집중 유세와 정동영 의장 노인폄훼발언으로 이탈한 표가 결국은 당락을 갈랐다.

3당 합당 거부 이후 부산에서 떨어진 다섯 번째 낙선이었다.

부산 시민들과 함께 지역주의를 극복했다는 감동을 함께 누리고 싶은 나의 오랜 소망은 또다시 다음 기회로 미뤄졌다.

대한민국 스포츠 외교관이 되다

대한태권도협회 회장에 취임하다

어느 날 국회의원 시절 내 보좌관을 지낸 하봉갑 사장이 나를 찾아왔다. 당시 나는 수개월 앞으로 다가온 총선을 준비하던 때였다.

하봉갑 사장은 "지금 대한태권도협회 구천서 회장이 구속되어 회장이 공석인데, 차기 회장 후보로 여러 사람이 오르내리는 중에 장관님을 태권도계에서 추대하려는 모양입니다. 태권도계 내에 영호남 인맥이 서로 달라 이 사람을 추천하면 호남에서 반대하고, 저 사람을 추천하면 영남에서 반대하는데, 장관님은 영호남 모두에서 찬성합니다. 대한태권도협회의 양진방 전무나 삼성에스원의 김세혁 감독 같은 사람도 장관님을 추대하자고 한답니다"라고 했다.

그 얼마 뒤 총선준비를 위해 부산에 내려와 있는 나를 양진방 전무와 대한태권도협회 각 시도지부장 등 약 20여 명의 태권도인들이 찾아왔다. 나를 대한태권도협회 회장에 추대하겠다고 하면서 이렇게 말했다. "지금 태권도계가 위기입니다. 태권도가 대한민국 국기인데 현직 두 회장님이 모두 구속되어 사퇴하고 위기에 처해 있습니다. 충남태권도협회 이종승 부회장을 일부 태권도인들이 밀고 있으나 장관님이 출마하시면 사퇴할 겁니다."

참여정부가 출범하면서 노무현 대통령께 부담을 드리는 게 싫어서 나는 이미 참여정부에서는 임명직은 안 하겠다고 마음먹고 있었다. 총선을 제외하고 정치와 관련된 일은 안 하겠다고 결심한 차였기 때문에 스포츠계에서 일하는 것도 나쁘지는 않겠다는 생각을 했다.

그러나 태권도인들의 설득에도 이종승 부회장이 끝까지 출마를 고집하는 바람에 결국 선거를 하게 되었다.

태권도협회는 각 시도지부장들로 구성된 대의원총회에서 회장을 선출했다. 대의원들은 모두 총 25명인데, 당시는 제주도지부가 궐석이라 24명이 투표에 참여했다. 당일 대의원 총회장에 들어가니 분위기가 아주 살벌했다. 그래도 당당하게 나는 태권도협회에 대한 내 소신을 밝혔고, 이종승 부회장의 차례가 끝난 후 투표가 시작되었다.

투표 결과는 공교롭게도 12 대 12 동수였다. 다시 재투표를 했지만 역시 12 대 12. 대의원들이 표를 바꿀 의사가 없는데 계속 투표를 해봐야 의미가 없었다. 며칠 후 이종승 부회장 쪽의 자진사퇴 의사로 나는 추대형식으로 대한태권도협회 회장에 취임했다.

민주평통 수석부의장직을 제안받다

제22대 대한태권도협회 회장에 취임한 2004년 여름 아테네올림픽 참석을 준비하던 어느 날, 청와대에서 전화가 왔다. "청와대에서 부부동반으로 저녁식사를 했으면 좋겠다"는 대통령의 전화였다.

초대를 받고 청와대 관저로 방문하여 부부동반으로 저녁식사를 했다. 가족 이야기 등 사적인 이야기를 나누었다. 대통령이 되고 난 뒤라, 어려운 시절의 일도, 밀가루 알러지도 모두 추억거리가 되었다.

식사가 마무리될 무렵, 노무현 대통령이 나를 초청한 본격적인 본론을 꺼냈다.

"김 장관님을 예우하자면 총리급으로 예우를 해야 하는데, 김 장관님이나 나나 같은 부산 출신이라 그렇게 하는 데 어려움이 좀 있습니다. 그런데 지금 민주평통 수석부의장이 총리급이 하는 일인데, 마침 자리가 공석입니다. 거기에서는 무엇이든지 할 수 있습니다."

민주평통(민주평화통일자문회의)은 민족의 염원인 평화통일을 실천하는 헌법기관으로서 대통령에게 통일에 관한 의견과 정책을 자문하는 곳인데, 대통령이 당연직 의장을 맡고 있다. 따라서 수석부의장이 실질적인 수장의 역할을 하는 곳이다.

그런데 신상우 수석부의장이 4월 총선에 출마하려고 사퇴를 한 터라 공석이었다. 거기에 노 대통령이 나를 임명하려는 것이다. 고마운 일이었다. 하지만 나는 생각이 없었다.

내가 하겠다는 대답을 하지 않자 화제는 건강 이야기, 가족 이야기로 넘어갔다.

저녁식사를 끝내고 관저를 나오려는데 아내가 노무현 대통령에게 부탁을 한 가지 했다.

"우리 집 막내 기범이가 지금 초등학교에 다니는데, 노 대통령님 팬입니다. 기범이에게 힘이 될 만한 글을 하나 써주시면 아주 좋아할 겁니다."

그래서 그 자리에서 노무현 대통령은 "기범아, 꿈이 힘이다. 대통령 노무현" 이라는 사인을 한 장 해주었다.

기범이가 초등학교 1학년 때 대통령 선거가 있었는데, 노무현 대통령의 골수 팬인지라, 선거권도 없으면서 열심히 반 친구들에게 선거 운동을 하고 다녔다. 엄마 아빠에게 꼭 노무현 대통령 찍으라고 하라고. 그런 노 대통령의 사인을 받아다 주니 기범이가 너무 좋아했다. 따로 액자를 만들어 책상 위 잘 보이는 곳에 늘 놓아두었다.

우리가 초대받은 날은 비가 많이 내렸다. 보통의 경우, 대통령은 관저의 현관에서 손님들을 배웅하는 게 관례인데 그날은 노 대통령이 슬리퍼를 신은 채로 대문까지 따라나오며 배웅을 했다. 처마 밑으로 같이 걸어오면서 노무현 대통령이 조용히 다시 한번 물었다.

"아까 이야기한 것은 영 생각이 없습니까? 제가 생각을 접을까요?"

모처럼 대통령이 호의로 권한 자리를 그 자리에서 거절할 수는 없어서 "대통령께서 모처럼 제게 숙제를 내주셨는데 제가 돌아가서 한번 고민해보겠습니다" 하고 승낙도 거절도 아닌 모호한 대답만 드리고 나왔다. 그 얼마 후 나는 전화로 뜻을 받들겠다는 이야기를 하고 아테네로 떠났다.

그날 노무현 대통령과 권양숙 여사는 비가 오는데도 대문 앞까지 나와서 우리 부부가 탄 차가 멀어질 때까지 손을 흔들며 배웅해 주었다. 그게 마지막 부부동반 만남이 될 줄은 꿈에도 몰랐다.

민주평통 수석부의장직을 사양하다

아테네에서 돌아온 후 김우식 대통령 비서실장으로부터 만나자는 전화가 와서 만났다. 김우식 실장이 전하는 이야기는 이랬다.

"노무현 대통령님과 이해찬 총리가 어제 티타임을 가졌는데, 거기서 대통령께서 '김정길 장관에게 평통 수석부의장 자리를 제안했더니 마음에 썩 안 들어하는 것 같더라'고 하니, 이해찬 총리가 대답하기를 '김 장관에게는 본인이 원하는 자리를 줘야 할 것 같습니다' 라고 했습니다. 그래서 대통령님 지시로 김 장관님의 뜻을 묻기 위해 제가 나온 겁니다."

대통령께서 내 뜻을 오해하신 듯했다. 그래서 나는 김우식 비서실장에게 내 뜻을 이야기했다.

"나는 전혀 따로 원하는 자리가 없습니다. 나는 사실 노무현 대통령께서 취임하시고 나서 '임명직은 하지 않겠다'고 마음먹고 있었습니다. 그래서 평통 수석부의장 자리를 사양했던 것인데, 대통령께서 자꾸 강권하시니 대통령의 뜻을 받아들여 하겠다고 말씀드린 겁니다. 저는 평통 수석부의장에 충분히 만족합니다. 대통령께서 그 자리를 저에게 권하신 것은 대통령께서도 무슨 생각이 있어서 권하지 않았겠습니까? 제가 원하는 자리는 따로 없습니다."

그렇게 말씀드리고 김우식 비서실장을 돌려보냈다. 대통령께서는 대선자금과 관련된 내 재판이 끝날 때까지 임명을 보류한 채 기다리도 있었다. 그런데 평통 상임부의장 자리가 오래 공석인 것이 구설에 오르기 시작했다. 나는 김우식 비서실장에게 급히 만나자고 연락을 넣어 다시 만났다.

"대통령님께 내 뜻을 꼭 전해주십시오. 지금 평통 수석부의장이 너무 장기간 공석이라고 언론에서도 비판들을 많이 합니다. 저 때문에 이런 상황이 생긴 것이 상당히 부담스럽습니다. 그러니 대통령께서는 제 재판 결과를 기다리지 말고, 다른 좋은 분으로 수석부의장을 다시 지명해주시라는 제 뜻을 전해주시기 바랍니다."

그래서 얼마 뒤 평통 수석부의장에는 이재정 전 의원이 임명되었다.

그렇게 해서 모든 것이 제자리로 돌아왔다. 임명직은 하지 않겠다는 내 생각도 바뀌지 않았고, 평통 부의장은 나보다 더 적임자인 분이 그 자리를 맡았다.

그런데 대한태권도협회 회장을 하다가 보니 스포츠계에 대한 관심이 점점 커졌다. 알수록 매력이 있었다. 무엇보다 스포츠는 계층과 지역이 따로 없다는 것이 마음에 들었다. 스포츠에는 국민들을 하나로 묶어주는 통합의 매력이 있었다. 영호남을 하나로, 지역통합을 꿈꾸는 내 뜻과도 잘 맞아떨어졌다. 그래서 나는 다른 것은 몰라도 대한체육회장은 한번 해보았으면 좋겠다는 생각을 갖게 되었다. 대한체육회장 선거는 2005년 2월에 있을 예정이었다.

대한체육회장 당선에 숨겨진 비화

어떤 이들은 내가 낙하산으로 수월하게 대한체육회장이 된 것으로 생각한다. 그러나 실상은 그 반대였다. 당시 회장이던 이연택 씨가 연임을 희망하고 있었고 세도 강했다. 내가 대한체육회장에 관심이 있다는 것이 조금씩 알려지면서 이연택 씨를 비롯하여 여러 사람들이 그 문제로 나를 만나고 싶어했다. 김원기 의장까지도 선거를 하면 내가 이연택 씨를 이기기 어려울 것이라면서 은근히 말리는 분위기였다.

그러다가 결정적인 일이 벌어졌다. 문화관광부 장관이 만나자고 연락이 왔다.

"김 장관님, 대한체육회장은 이연택 회장이 벌여놓고 아직 마무리를 못한 일들이 있다고 하니, 이연택 회장이 대한체육회장을 1년 더 하고, 장관님은 1년 후에 3년을 하시면 어떻겠습니까? 이연택 회장이 3년 동안 다져놓은 게 있어서 만약 선거에 나가셔도 이번에는 장관님이 어려울 것 같습니다. 여러 가지 보고서를 통해서도 선거를 하면 김 장관님이 이길 수 없다고 합니다."

내가 정색을 하며 대답했다.

"대한체육회장을 누가 1년 하고 누가 3년 하는 것을 누가 정합니까? 대한체육회장은 선출직입니다. 내가 고작 대한체육회장 3년 얻어 하자고 지금 밀실야합하자는 겁니까? 노 대통령이나 나나 3당 합당이 밀실 야합이라고 안 따라간 사람인데 나더러 밀실야합 하라는 거요? 난 떨어져도 좋으니 선거가 있게 해주세요."

내가 워낙 강경하게 나가니까 그는 당황했다. 내가 자리를 일어서자 엘리베이터 앞까지 따라 나오며 나를 설득했다.

나는 "이 문제는 내가 대통령과 만나 직접 이야기하겠습니다" 강경하게 이야기를 하고 나왔는데, 내 차가 광화문을 벗어나기도 전에 김원기 의장으로부터 전화가 왔다. 아마도 그 사이에 전화를 했던 모양이었다. 국회의장실에서 만나 체육회장 선거에 나가겠다는 내 뜻을 강하게 밝혔다. 김원기 의장도 더 이상 말리지는 않았다.

국회의장실을 나서며 청와대로 전화를 했다. "대통령님께 꼭 드릴 말씀이 있으니 시간 좀 내주십시오" 말씀을 드렸다. 다음 날 대통령 관저에서 저녁식사를 같이 하자는 연락이 왔다. 저녁을 먹으며 문광부 장관과 김원기 국회의장을 만난 자초지종을 이야기했다. 그랬더니 노 대통령은 "체육회장 일은 선거를 해도 김 장관님이 어렵다고 하던데,

이번에는 장관님이 양보를 해주시지요"라고 했다.

"안 그래도 대한체육회장 건 때문에 왔습니다. 대통령님이나 저나 3당 합당은 밀실 야합이라고 3당 합당에 안 따라 갔습니다. 그런데 체육회장 한번 하자고 밀실 야합할 수는 없지 않습니까. 다른 것은 안 도와주셔도 좋으니 선거는 하게 해주십시오."

그랬더니 노 대통령이 "허허~. 이거 큰일 났네" 하더니 그 자리에서 곧바로 문광부 장관에게 전화를 걸어 "지난번에 이야기했던 체육회장 문제는 없었던 일로 합시다"라고 했다.

그렇게 우여곡절을 겪고 나서야 대한체육회장 선거에 나갈 수 있게 되었다. 사람들은 내가 노무현 대통령의 친구라고 대한체육회장에 낙하산 타고 내려온 줄 안다. 나는 정반대로 낙하산 타고 오려던 이연택 회장과 치열하게 경쟁해서 어렵게 대한체육회장에 당선되었다.

선거에 임하면서 나는 다음과 같은 공약을 내걸었다.

하나는 "대한민국 체육예산을 장기적으로 정부 예산의 1%가 되게 하겠다"는 공약이었고, 다른 하나는 '문화관광부'를 '문화체육관광부'로 만들겠다는 공약이었다.

한쪽은 예산이라는 실리와, 다른 한쪽은 이름과 명분으로 체육인들의 자존심을 지켜주는 일이었다. 효과가 있었다.

투표 결과, 예상을 뒤엎고 29 대 13, 16표 차이라는 큰 표 차이로 내가 대한체육회장에 당선되었다. 파란만장한 과정과 숱한 오해들을 겪고 이루어낸 결과였다. 누가 임명한 것도, 낙하산 타고 내려간 것도 아니고, 많은 반대를 뿌리치고 내 발로 직접 뛰면서 표를 얻어 내 손으로 당선되었다.

비록 국회의원도, 국회의장도, 대통령도 아니었지만 한 나라의 스포츠 전반을 총괄하는 수장의 자리에 오른 것이다. 그렇게 대한민국 스포츠 외교관으로서의 내 역할이 시작되었다.

체육회장에 당선되자마자 나는 이연택 회장을 명예회장으로 추대했다. 체육계의 화합을 위한 조치였다.

태권도, 평창, 그리고 남북단일팀

대한체육회 개혁을 시작하다

내가 대한체육회장에 취임하면서 가장 먼저 한 일은 대한체육회를 개혁하는 일이었다. 그러기 위해서는 체육회장 자신부터 개혁적이어야 했다. 이전과는 달라져야 했다.

나는 대한체육회장으로 가면서 대한체육회 내에 내 사람들을 심지 않았다. 실무를 도와줄 비서실장과 여비서, 그리고 운전기사 이렇게 셋만 데려갔다.

대한체육회장은 무보수 명예직이다. 일체의 월급이 나오지 않는 자리다. 그런 자리인데도 지금까지 많은 분들이 대한체육회 여기저기에 자기 사람을 심고, 그동안 빚지거나 보상을 해야 할 사람들이 있으면 낙하산 인사를 했다.

그러나 힘 있는 개혁을 추진하자면 나 자신부터 당당하고 부끄러움 없는 모습이 되어야 한다. 여기저기 낙하산 인사를 하고, 수의계약을 통해 특정업자에게 이권을 몰아주고, 공과 사를 구분하지 않고 공금을 주머니돈처럼 쓰면서 개혁을 외친다면 그 개혁에는 아무도 공감하지 않는 법이다.

언제나 개혁은 나 자신으로부터 시작해야 한다.

최초로 사무총장과 선수촌장 공모제를 도입하다

취임식이 있자마자 동계전국체전이 시작되었다. 강원도 평창에서 동계체전의 개회를 알리는 것으로 체육회장의 첫 업무를 시작했다.

그리고 나는 대한체육회 사무총장, 선수촌장 등 두 임명직을 모를 통해 선발했다. 이 두 자리는 체육회와 올림픽위원회의 가장 핵심 요직이었다. 그래서 항상 회장의 최측근들로 이 요직을 임명하거나 문광부나 정부가 추천하는 사람으로 채워지곤 했다. 나는 이런 관행을 과감하게 깨뜨리고 공모제를 도입했다. 공모를 통해 사무총장과 선수촌장을 채용하는 것은 80년 체육회 역사상 처음 있는 일이었다.

사무총장, 선수촌장 공개채용은 서류심사와 면접으로 이루어졌다. 심사위원들은 외부에서 뽑았고 심사위원장은 서울대 임번장 교수가 맡았다. 심사위원과 심사과정 모두 공정한 기준과 엄격한 원칙을 적용해 심사에 한 점의 부정이나 의혹도 개입하지 않도록 노력했다.

공모 결과, 사무총장에는 전라남도 행정부지사를 지낸 김재철 씨가 뽑혔다.

문제는 선수촌장이었다. 후보자 중에 마땅한 사람이 없어 선수촌장은 임번장 심사위원장이 직접 전 국가대표 탁구선수 출신인 이에티사 감독을 추천해서 선수촌장으로 모셔왔다.

또한 대한민국의 스포츠외교를 실무적으로 책임지고 이끌어가는 대한올림픽위원회(KOC)의 사무총장 역할을 하는 자리를 그동안은 명예총무라는 직함으로 비상근 형식으로 운영해 왔었다. 나는 모두가 스포츠외교의 중요성을 강조하면서도 정작 일선에서 책임지고 실무를 이끌어가야 할 위치에 있는 사람을 비상근으로 필요할 때만 활용하는 시스템은 맞지 않다고 생각했다. 그래서 주변에서 외교관계에 능숙하고 영어 실력이 탁월한 인재를 추천받았다. 그 결과 캠브리지대학교에서 국제정치학을 공부하고 15대 국회의원을 지내면서 4년 내내 외교통상위원회 위원으로 활동하였으며 외교통상부 국제안보대사를 역임했던 김상우 박사를 KOC총무로 상근하게 함으로써 스포츠외교를 강화하는 시스템을 확립했다.

또한 그동안 소외되어왔던 여성과 스포츠 선수 출신자 그리고 젊은 임원들을 IOC 권장수준인 각각 20% 이상 임명하며 이들에 대한 우대정책을 강력하게 추진했다. 대한민국 최초의 여성 선수촌장인 이에리사 촌장을 필두로 농구스타 출신인 젊은 감독 박찬숙 씨를 대한체육회 부회장에, 이에리사 선수의 콤비였던 정현숙 감독을 KOC 부위원장에 임명하는 등 연령에 따라 다양하고 파격적으로 여성 스포츠인들을 중용했다. 40대 젊은 여성이 대한체육회 부회장이 된 것도 박찬숙 부회장이 처음이었다.

대한체육회와 대한올림픽위원회(KOC)는 선수 등 체육인들이 주인이어야 한다. 나는 황영조, 장윤창, 김화복, 이은경 등과 같이 생각이 건전하고 적극적으로 활동할 수 있는 젊은 스포츠 선수 출신인사들을 대한체육회 이사와 대한올림픽위원회(KOC) 위원에 대거 등용했다.

대한올림픽위원회(KOC) 명예위원장에는 삼성그룹 이건희 회장을 추대했다. 평창동계올림픽 유치와, 태권도의 올림픽 종목 유지를 위해서는 이건희 회장의 도움이 꼭 필요했기 때문이었다. 전경련회장 등 재계와 관련된 일에도 잘 안 나서는 이건희 회장이 흔쾌히 올림픽위원회 명예위원장을 수락해주었다.

이후, 이건희 명예위원장은 싱가폴 IOC총회에서 태권도가 종목을 그대로 유지할 수 있도록하는 데 실제로 많은 도움을 주었다.

태권도를 올림픽 정식 종목으로 유지시키다

나는 대한체육회의 단기 과제를 다음 세 가지로 잡았다.

1. 베이징 올림픽 남북한 단일팀 구성, 2. 평창 동계올림픽 유치, 3. 태권도의 올림픽 종목 유지.

그리고 중장기적인 과제로 비리와 폭력 등으로부터 체육계가 자정 운동을 벌이는 것, 학교체육과 생활체육을 정상화하고 활성화하는 것, 국제사회에서 한국 스포츠의 위상을 높이는 일 등을 우선 목표로 삼았다.

대한체육회 회장에 취임한 바로 직후인 2005년 3월 말, 스위스 로잔으로 날아가서 자크 로게 올림픽위원장을 만났다. 로게 위원장을 만나서는 "남북단일팀을 위해 노력해달라. 태권도가 올림픽종목으로 계속 유지될 수 있도록 도와달라. 평창동계올림픽 유치를 위해 도와주면 고맙겠다"는 뜻을 전했다.

그동안 한국은 국제 스포츠계에 '로비의 나라'라는 부정적인 인식이 있었다. 나는 한국 스포츠계가 어떻게 자정운동을 벌이고 있으며 앞으로 어떤 개혁적인 조치를 취할 것인지를 자세히 설명했다. '클린 맨' 이란 별명을 가진 자크 로게는 나의 자정운동과 개혁조치에 적극적인 지지를 보냈다.

내가 국제스포츠 외교무대에서 다양하고 많은 친구들을 빨리 사귈 수 있었던 것은 내가 벌이고 있는 이런 자정운동에 대한 지지와 동의의 결과였다.

대한체육회장으로 있으면서 기억나는 몇 가지 사건을 꼽으라면 우선 태권도가 올림픽 종목으로 계속 남게 된 일을 들 수 있다.

2005년 7월 개최된 싱가포르 IOC총회에서 태권도가 올림픽 종목으로 계속 남게 되었다. 태권도 대신 일본의 가라테와 중국의 우슈를 올림픽의 새로운 종목으로 넣으려는 노력들이 대단했지만 그것을 극복하고 결국 태권도를 올림픽 종목으로 유지시키는 데 성공한 것이다.

다음으로는 남북체육회담이다.

IOC 위원장인 로게의 주선으로 스위스 로잔에서 남북체육회담이 열렸다. 남북단일팀 구성을 위한 물꼬가 트인 것이다. 이후 카타르 도하와, 개성에서도 남북체육회담이 열렸다. 나는 협상팀을 이끌고 판문점을 넘어 개성에도 다녀왔다.

개성에서 가진 남북체육회담에서 남북단일팀의 큰 원칙들이 정해졌다. 한국은 있고 북한은 없는 종목은 한국팀이, 한국은 없고 북한은 있는 종목은 북한팀이 단일팀을 구성하기로 했다.

그리고 남북한이 공통으로 있는 종목에 대해 북한은 무조건 50:50을 주장했는데, 그러면 최상의 멤버가 구성될 수 없기 때문에 경기력이 떨어지고 자연히 성적이 떨어지게 마련이라 찬성할 수 없었다.

남북체육회담은 스위스 로잔, 카타르 도하, 그리고 개성 등에서 수차례 열렸으나 선수 구성 문제로 인해 결국 합의문을 작성하지 못하게 되었다.

남북체육회담이 합의문을 작성하지 못한 데는 여러 가지 요인이 있었다. 남쪽에서는 남북단일팀 구성으로 인해 혹시라도 남쪽 선수들이 피해를 입지 않을까 하는 우려가 있었다. 이 때문에 나는 자크 로게 위원장을 만나 남북한이 단일팀을 만들 경우, 기존보다 선수 TO를 50% 늘려줄 것을 요청하였고, 남북 단일팀의 의미를 이해하는 로게 위원장으로부터 긍정적인 답변을 받아놓았다.

김정일 위원장과 단일팀 문제로 설전을 벌이다

2007년 10월 2일, 나는 노무현 대통령의 특별수행원으로 다시 북한을 방문했다. 노무현 대통령이 김정일 위원장과 정상회담을 하는 동안 나는 북한의 조선올림픽위원회 관계자들과 남북한단일팀 구성 및 남북공동응원단 문제를 논의하였다. 체육회장인 내게 대부분의 재량권이 주어진 것과는 달리 북한은 대부분 김정일 위원장의 최종 결재를 받아야 하는 까닭에 회담의 진행은 더디게 진행되었다.

드디어 10월 4일, 남북 정상 간에 〈10 · 4공동선언〉이 발표되었다.

그 전날 공동선언문 합의서가 나왔는데 내가 살펴보니 '남북한 공동응원단' 문구는 있어도, '남북한 단일팀'이란 문구가 보이지 않았다. 아무리 살펴봐도 "남북공동응원단은 경의선을 타고 북경으로 간다"는 문구밖에 없었다. 가까운 중국에서 개최되는 북경올림픽에 평양까지 와서 남북한 정상이 정상회담까지 한 이 절호의 기회를 놓치면 언제 남북단일팀 문제가 성사될지 장담할 수 없었다. 나는 김정일 위원장을 직접 설득해서라도 남북단일팀 문제를 성사시켜야겠다고 작정을 했다.

10월 4일 오후, 백화원 영빈관 오찬장에서 오찬을 할 때 나는 와인잔을 들고 노무현 대통령과 권양숙 여사의 옆으로 갔다.

멀찍이 있던 김정일 위원장이 노무현 대통령 쪽으로 다가왔다. 나는 노무현 대통령의 팔을 살짝 잡아 당겨서 김정일 위원장 쪽으로 가까이 가며 일부러 김 위원장에게 들릴 정도의 소리로 노 대통령에게 물었다.

"노 대통령님, 합의문에는 남북공동응원단이 같이 북경으로 가는 것으로 되어 있는데, 이것은 남북한 단일팀을 전제로 해서 합의한 것입니까, 아니면 남북공동응원단만 같이 간다는 것입니까?"

"나는 단일팀을 전제로 한 것으로 알고 있는데…"라고 노 대통령이 대답했다.

그래서 내가 자연스럽게 김정일 위원장에게로 다가가면서 "위원장님, 저는 위원장님과 이름이 한 자밖에 틀리지 않습니다. 저는 대한체육회 회장인 김정길이고 위원장님은 김정일입니다"라고 말했다.

그러자 김정일 위원장도 웃었다.

"위원장님, 합의문에는 남북공동응원단이 같이 북경으로 가는 것으로 되어 있는데, 이것은 남북단일팀을 전제로 해서 한 것입니까, 아니면 응원단만 북경으로 간다는 것입니까?"

"응원단으로만 합의했습니다." 김정일 위원장이 대답했다.

"단일팀이 아닙니까?" 나는 재차 물었다.

노무현 대통령이 옆에서 적절하게 나를 지원해주었다. 세 사람의 대화가 몇 차례 오갔다.

"나는 남북단일팀으로 가는 걸로 이해하고 있었는데…." (노 대통령)

"합의는 다 되었습니다." (김정길)

"선수들이야 빨리 가는 걸 좋아해서…." (김 위원장)

"선수들이야 빨리 가는 건 좋은데, 빨리 가더라도 단일팀으로 가야 합니다." (김정길)

"합의가 안 되었습니다." (김 위원장)

"합의는 다 되었습니다. 다 되었는데…" (김정길)

"나는 안 된다고 보고를 받았습니다." (김 위원장)

"아니, 그건 위원장님께서 지시만 주시면 됩니다." (김정길)

"남조선이야 올림픽을 한 번 치르면서 기량이 좋아서, 기량 차이가 많이 나서 안 되는 것으로 나는 보고 받았습니다." (김 위원장)

"위원장님께서 결단만 하시면 되는 일입니다." (김정길)

이 장면은 여러 신문과 방송사의 카메라에 잡혀 크게 보도되었다. 한겨레신문은 〈김정길 체육회장의 과욕? 굴욕?〉이라는 제목으로 기사를 썼다. 김정일 위원장은 남북단일팀은 안 된다고 하는데 김정길 체육회장이 집요하게 "남북단일팀이 왜 안 되느냐? 위원장님이 결단만 하시면 된다"고 과욕을 부리다가 김정일 위원장으로부터 굴욕을 당했다는 내용이었다.

명색이 체육회장이라는 사람이, 남북 정상이 만난 자리에서 남북한 단일팀을 이루기 위해 노력하는 모습이 과욕인지는 나는 모르겠다. 만약 내가 그런 과욕을 부리다가 굴욕을 당해야 한다면, 그래서 남북한단일팀이 성사만 될 수 있다면 나는 앞으로도 열 번이고 백 번이고 그런 과욕을 부릴 것이다.

그러나 나와 노무현 대통령이 어렵게 이루어놓은 남북공동응원단마저도 결국은 무산되고 말았다. 뒤이어 집권한 이명박 정부는 결국 기존에 이루어놓은 남북통일을 위한 작은 새싹 하나까지 짓밟아버렸다.

평창동계올림픽 유치에 실패하다

체육회장에 당선되면서 세운 3대 과제 중 태권도 종목 유지는 달성되었고, 남북단일팀 구성은 남북공동응원단 구성합의로 반쪽짜리 성공만 거두었다. 평창동계올림픽 유치를 위해, 나와 노무현 대통령은 할 수 있는 한 최선을 다했다.

노무현 대통령과 나는 과테말라 IOC총회장까지 직접 날아가 평창올림픽 유치를 위해 마지막까지 최선을 다했다. 호텔 맨꼭대기 층에 방을 하나 잡아놓고 IOC위원들을 한 사람 한 사람 만났다. 심지어는 대통령에 대한 의전 관례를 깨고 호텔 1층 로비 옆에 있는 바를 직접 찾아 IOC 위원들에게 평창 지지를 부탁하는 파격까지 보여주며 IOC위원들을 놀라게 했다.

나 또한 평창 유치 결정을 하는 2007년 7월의 IOC총회를 앞둔 3월에, OCA 알 사바 회장 등 7명의 IOC 위원들로부터 추천을 받아 IOC 집행위원회에서 획득한 IOC 위원 후보 자격을 스스로 사퇴하면서까지 평창 유치를 위해 노력했다. IOC 위원에 당선되는 것은 내 개인의 명예이지만, 개인의 명예를 위해 국가의 대사를 그르칠 수 없었기 때문이다.

그러나 결과적으로 평창올림픽 유치는 실패했고 2014년 동계올림픽은 엄청난 물량 공세를 쏟아 부은 러시아의 소치로 돌아갔다.

아쉽게도 동계올림픽 유치에는 실패했지만, 나는 대한체육회와 태권도협회에 삼진아웃제를 도입해 선수 폭력사건이나 각종 비리에 얽힌 체육인들을 퇴출시키는 등 체육계의 자정운동과 개혁을 위해 마지막 남은 힘을 쏟아부었다.

또한 선수 중심, 엘리트 중심의 체육이 생활 중심의 체육으로 자리 잡을 수 있도록 많은 노력을 기울였다. 소수의 엘리트들이 올림픽이나 세계대회에 나가 메달을 따오는 것에서 한 걸음 더 나가 생활 주변과, 학교와 직장을 중심으로 생활체육이 널리 보급되어 선수층의 저변이 확대될 수 있도록 정책을 추진했다. 그렇게 저변층이 넓어져야 좋은 선수들이 지속적으로 배출되고, 또 은퇴한 선수들이 지도자로 활동할 공간도 넓어질 것이기 때문이다.

생활체육과 스포츠의 저변이 점점 확대되어가는 과정에, 피겨의 김연아와 수영의 박태환 같은 세계적인 선수들도 배출되었다. 나는 체육 회장 시절 두 선수를 함께 불러 처음으로 만나게 하여 두 사람이 서로 격려하고 친하게 지낼 수 있도록 주선했다. 이 둘을 '국민남매'로 부르기 시작한 것도 그때부터였다.

문화체육관광부의 '김정길 길들이기'

정권 교체, 그리고 완장 찬 사람들

2007년 12월 19일, 제17대 대통령 선거에서 열린우리당의 정동영 후보가 낙선하고 한나라당의 이명박 후보가 당선되었다.

이명박 정부는 '잃어버린 10년'을 외치며 참여정부와 국민의 정부가 지난 10년 간 이룩한 모든 것을 부정했다. 노무현 대통령이 한 모든 것은 부정되고, 참여정부 때 임명된 사람이라는 이유로 법적 임기를 보장받은 단체장들이 쫓겨났으며, 노무현의 사람들은 본인과 가족은 물론 일가친척과 먼 친구들의 계좌까지 샅샅이 조사를 받았고, 검찰에 불려 다녔다.

노무현의 사람이면 없는 죄도 유죄, 이명박의 사람이면 있는 죄도 무죄가 되는 세상이 되었다. 힘들게 피흘리며 이룩한 이땅의 민주주의가 10년이 아니라 30년, 40년 전으로 후퇴하고 있다.

모든 사람들이 법에 의해 다스려지는 평등한 세상이 아니라, 법 위에 있는 사람들이 법을 이용해 법 밑에 있는 사람들을 다스리는 세상이 되었다. 법이 잣대가 아니라 칼날이 되어 춤추는 세상이 되었다.

체육계도 예외가 아니었다. 완장을 찬 사람들이 돌아다녔다.

문화체육관광브의 김정길 길들이기

2007년 말, 김개철 대한체육회 사무총장이 일신상의 이유로 사퇴했다. 후임 사무총장을 뽑아야했다. 2008년 베이징올림픽을 앞두고 체육회 업무는 이미 나 스스로도 알만큼 아는 상태였으므로 체육회에 새로운 분위기를 진작시키고, 살림살이를 잘하는 기업적인 마인드가 있는 사람을 사무총장으로 영입해야겠다는 생각을 했다.

능력 있는 사람을 찾아 주변에 자문을 구한 끝에 구안숙 전 국민은행 부행장을 어렵사리 설득해서 모셔왔다. 이미 대한올림픽위원회 위원과 스포츠마케팅 위원으로 대한민국 스포츠발전을 위해 활동하고 있는 분이었고 미국 뉴욕대학교를 졸업하고 MBA를 취득, 우리나라 최초의 국민은행 여성 부행장까지 오른 입지전적인 여성이었다.

그런데 이명박 대통령이 당선하고 인수위가 구성되면서부터 유례 없는 노골적인 압박들이 들어오기 시작했다. 예전에도 대한체육회가 독립기관이냐 문광부 산하의 산하기관이냐 하는 위상문제를 놓고 체육계와 문광부 관료들 사이에 갈등이 없었던 것은 아니지만, 그래도 참여정부 시절에는 그렇게 심하지는 않던 압박이, 정권이 바뀌면서부터는 일개 실무자선에서부터 체육회를 압박하고 들어왔다.

인수위 활동이 끝나자 배우 유인촌 씨가 문체부 장관이 되고, 너가 국회의원 시절부터 알던 기자 출신인 신재민 씨가 차관이 되었다. 신임 장차관이 왔는데도 사무총장에 대한 승인이 나지 않고 오히려 사무총장을 바꾸라는 지시가 내려왔다. 나는 문체부를 찾아갔다. 사전에 약속을 요청했지만 유인촌 장관은 무슨 이유에선지 약속이 되지 않았고 대신 신재민 차관을 만났다. 그런데 신재민 차관이 "회장님은 베이징올림픽을 마치고 임기를 마치셔도 되는데 사무총장은 바꿔줬으면 좋겠습니다"라고 했다. 지난 정부로부터 임명받은 자리도 아니고 대한민국 체육인들이 선출해준 대한체육회장을 자기들 마음대로 좌지우지하려는 점령군식 사고를 하고 있었다.

"왜 사무총장을 바꾸라는 겁니까? 하자가 있으면 이야기를 하세요. 한달 가까이 승인도 거부도 안하고 이게 뭡니까? 승인을 할 거면 승인하고 거부를 할 거면 정식으로 거부를 하세요."

명분이 달려 눈치를 보며 질질 끌고 있던 문체부는 결국 사무총장 승인을 거부했다. 승인요청을 한 지 39일만의 일이었다. 거부 사유를 물으니 "체육인 출신이 아니라서 체육회 일을 잘 할 수 없다"는 것이 주된 이유였고, 또한 구안숙 사무총장 내정자가 "미국 영주권자라서 안된다"고 했다.

체육회 사무총장은 체육회의 살림살이를 맡아서 하는 자리이고, 그동안에도 체육인 출신이 아닌 사무총장도 많이 있었다. 또 교포들에게까지 참정권이 주어지는 시대에 미국 영주권자라서 사무총장이 되지 못한다는 것은 말도 안 되는 트집이었다. 체육인이 아니라는 것은 핑계일 뿐이었다. 자기들 말을 잘 들으라는 것이었고, 나를 길들이겠다는 속셈이었다.

나는 이는 대한체육회의 독립성을 훼손하는 일이고, 체육회장이 임명하고 이사회의 만장일치 동의를 받아 신청했는데 문체부에서 함부로 거부하는 선례를 남겨서는 안되겠다는 생각으로 재인준안을 올리기 위해 다시 대한체육회 이사회를 소집했다. 그러자 이사회 날 아침, 구안숙 사무총장 직무대행이 "나 때문에 체육회가 표류하고 올림픽 준비 등에 차질이 생기는 것 같아 자진사퇴하겠다"며 총장후보직에서 굴러났다. 체육계에 스포츠마케팅을 활성화시키고, 일 잘하는 기업인 출신으로 체육회 살림살이를 잘 꾸려보려던 계획은 날아갔다.

체육회를 뒤흔들려는 치졸한 방법들

정권이 바뀌고 문화체육관광부가 앞장서서 체육회를 흔드는 일은 한두 가지가 아니었다. 온갖 치졸한 방법들이 다 동원되었다.

사무총장 승인과 관련해 문화체육관광부와 대한체육회가 갈등을 빚고 있던 시기에는 대한체육회 업무를 하나 하나 간섭하여 자율적 운영을 방해했다. 심지어는 대한체육회 직원들의 급여까지 지급하지 않겠다는 의사를 보여왔고, 실제 급여일에 지출 승인을 내려주지 않고 있다가 도저히 안되겠는지 오후 늦게서야 지급을 허락하는 치졸한 방법까지 동원하기도 했다.

나중에는 아예 노골적으로 이례적으로 감사원을 동원하여 체육회장에 대한 모든 것을 감사했다. 해외 출장 내역이며, 카드 사용 내역, 심지어는 휴대폰 요금에 이르기까지 그야말로 체육회장의 모든 것을 2주간 샅샅이 뒤졌다.

2주 간의 감사 끝에 한 가지의 비리도 찾아내지 못하자, 이번에는 체육회 이사들을 회유하였다. 체육회 이사들 한 사람 한 사람을 접촉하고 회유하여 나를 흔들려고 하였다. 시달리다 못한 이사들이 "회장님 때문에 저희가 못살겠습니다. 제발 저희 좀 살려 주십시오" 하소연을 하기도 하고, "정권에 찍힌 김정길 회장이 물러나야 체육회가 산다"며 이간질을 하고 다니기도 했다.

또한 체육회 모 임원은 내 비서실장에게 내가 지금 검찰 내사를 받고 있는 중이라고 말을 전달함으로써 사실상 협박을 가해오기도 했다. 사무총장이 궐위된 시기에 문체부의 강한 압박에 매일 같이 시달리는 직원들의 고충 또한 이루 말할 수 없었다.

사실 정권이 바뀌었을 때 나는 하루라도 빨리 회장직에서 물러나고 싶었다. 하지만 내 개인의 감정으로 결정할 수 있는 사안이 아니었다. 체육인들의 지지를 받아 선출된 대한체육회 회장이 정권의 흔들기 때문에 자진해서 사퇴하는 잘못된 사례를 만들어주고 싶지 않았다. 올림픽을 몇 개월 앞둔 상황 속에서 체육회에서 물러난다면 그동안 나를 믿고 따라온 체육인들과 선수들은 어떻게 하나 하는 걱정과 책임감이 사퇴를 가로막았다. 하지만, 이런 식으로 계속 '김정길 흔들기'를 한다면 내가 물러나는 것이 체육회를 위해서 더 나을 수도 있겠다는 생각을 했다.

나는 2007년 4월 26일 긴급 소집된 이사회를 언론에 공개한 상황에서 문화체육관광부 등 정부의 부당함을 신랄하게 비판했다.

"사무총장 승인 거부는 '김정길, 너 나가라'는 소리다. 몇 달 더하고 구차하게 살아남느니 당당하게 죽는 길을 택하겠다"며 문체부 등 정부가 자행한 부당함과 치사한 짓거리에 대해 하나 하나 지적하고, 대한체육회장 직에서 물러나기로 결심을 밝혔다.

그런데 웃기는 것은, 내가 대한체육회장직에서 물러나겠다는 결심을 했다는 소식이 전해지자 그때부터는 대통령 측근 등을 통해 도리어 "제발 물러나지 말아 달라"고 부탁을 하는 것이었다. 그동안 문화체육관광부, 특히 유인촌 장관을 앞세워 신재민 차관이 주도한 문화체육계의 '전봇대 뽑기'가 도가 지나치다는 여론들이 들끓고 있는 판국에 올림픽을 불과 몇 달 앞두고 대한체육회장까지 사퇴를 한다면 여론의 역풍을 맞을까 두려워한 것이다.

대한체육회 회장에서 전격 사퇴하다

2008년 4월, 나는 올림픽공원 평화의 문에서 베이징올림픽 성화봉송 첫 번째 주자로서 2번 주자인 문대성 감독에게 성화를 넘겨주는 임무를 마친 다음 날 기자회견을 열고 대한체육회장, 대한올림픽위원회 위원장, 대한태권도협회 회장 등 모든 공직을 사퇴했다.

사퇴 전 나는 이에리사 선수촌장에게 전화를 걸어 나의 사퇴의사를 전하고 "선수촌장으로서 흔들리지 말고 올림픽 준비에 만전을 기하라"는 당부를 하고 기자회견장으로 갔다. 이에리사 촌장도 동반사퇴할 뜻을 비쳤으나 선수촌장만큼은 반드시 자리를 지키고 있어야 한다고 이야기했다.

그날, 대한올림픽위원회 김상우 총무도 같이 사퇴했다. 김상우 총무에게도 문체부에서 사퇴하지 말라는 압력이 들어왔다고 했다. 언제는 나가라고 그렇게 사람을 몰아세우더니 나간다고 하니 이제는 나가지 말라고 압력을 넣고 있었다. 참으로 가관이었다.

체육회장에서 사퇴한 후, 나는 중국 베이징대학교 동북아연구스 객좌연구원으로 초빙을 받아 중국 베이징으로 떠났다.

『공무원은 상전이 아니다』 중국어판 출간

북경에서의 생활은 나에게 재충전의 좋은 기회가 되었다. 평소 관심을 지니고 있던 분야를 공부하며 중국의 지도층들과도 교류의 시간을 가졌다. 그리고 그때 『공무원은 상전이 아니다』라는 책 이야기를 하게 되었다.

북경대 동북아연구소장이 나를 위한 환영만찬 자리에서 내 이력서에 쓰여 있는 『공무원은 상전이 아니다』라는 책 제목을 보고 "어떤 내용이냐"고 묻길래 "내가 행정자치부 장관으로 재임하던 시절의 경험과, 공무원의 자세, 그리고 공무원 사회 개혁의 내용을 담은 책"이라고 이야기를 했더니, 굉장히 반기며 그 책의 중국어판을 냈으면 좋겠다고 제안해왔다.

"중국도 베이징올림픽을 치른 이후, 공무원 사회의 개혁이 필요한 시점이라 지금 중국에 꼭 필요한 책"이라고 했다. 한국이 중국보다 올림픽도 먼저 치르고, 공무원 사회의 개혁도 중국보다 더 많이 되었으니 중국 정치인들, 행정가들, 공무원들을 위한 좋은 책이 될 것 같다고 했다.

중국 외무부 산하의 '세계지식출판사'와 계약도 주선해주었다. 중국에서는 출판사가 모두 정부 부처 산하에 있는데, 세계지식출판사는 가장 규모가 큰 출판사 중 하나라고 했다. 빌 클린턴 대통령과 버락 오바마 대통령 등 전 세계 주요 지도자들의 책이 주로 이 출판사를 통해서 출간된다고 했다.

번역이 무사히 끝나고 중국어판 『공무원은 상전이 아니다』가 출간되었다. 중국어판 출간을 기념하여 출판기념회와 함께 초청 강연을 해달라는 요청이 왔다.

규모는 그리 크지 않아 백여 명이 참가한 출판기념회 겸 초청 강연이었지만, 초청된 사람들이 모두 중국의 고위 공무원들이라 중국어판에 대한 반응은 무척 뜨거웠다. 중국의 주요 신문과 인터넷 신문에도 이 책의 출판기념회와 초청 강연 소식을 보도했다.

행복한 은퇴를 준비하던 2009년 5월 어느 날

이 무렵 나는 '나도 이젠 정계를 은퇴할 때가 된 것이 아닌가' 하는 생각을 하고 있었다. 노무현이 대통령까지 했으니 내가 대통령을 한 것은 아니지만 평생을 지역주의 극복을 위해 싸워온 우리 두 사람의 한도 어느 정도는 풀렸다고 생각했다. 그래서 노후를 준비할 목적으로 부산에서 가까운 밀양에 조그마한 텃밭을 하나 마련했다.

그런데 노무현 대통령에 대한 검찰 수사가 시작되었다.

중국에서 한국에 돌아올 때마다 언론 기사를 보니 노무현 대통령과 그 주변 인물들에 대한 검찰 수사가 너무 가혹했다. 전직 대통령에 대한 전례없는 가혹한 수사도 문제이지만, 매일매일 언론에 생중계하듯이 수사 내용을 공표하여 모욕을 주는 것을 볼 때마다 '이건 작정을 하고 모욕을 주기로 했구나' 싶어 화도 나고 마음이 아팠다.

어려울 때 친구가 진짜 친구인데, 노무현 대통령이 가장 힘들어하는 이 순간에 아무런 도움도 못 되고 있다는 것이 미안했다. 봉하마을에 한번 내려가서 손이라도 잡고 위로도 하고, 예전에 대선에서 제대로 도와주지 못한 것에 대해 사과도 해야지, 생각은 했지만 선뜻 발걸음을 옮기지는 못했다.

그래서 결국은 직접 가서 보는 것은 검찰 수사가 어느 정도 마무리된 다음으로 미루고, 우선 "멀리서나마 노무현 대통령을 지켜보면서 응원하고 기도하는 친구들이 있으니 힘내시라"는 내용으로 편지를 한 통 썼다. 편지 초안을 거의 다 잡아놓고도 정작 부치지는 못하고 문구를 이렇게 바꿨다 저렇게 바꿨다 하면서 시간이 가고 있었다.

그날, 8시가 조금 지난 아침 시간인데 휴대폰의 전화벨이 울렸다. 내 책 『공무원은 상전이 아니다』의 개정판을 낸 행복한책읽기 출판사의 임형욱 대표 전화였다.

"장관님. 노무현 대통령 소식 들으셨습니까?"

짧은 찰나였지만 뭔가 불길한 예감이 스치고 지나갔다.

"못 들었는데요. 무슨 일입니까?"

"노무현 대통령께서 돌아가셨습니다."

임형욱 대표가 계속해서 "방송사마다 소식이 조금씩 다른데, 어떤 데는 위독하다고 하고, 어떤 데는 돌아가셨다고 하는데, SBS에서는 자살하셨다고…" 전화 너머에서 뭐라고 말은 하는데, 순간적으로 머리속이 하얘졌다. 무릎이 꺾이며 그 자리에 털썩 주저앉았다.

아내가 놀라서 쳐다보았다.

"여보! 무슨 일인데 그래요?"

"노무현 대통령이 돌아가셨대…."

노무현이 죽다니! 이게 정령 사실인가. 숨이 막혔다. 아무 생각이 나지 않았다. 눈물이 쏟아져 나왔다. 아내와 함께 울고 또 울었다.

그날 저녁, 비행기를 타고 봉하마을로 내려갔다.

2009년 5월 23일이었다.

5부

눈물 없는
대한민국을 위하여

내 평생의 동지이자 친구인 노무현 전 대통령을 떠나보내며

내 친구 노무현을 보내며

위로할 수도, 위로받을 수도 없는 슬픔

그의 측근들과 가족들이 검찰에 불려 다닐 때, 나는 북경에 있었다. 그가 아내와 아들, 일가와 지인들이 받는 고통 때문에 괴로워할 때 나는 멀리 미국에 있던 막내아들을 내 곁으로 불러들여 행복해 하고 있었다.

그가 검찰에 불려나갈 때, 나는 행복한 노년을 준비하며 은퇴 흐에는 봉사활동으로 보낼 계획을 짜고 있었다. 그가 책을 읽을 수도 글을 쓸 수도 없을 때, 나는 그에게 보낼 위로 편지 한 통 겨우 쓰고 있었다. 그가 부엉이바위 위에서 고향 마을의 마지막 모습을 눈에 담고 있을 때, 나는 아내와 함께 별 불편 없는 삶을 감사하고 있었다.

그가 가장 힘들어하던 그 순간에 나는 곁에 없었다. 아무런 힘이 되지 못했다.

이러고도 친구인가. 이 생각이 계속 나를 괴롭혔다.

봉하마을로 내려가는 비행기 안에서 이해찬 전 총리 부부를 만났다.

바로 내 앞자리에 앉았다. 간단한 인사만 나누었다. 긴 이야기를 할 수 없었다. 어떤 말도 서로 위로가 되지 못할 거란 걸 알고 있었다. 그저 눈빛으로 슬픔을 나누었다.

봉하에 도착했다. 노무현을 잃은 우리는 눈빛으로, 참을 수 없는 눈물로, 때론 잡은 손길로, 기댄 어깨로 슬픔을 나누었다.

많은 이들이 상주를 자처했다. 그가 살아있을 때는 모진 말로 모욕했던 사람도 이제는 함께 눈물을 흘렸다. 어떤 사람들은 또 다른 사람들에게 막혀 문상도 못하고 되돌아가기도 했다.

나는 빈소의 구석자리를 지키며 내내 생각했다. 생각하고 또 생각했다.

나는 그와 함께 보낸 20년 세월을 생각했다. 첫 만남. 3당 합당. 낙동강 오리알. 부산. 낙선 또 낙선, 낙선, 낙선. 대통령 노무현. 바보 노무현. 내 친구. 동지. 봉하마을. 검찰. 조중동. 부엉이바위…. 그 위에서 그는 무슨 생각을 했을까. 그가 마지막 바라본 세상은 평화로웠을까.

그는 너무 슬퍼하지 말라고 했지만 나는 슬펐다. 그는 미안해하지 말라고 했지만 나는 미안했다. 가장 힘든 순간에 곁에 없었던 것이 후회되었다. 누구도 원망하지 말라고 했지만 원망스러웠다. 그리고 그는 운명이라고 했지만 과연 운명이었을까. 그것이 그의 운명이었다면 나의 운명은 무엇일까. 나는 생각하고 또 생각했다.

자전거를 타고 석양 속으로 떠나버린
'친구 같은 대통령'

사람들이 울었다. 봉화마을에만 100만이 넘는 사람들이 왔다. 모두들 울고 있었다. 하늘도 울었다. 무엇이 눈물이고 무엇이 비인지 구분되지 않았다. 쏟아지는 폭우를 피하지도 않고 많은 사람들이 노무현 대통령의 마지막 가는 길을 배웅했다. 전국적으로 500만 명이 넘는 사람들이 그가 가는 마지막 길을 애도했다.

왜 저 많은 사람들이 이렇게 뜨거운 눈물을 흘리는 걸까. 노무현 대통령은 어떤 대통령이었을까. 인간 노무현은 어떤 사람이었을까.

스칸디나비아라든가 뭐라고 하는 고장에서는 아름다운 석양 대통령이라고 하는 직업을 가진 아저씨가 꽃 리본 단 딸아이의 손을 이끌고 백화점 거리에 칫솔 사러 나오신단다 … (중략) … 반도의 달밤 무너진 성터가의 입맞춤이며 푸짐한 타작소리 춤 사색뿐 하늘로 가는 길가엔 황톳빛 노을 물든 석양 대통령이라고 하는 직함을 가진 신사가 자전거 꽁무니에 막걸리병을 싣고 삼십리 시골길 시인의 집을 놀러가더란다. (신동엽의 시 〈산문시〉 일부)

대통령이 되기 전의 노무현을 다룬 노무현 평전 『노무현: 상식 혹은 희망』에 보면 이 시가 나온다.

우리에게도 석양이 아름다운 시골길에 손녀딸 자전거 뒤에 태우고 동네 슈퍼에 아이스크림 사러 나오던, 대통령이라는 직함을 가진 아저씨가 있었다.

시골 촌부들이 농사짓다 마시던 막걸리 한 잔 얻어 마시며 "야~ 이 막걸리 정말 맛있네. 어디 막걸리요?" 물으며 넉살 좋게 석 잔도 넉 잔도 얻어 마시곤 하던 농사꾼 대통령.

밀짚모자를 써도, 시골 슈퍼에서 삐딱하게 앉아 담배 한 대 꼬나물어도 삼십 리 시골길 시인 같은 간지를 내뿜던 아저씨 대통령.

그가 황톳빛 노을 물든 석양 너머로 자전거를 타고 우리 곁을 훌쩍 떠나버릴 때까지 우리는 곁에 두고도 그런 대통령이 있는 줄을 몰랐다.

떠나버린 다음에야 우리는 그의 진정한 모습을 발견한 것은 아닐까. 그래서 사람들은 이토록 슬퍼하는 것은 아닐까. 나는 생각했다.

그러다가 나는 문득 발견했다. 사람이었다. 희망이었다.

사람들의 눈물 속에서 나는 '희망'을 보았다. 사람들의 눈빛 속에서 나는 '다짐'을 보았다. 앙다문 입술과 꽉 쥔 주먹에서 나는 예전엔 보지 못했던 '내일'을 보았다.

사람과 사람이 모여 숲이 되고 있었다. 슬픈 누군가에게 다른 누군가는 그늘이 되고, 지친 누군가에겐 그 곁의 누군가는 언덕이 되고 있었다.

나는 슬픔과 분노가 흘러 강이 되고 바다가 되는 것을 보았다. 예전엔 분노했으나 무기력했던 사람들, 그 전엔 좌절하고 포기했던 사람들이 서로를 기대어 희망을 찾는 것을 보았다.

사람들의 가슴마다 매단 검은 리본과, "잊지 않겠습니다"라는 글귀, 서울시청 광장을 가득 메운 노란 풍선들 속에서 나는 수많은 '노무현들'을 보았다.

사람들 속에 그가 있었다.

그래, 우리가 노무현이다. 노무현이 꿈꾸던 '사람 사는 세상'을 가
슴에 품은 우리가 바로 희망이다. 사람이 희망이다. 나는 생각하였다.

그리하여 우리는 모두 '노무현'이다

가장 힘들어하던 그 순간을 홀로 견뎌내야 했던 그는 떠났다. 떠나
면서 그는 우리 모두의 가슴 속에 조그마한 꿈 하나씩 심어주고 갔다
그는 우리에게 희망을 선물했다.
그리고 내게는 개인적인 숙제를 한 가지 내주고 갔다. 그를 다시 만
나는 날, 나는 내가 그 숙제를 잘했는지 꼭 물어볼 작정이다.

부산일보에서 노무현 대통령 추도사를 부탁했다. 그가 떠난 지 일주
일간 겪은 일들과 생각을 정리해 추도사를 썼다.
그 전문이다.

친구 노무현을 보내며

통분과 눈물로 한 주일을 보내고 보니 이제 당신을 영영 하늘로 떠
나보내야 하는 날이 왔소. 내 늦둥이 놈을 위해 당신이 써 준 "기범아!
꿈이 힘이다."라는 글이 아직도 아들놈 책상 위에 놓여 있는데 정녕 당
신의 꿈이 마지막으로 선택한 것은 부엉이 바위 밖에 없더란 말이오.

미안하고 원통하오. 당신이 힘들어 할 때, 당신과 여사님께 힘이 되
고 위로가 되어보고자 몇 번이나 편지를 썼다가 다시 쓰곤 했었다오.

멀리서나마 두 분을 믿고 후원하는 친구들이 있다는 것을 보여드리고 싶었는데, 차마 그 편지를 부치기도 전에 돌아가셨다는 소식을 듣는 순간 무릎이 풀려 집사람과 그 자리에 주저앉고 말았다오.

친구여, 당신은 참 나쁜 사람이오. 3당합당을 거부하고 김영삼 총재를 따라가지 않았다는 이유로 고향 부산에서 우리 얼마나 많은 멸시와 야유를 받았는지 기억하오? 지역주의를 넘어보겠다고 했지만 실패하고 또 실패하고, 깨지고 또 깨지면서도, 같은 꿈을 꾸는 동지, 같이 행동하는 친구가 내 곁에 있다는 것만으로도 큰 힘이 되었는데, 아직 그 꿈을 완전히 이루지도 못한 채 이렇게 먼저 떠나가 버리다니···, 당신은 참으로 야속하고도 나쁜 친구요.

친구여, 당신은 참 멋진 남자요. 당신은 같은 남자인 내가 보더라도 부러울 만큼 결단력이 있고 용맹스러우며 또 따뜻한 가슴을 가진 사나이 중의 사나이였소. 청문회장에서의 그 포효, 3당합당이 야합이라 외치며 반칙이 허용되는 사회를 후세에 물려줄 수 없다고 끝내 정치적 타협을 불허하고 싸우던 기개를 영원히 잊지 못하오. 3당합당 거부 후 쓰린 마음을 소주잔으로 달래며 "나는 국회의원 떨어져도 변호사라도 해서 먹고살 수 있지만 당신은 뭘 믿고 안 따라 갔소?" 하며 나와 나의 가족을 걱정해 주던 그 따뜻한 마음, 지친 어깨를 기대고 함께 이야기하며 울던 그 시간들을 어찌 잊을 수 있단 말이오. 나는 당신이 겉으론 강한 것 같지만 속으론 여린 사람인줄 그때 이미 알고 있었다오.

친구여, 당신은 그래도 참 행복한 사람이오. 누군가 말하기를 "세상에 올 때는 홀로 울고 오지만, 세상을 떠날 때는 모든 사람이 울어줄 수 있는 사람이 되라"고 했다는데, 당신을 위해 울어주는 수십만 수백만의 사람들을 보면서 나는 당신이 참 행복한 사람임을 확인할 수 있었소.

대한민국 역사상 가장 위대하였던 평민, 거듭된 실패를 통해 가장 큰 성공을 이루었던 비주류였던 당신, 가장 높은 곳에 올랐지만 늘 가장 낮은 곳으로 눈높이를 갖추었던 친구 같은 대통령이었던 당신. 당신이 꿈꾸었던 그 꿈들이 사람들의 가슴속에서 눈물을 머금고, 환한 웃음과 함께, 촛불과 함께 피어나는 것을 요 며칠 사이 나는 지켜보았소. 그래서 비로소 나도 내 오랜 친구를 편히 보내주기로 마음먹게 되었소.

편히 가시오, 내 친구여. 이제 모든 마음의 짐을 내려놓고 훌훌 털고 떠나소서, 내 평생의 동지여.

당신이 꿈꾸던 '사람 사는 세상', 원칙이 반칙보다 우선하는 세상, 살 맛 나는 세상을 만드는 일은 당신의 오랜 친구들, 그리고 이제 막 당신의 새로운 친구가 되기 시작한 우리 모두에게 남겨진 몫일 터이니….

노무현! 당신이란 사람과 함께 할 수 있어서 참으로 행복하였소.

이 글을 쓰면서 비로소 나는 내 마음 속에서 내 오랜 친구 노무현을 떠나보냈다.

부치지 못한 편지,
그리고 이루지 못한 꿈

내게는 이미 써놓고 부치지 못한 편지가 있었다. 노무현 대통령에게 보내는 편지였다. 노 대통령 서거 열흘 전쯤 써놓았으나 부치지 못하고 있다가 영원히 부칠 기회를 놓쳐 버린 편지였다.

어떤 일이든 때와 장소가 잘 맞아야 한다. 때와 장소가 한 번 어긋나기 시작하면 제자리를 찾기가 정말 어려워지는 법이다. 그 편지가 꼭 그런 경우였다.

부치지 못한 편지, 끝내 하지 못한 한 마디

나는 노 대통령의 서거 열흘 전쯤 한 통의 편지를 썼었다. 당시의 참담했을 노 대통령의 심정에 다소나마 위로가 되었으면 하는 마음도 있었지만, 그보다는 "나는 당신을 믿고 있으며 마음으로부터 깊이 응원하고 있다"는 것을 알리고 싶은 심정이 컸다.

고민 끝에 편지를 쓰긴 했지만 하고 싶은 말을 다 한 것은 아니었다.

정말 하고 싶은 말이 있었지만, 마지막까지 망설이다 끝내 쓰지 못했다. 고심 끝에 그 말은 머지않아 직접 만나 손을 맞잡고 해야겠다고 생각했던 것이다. 그러나 결국 나는 그 편지도 띄우지 못한 채 그의 서거 소식을 듣고 말았다. 모든 것이 나의 결벽 탓이다.

우리는 정치적으로 비슷한 길을 걸었지만, 그가 대통령이 된 이후로는 서로의 길이 확연히 달라져 있었다. 위대한 시민 선거혁명을 통해 대통령이 된 노 대통령을 보좌할 사람들의 면면도 달라져 있었다. 그들은 선거 때 같은 비젼을 공유하면서 함께 고생을 한 사람들이고, 노 대통령과 함께 이전에는 없었던 새로운 시대를 열어갈 새로운 얼굴들이었다.

그런 시대에 내 자리는 참으로 어정쩡했다. 과거의 민주화 투쟁 경력이나 노무현 대통령과의 관계를 들먹이며 정치권에 어정거리고 싶은 생각은 추호도 없었다. 국민의 부름을 받지 못한 사람은 정치 일선에서 물러나 있는 것이 도리이고, 또한 노 대통령의 당선에 처음부터 크게 도움을 주지 못한 상태에서 노 대통령 주변에 남아 있는 것도 민망한 일이었기 때문이다.

이명박 정부 들어서 타의에 의해 대한체육회 회장직을 내놓은 직후에, 나는 봉하마을로 달려가고 싶은 마음이 간절했었다. 이제 서로 야인이 된 친구 사이로 위로를 주고받고 싶었다. 그러나 그렇게 하지 못했다. 그래서 마음을 좀 추스른 다음으로 봉하 행을 미뤘다. 그때 때마침 중국의 베이징대학교 동북아연구소 객좌연구원으로 초청을 받기도 했고 다른 사정도 있어서, 그 길로 베이징으로 떠났었다.

내가 봉하마을에 가서 정말로 노 대통령에게 하고 싶은 말은 따로

있었다. 그것은 그가 대통령이 되기 전부터 퇴직한 이후까지 내 마음
을 항상 무겁게 짓눌러온 바위 덩어리 같은 것이었다.

나는 꼭 사과하고 싶었다. 오래도록 마음속에 담아 두고 있었던 회
한이라서 편지가 아니라 꼭 만나서 손을 잡고 이야기하고 싶었다. 그
래서 편지를 쓸 때도 몇 번이나 망설이며 그 말을 넣었다 빼곤 했다.

부치지 못한 편지 속에 내가 넣었다가 정말 그의 손을 맞잡고 하고
싶었었던 말은 이 말이었다.

"노 대통령, 당신이 가장 필요로 한 그때, 선뜻 나서서 도와주지 못
해 정말 미안합니다."

그러나 그에게 이 말을 할 기회는 영영 사라졌다.

"부산 시장 선거에 꼭 나가주십시오!"

그는 떠나고 나만 남았다. 20년이 넘은 세월을 친구와 동지로 함께
지냈는데, 이제는 나만 남았다.

사람들이 이야기했다.

"부산 시장 선거에 꼭 나가 주십시오."

나는 노무현 대통령이 떠나신 지 며칠이나 지났다고, 그런 이야기를
하는 것은 고인에 대한 예의가 아니라고 생각했다. 그러나 사람들은
"고인의 1주기 때 치러지는 부산 시장 선거를 한나라당에 다시 내 주는
것이야말로 고인에 대한 도리가 아닙니다!"라고 이야기했다. 부산 시
장 선거에 나가 지역주의의 벽을 깨뜨리는 것이야말로 고인이 생전에
바라던 꿈이 아니었던가라고 이야기했다.

내 손을 꼭 쥔 그들의 손에서, 비를 맞으며 눈물을 흘리며 이야기하

는 그들의 눈빛에서 나는 간절함을 보았다.

"복수해 주십시오. 꼭 느 대통령의 죽음에 대한 복수를 해주십시오."

아니다. 노무현이 바라는 것은 복수가 아니다. 아니다, 나는 아니다 나는 이미 정치에서 한 발 굴러난 사람이다. 나는 고개를 가로저었다.

30년 넘게 정치를 해오면서 나는 내 가족들에게 너무 소홀했다. 느 회의원도 하고 장관도 했지만, 내 인생에는 좋은 시절보다는 어려운 시 절이 더 많았다. 내가 좋아서 하는 일이고 이미 각오한 일이었지만, 가 족들에겐 원하지 않는 일이었고 고통의 시간이었다. 선거에 나갈 때마 다 가족들은 터무니없는 공격을 받았고 유언비어에 시달렸다.

대한체육회장에서 물러나면서 나는 정계에서도 물러날 생각이었다. 경남 밀양에 텃밭도 구입했다. 산세도 아름답고 텃밭도 좋은 곳이라 텃밭 옆에 조그마한 집을 짓고 여생을 보낼 생각이었다. 그동안 정치 때문에 소홀했던 집사람과 아이들에게 충실하고, 장애인이나 노인 등 소외계층들을 위한 봉사활동을 하며 살 계획이었다.

내가 앞으로는 더 이상 선거에 출마하지 않겠다는 약속을 하자, 아 내는 그렇게 좋아할 수가 없었다. 선거 때마다 아내가 당한 고생은 이 루 말할 수 없었다. 선거라면 이제 지긋지긋할 것이다.

가족과의 약속을 위해서라도 나는 더 이상 선거에 느갈 생각이 없었 다. 무엇보다도 나보다 더 좋은 카드인 문재인 전 비서실장이 있지 않 은가.

한 시대가 저물어가는 장엄한 일몰을 바라보며

2009년 8월 18일, 김대중 전 대통령이 서거하셨다. 연세대 세브란스 병원에 입원하셨다는 소식을 듣고 병문안을 갔었지만 중환자실에 입원 중이라 이희호 여사만 뵙고 쾌유를 빌고 돌아왔다. 그런데 얼마 후 서거하셨다는 소식이 들려왔다.

노무현 대통령에 이어, 김대중 대통령에 이르기까지 내가 가장 사랑하고 존경하였던 두 분의 전직 대통령을 거의 동시에 잃어버리니 내 인생의 절반이 떨어져나가는 듯했다. 한 사람은 내가 가장 사랑하였던 동지였고, 또 한 사람은 내가 가장 존경하는 정치적 스승이었다. 김대중 대통령의 서거는 아무래도 노무현 대통령을 갑작스럽게 잃어버린 것에 대한 영향이 큰 것으로 생각됐다.

정말 잔인한 2009년이었다.
나의 슬픔과 존경을 담아 오마이뉴스에 김대중 전 대통령에 대한 추도사를 썼다.

2009년 올해는 저에게는 너무나 잔인한 한 해입니다.
지난 5월에는 정치적 동지이자 오랜 친구인 노무현 전 대통령을 잃었고, 이제는 정치적 스승이자 정신적 지주인 김대중 전 대통령님을 떠나보내고 있습니다. 국민통합과 남북화해, 그리고 이 땅에 민주주의를 뿌리내리기 위해 평생을 바친 두 거목을 한꺼번에 떠나보내자니 김대중 전 대통령님의 표현을 빌자면, '제 생의 반쪽, 제 영혼의 반쪽이 무너지는 느낌'입니다. 노무현 전 대통령을 떠나보내며 너무나 많이 흘렸기에 이미 모든 눈물이 말라버린 줄 알았습니다만, 제 가슴 저 깊은 바닥에서 깊고 조용한 울음이 또다시 솟구쳐 올라오고 있습니다. 더 이상 울음 울 기력도 없지만 누군가 내 안에서 계속해서 울음 우는 것을 느끼고 있습니다.

그리고 보면 김대중 전 대통령님도 참 많이 눈물 흘린 '눈물의 사람' 이셨습니다.

(중략)

개인적으로 가장 기억나는 눈물은 92년 대선 때입니다. 대선에서 패배한 다음날 정계은퇴를 선언하시기 전에 당직자들과 먼저 상의를 하러 당사에 나오셨다가, 뒤늦게 도착한 저를 보자마자 누가 먼저랄 것도 없이 서로 포옹하며 서럽게 또 서럽게 눈물 흘렸던 기억을 잊을 수 없습니다.

92년 대선 당시 영남출신이지만 YS의 3당 합당을 따라가지 않고 DJ를 지지하며 전국으로 지원유세를 다니면서, 그리고 국민의 정부 초대 행정자치부 장관과 정무수석으로 가까이에서 모셨던 김대중 대통령님은 눈물이 많은 만큼 정도 많은 '다정(多情)한 사람' 이셨습니다. 정계 은퇴 후 영국으로 유학길을 떠나시기에 앞서서, "정치인은 누구나 자기 이익을 따라 움직이기 마련인데, 떨어질 줄 알고도 지역주의에 굴하지 않고 계속 도전하는 김 의원에게는 앞으로 필요한 곳이 많을 겁니다. 꼭 필요할 때 쓰세요"라며 적지 않은 액수의 금일봉을 건네주셨을 때, 저는 돈의 많고 적음을 떠나 그 세심한 마음씀씀이에 가슴이 뭉클했던 기억이 있습니다. 그때 붙잡았던 김대중 대통령님의 따뜻한 손길, 뜨거운 체온이 아직도 제 손끝에 남아 있는 듯한데, 아아 이렇듯 아쉽게 떠나가시다니 눈물이 앞을 가립니다.

(중략)

그러나 제가 생각하는 김대중 대통령님의 가장 위대한 점은 그가 '용서의 사람'이었다는 것입니다.

김대중 대통령님은 진정한 용서의 사람이었습니다. 1997년 대선에서 당선된 뒤, 대부분의 사람들은 광주 학살의 최종 책임자이자, 김대중 대통령에게 사형선고를 내렸던 당시의 대통령이었던 전두환 전 대통령에게 당신께서 정치적 복수를 하실 것이라고 예상했습니다. 그러나 김대중 대통령님은 그렇게 하지 않으셨습니다. 전두환 전 대통령에게도, 자신에게 사형선고를 내린 판사에게도, 자신의 사형수 머리를 깎은 교도관에게도, 어느 누구에게도 보복하지 않으셨습니다. 모두 용서하고 모두 품으셨습니다. 오죽하면 전두환 대통령 스스로의 입으로 "김대중 대통령 재임시절이 전직 대통령들이 가장 행복한 시기였다"라는 고백이 나왔겠습니까? 김대중 대통령님은 보복하지 않았을 뿐만 아니라, 오히려 전직 대통령이자 정치 원로로서 전두환 전 대통령을 수차례 청와대로 불러 정치적 자문을 구하기도 하셨습니다.

김대중 대통령님의 가장 위대한 점은 그가 바로 '용서의 사람'이었다는 데 있습니다. 그는 또 자신의 지지자들의 반대를 무릅쓰면서까지, 자신을 동경에서 납치해서 동해에 수장시키려 했던 박정희 전 대통령의 기념관을 지을 수 있도록 배려했습니다.

불과 몇 달 전에 퇴임한 전임 대통령의 일가족과, 후원자, 그리고 조금이라도 관련이 있는 사람이라면 누구나 몇 달씩 뒤지고 뒤져서 없는

죄라도 만들어 뒤집어씌우려 했던, 그래서 마침내 노무현 전 대통령을
'정치적 타살'로 내몰았던 그 누구와는 정말 비교되는 일이 아닐 수
없습니다.

이제 수많은 추억과, 수많은 역사적 평가들을 뒤로 하고 내일이면
김대중 대통령님을 떠나보내야 합니다.

그의 육신은 우리를 떠나지만, 그가 품었던 민주주의에 대한 원대
한 꿈, 그리고 우리 국민들 속에서 발견하였던 강력한 희망, '행동하
는 양심'은 우리들 마음속에 영원히 남아 있을 것입니다. 그리고 당신
께서 씨앗은 뿌렸지만, 아직 완전히 열매를 거두지 못한 남북통일과
국민통합의 꿈은 우리들 남겨진 자들에게 마음의 빚으로 남아 있을
것입니다.

(중략)

나는 이제 당신의 죽음으로 한 시대가 저물어가는 거대하고 장엄한
일몰을 바라보고 있습니다. 그 속에서 스스로의 마지막 모든 것을 다
태우면서까지 이 시대를 밝히고자 했던 당신의 위대한 꿈과 희망을 바
라보고 있습니다.

살아서도 천년, 죽어서도 천년을 간다는 주목처럼, 죽어서 다시 시
작되는 또 다른 시대의 역사들을 바라보고 있습니다.

그토록 당신이 간절하게 희망하고 간구하였던 '행동하는 양심'이
시대의 악과 역사의 어둠과 싸우기 위해 사람들의 가슴속에서 횃불처
럼, 새벽처럼 깨어나는 것을 지켜보고 있습니다.

당신이 드리운 커다란 거목의 나무 그늘 아래, 수많은 나무들이 어깨

를 맞추고 거대한 숲을 이루어가고 있는 것을 나는 꼭 지켜보겠습니다.

당신이 말이나 글이 아니라, 당신의 행동으로, 당신의 삶으로 보여주신 당신의 유언을 기억하겠습니다. 당신의 목숨과, 온 생애와 맞바꾼 이 땅의 민주주의를 반드시 지켜내겠습니다.

남겨진 우리들을 믿고 부디 편안히 영면하소서….

세상을 바꾸는 것은 도전과 실천이다, 피하지 말자

노무현 대통령도 김대중 대통령도 모두 우리 곁을 떠나버린 2009년 12월 말 경이었다. 문재인 실장, 김두관 장관, 최인호 비서관, 차승수 비서관, 송인배 행정관 등 7명과 저녁을 먹으면서 문재인 실장에게 부산 시장 후보로 나가달라고 정식으로 요청을 했다.

김두관 장관도 "문재인 실장님이나 김정길 장관님 두 분 중 한 분이 부산 시장 선거에 나가셔야지 안 그러면 저도 경남도지사 선거에서 떨어지고 부산 시장도 떨어지고 둘 다 떨어집니다"라고 강권했다.

나는 "난 이미 정치 안 한다고 집사람과 약속을 했다. 밀양에 텃밭까지 구해놓고 집 설계까지 해놓았다. 나는 못 나가니 문재인 실장이 나가시라. 문 실장이 나가시면 내가 선대위원장을 맡겠다"고 문재인 실장에게 정식으로 요청했다.

문재인 실장은 정색을 하며 "나는 처음부터 정치를 안 하던 사람이고 김 장관님은 정치를 하시던 분이다. 노무현 대통령과 함께 지역주의에 맞서 싸운 사람이란 걸 부산 시민들은 다 안다. 유일한 약점은 정치 공백이 조금 있어서 정치에 관심 없는 젊은 사람들이 잘 모른다는 것뿐이다. 이것도 선거에 나가면 금방 인지도가 올라간다. 김 장관님이 나가시라. 제가 열심히 돕겠다"며 오히려 나를 추천했다.

그래서 나는 "나나 문 실장이 안 나간다면 오거돈 총장을 설득해보자"고 했고, "오거돈 총장보다는 김정길 장관이 낫다" "김정길보다는 문재인 실장이 낫다" 등의 이야기가 문 실장과 나 사이에 오고갔다.

결국 그날은 결론을 내지 못한 채 헤어졌다.

그 뒤로도 김두관 장관과 문재인 실장을 두세 차례 더 만났다. 문 실장은 그 전에 양산 보궐선거에도 안 나간 사람이라 웬만한 설득으론 힘들겠다 싶어 송기인 신부의 도움을 받았다. 은퇴 후 밀양에 거주하고 있는 송기인 신부를 찾아가 "문재인 실장을 마지막으로 한번 더 설득해달라" 부탁을 드렸다. 그러나 문재인 실장의 생각은 그대로였다.

"저는 정치 안 합니다. 건강도 좋지 않습니다. 치아도 안 좋아 임플란트도 여러 개 했고, 조금만 신경 쓰면 안압이 높아져 견디기 어렵습니다. 청와대 민정수석 시절에도 안압 때문에 사표를 냈습니다"라며 건강 문제까지 거론하니 더이상 설득을 할 수 없었다.

결국 남은 사람은 나밖에 없었다. 이제 곧 노무현 대통령의 1주기가 다가오고, 때맞춰 부산 시장 선거가 있는데, 민주당에 사람이 없어서 후보를 못 낸다니 참 민망한 일이었다. 다른 곳도 아니고 부산에서.

고민이 깊어졌다.

부산시당 위원장 조경태 의원과 노재철 감사가 신년 세배차 인사를 왔다. 세배는 핑계고 사실은 시장 출마를 권유하기 위해서 온 것이었다. 난 사양했다. 이후로도 조경태 의원에게서는 여러 차례 출마를 권유하는 전화를 받았다. 조경태 의원은 부산시 각 지구당 위원장들을 해운대 내 사무실로 보내 출마를 권유하기도 했다.

민주당 정세균 대표도 행사차 부산에 내려왔다가 내게 부산 시장 출마를 강권했다.

"그동안에도 당을 위해 헌신해주셨는데 부산 시장 후보에 꼭 출마해주세요. 당에 사람이 없습니다. 이번에 당규를 바꿨는데, 어려운 지역의 광역단체장으로 나가 의미 있는 득표를 하고 떨어진 분에게는 비례대표 상위순번으로 원내에 진출하실 수 있도록 했습니다."

"그런 소리 하지 마십시오. 국회의원을 하려고 YS를 따라갔으면 지금 7선 의원입니다. 민주당 공천심사위원장할 때는 수도권 어디든 나를 공천할 수 있었지만 부산으로 내려왔습니다. 저는 가족들에게 정치를 않겠다고 약속했습니다. 못 나갑니다."

그래서 결국은 당 대표가 설득했는데 거절했다고 하면 당 대표의 체면이 말이 아니므로, 언론에서 물으면 바로 거절하지 않고 "고민해보겠다"고 대답하기로 하고 헤어졌다.

조경태 의원이 또 전화를 했다. "이제는 선거가 두 달밖에 안 남았는데 장관님 외엔 대안이 없습니다"라고 했다. 다시 고민에 빠졌다. 이럴 때, 그래도 옆에 있으면 상의하면 좋은데. 노무현의 부재를 실감했다.

노무현이라면 어떻게 했을까. 그라면 틀림없이 부산 시장 선거에 나갔을 것이란 확신이 들었다. "부산 시민들을 한번 믿어 보세요. 우리가 드디어 지역주의를 극복했다는 자부심을 부산 시민들과 함께 누려보세요"라고 할 것 같았다. 이제 곧 그의 1주기가 다가오는데 고향인 부산에서 후보다운 후보조차 못 낸다는 것은 고인에 대한 도리가 아니라는 생각이 들었다.

부산 시장 후보직을 받아들이기로 했다. 그것이 내가 그에게 진 빚을 갚는 길이라고 확신했다. 운명이라고 생각했다.

세상을 바꾸는 것은 도전이고 실천이다. 생각만으로 세상이 바뀌지는 않는다. 누군가 세상을 바꾸기 위해 끊임없이 도전하고 실천할 때만 비로소 세상은 조금씩 바뀌는 것이다.

피할 수 없는 잔이라면 받아들이자. 이것이 내 운명이라면 피하지 말자.

이루지 못한 지역주의 극복의 꿈을 위하여

이번 부산 시장 선거 출마가 끊임없이 지역주의에 도전했던 나로서는 피할 수 없는 운명이라고 생각하고나니 마음이 편해졌다. 문재인 실장을 만나 정말 부산 시장 선거 후보로 출마할 생각이 없는지 재차 물어보고, 정말 문 실장이 안 나가겠다면 나라도 나가겠다고 이야기했다.

나도 부산 시장 출마를 한다면 포기해야 할 것들이 많았다. 그동안 나를 도와준 친구들에게 혹시라도 폐를 끼치지 않기 위해서 나는 내가 하던 사업들을 서서히 정리했다. 나로서는 '정리한다는 것' 은 '나 생계수단을 포기한다는 뜻' 이었다. 하지만, 노무현 대통령을 도왔다는 이유로 창신섬유의 강금원 회장이 당한 온갖 압박과 굴욕을 생각하면 내 친구들에게 피해가 돌아가게 할 수는 없었다.

노무현이 대통령이 된 이후에도, 부산에서 노무현과 내가 이루지 못한 꿈이 있다. 나는 그 꿈에 다시 한 번 도전해보기로 결심했다. 지역통합의 꿈, 지역주의 극복의 꿈.

눈물 없는 부산을 위하여

"거짓말하는 남편은 필요 없습니다!"

부산 시장 출마를 결심하고 나서 조경태 의원에게 전화했다.

"당 대표가 권하고, 조경태 의원도 여러 차례 권하고, 친노 그룹들까지 요청하는데 계속 피할 수만은 없는 것 같습니다. 그런데 아내에게 먼저 승낙을 얻을 시간이 필요합니다. 언론에는 내일 말고 모레 신문에 나갈 수 있도록 해주세요. 아내를 설득하는 데 시간이 필요합니다."

그런데 바로 그 다음 날 부산일보에 내가 부산 시장 후보로 출마한다는 기사가 났다. 미처 아내를 설득하기도 전에 "김정길 전 장관, 부산 시장 출마!" 기사부터 나간 것이다.

곧바로 아내에게서 전화가 왔다.

"여보, 이 기사 오보죠? 내가 당신하고 30년 넘게 살면서 지금까지 당신이 거짓말 안 한다는 것, 그것 하나 믿고 살았는데 당신, 그렇게 거짓말쟁이였나요? 부산 시장이 그렇게 하고 싶으면 나하고 이혼부터 하고 출마하세요. 나는 거짓말하는 남편은 필요 없습니다."

298

집에 들어가자마자 대판 싸움이 일어났다. 일방적인 싸움이었다. 나는 일단 간단한 보따리만 싸서 아내를 피해 나왔다. 예전에도 몇 번 선거에 나가는 것을 반대한 적이 있었지만 며칠 지나고 나면 잠잠해지곤 했다. 이럴 때는 잠시 피신해 있는 게 상책이었다.

며칠이 지나도 아내에게서 전화가 없었다. 갈아입을 옷가지도 챙길 겸 집에 갔더니 아파트 현관문의 비밀번호가 바뀌어 있었다. 충격이었다.

큰아들놈에게 전화를 걸어 "집 비밀번호가 몇 번이냐?" 물어보았으나 "아버지, 저는 몰라요" 하며 가르쳐 주지 않았다. 아내가 절대 알려 주지 말라고 한 것이 분명했다. 결국 집에 다시 들어갈 수 있었던 것은 집을 나온 지 16일 만이었다.

가까운 친구들, 가까운 가족들도 내가 부산 시장 선거에 나가는 것을 모두 반대했다. "또 떨어질 선거를 왜 하느냐?" "기왕 나갈 거면 차라리 무소속으로 나가라. 민주당으론 안 된다"고 했다. 그러나 나는 민주당을 포기할 수 없었다. 당선만을 위해 민주당을 버리고 무소속으로 갈 수는 없었다.

"나는 민주당을 버릴 수 없다. 지역주의와 싸우자는 사람이 무소속으로 나갈 수는 없다. 떨어지더라도 나는 민주당으로 나간다."

나는 이 선거가 명분의 싸움이고, 지역주의를 넘어설 수 있느냐 없느냐의 싸움이지, 김정길 개인이 당선되느냐 마느냐의 싸움이 아니라고 생각했다. 만약 이기더라도 그것이 지역통합의 꿈, 야권통합의 꿈을 버리고 이기는 것이라면 지는 것이요, 지더라도 지역통합의 꿈, 야권통합의 꿈에 성큼 다가갈 수 있는 결과라면 이기는 것이라고 생각했다.

생각지 못한 암초, 김민석 최고위원과의 경선

어렵게 부산 시장 후보직을 수락했으나, 부산 시장 선거에 나서는 일은, 아니 부산 시장 후보에 나서는 건 처음부터 암초에 걸렸다.

내가 부산 시장 선거에 출마하겠다고 언론에 보도가 나간 바로 그날, 민주당 지방선거대책위원장을 맡고 있던 김민석 최고위원이 부산으로 내려와 부산 시장 선거에 출마하겠다고 기자회견을 한 것이다. 황당했다.

정세균 대표와 김원기 의장에게 전화를 했다.

"부산에 사람이 없다고 내게 출마를 해달라고 그렇게 간청을 하더니 김민석 최고위원이 부산에 출마하겠다는 것은 무슨 일인가요?"

"부산 시장 선거의 분위기 조성용일 겁니다. 부산에도 사람이 있다는 것을 보여주기 위해 분위기를 잡는 건데, 곧 사퇴할 겁니다."

그러나 김민석 최고위원은 끝내 사퇴하지 않았다.

중앙당에선 김민석 최고위원을 설득하지 못했다. 결국 둘 다 부산 시장 후보 신청을 받고는 중앙당으로 후보 면접을 보러 오라고 했다. 나는 공천 심사위원들에게 이야기했다.

"김민석 최고위원이 부산 시장 후보로 나가나 내가 나가나 마찬가지라고 생각하시면 김민석 최고위원을 공천하세요. 사람이 없다고 해서 어렵게 출마를 결정했더니 이게 무슨 경우입니까?"

그러나 당 대표가 나서서 설득해도, 공천심사위원회에서 나서서 설득해도 김민석 최고위원은 요지부동이었다. 김민석 최고위원은 정치자금법 위반으로 2심에서 이미 벌금 700만 원 형을 받았고, 최종심에서 그대로 확정되면 피선거권을 박탈당할 처지였다. 만에 하나 당선된 후에 피선거권을 박탈당하면 부산 시장 선거를 다시 하자는 것인가. 이해가 되지 않았다.

김민석 최고의 자진사퇴를 설득하겠다는 중앙당에선 이 문제로 결국 1개월 이상의 시간을 끌었다. 내가 부산 시장 후보로 나가기로 결심을 한 후 "장관님께서 부산 시장에 나가시면 저도 나가겠습니다"던 구청장 후보나, 시의원 후보들이 많았다. 그러나 김민석 최고와 나 사이에 후보가 결정되지 않고 40일을 질질 끄는 사이에 대부분 후보 출마를 포기해버렸다.

마지막으로 김원기 의장, 유인태 의원, 문재인 실장, 송기인 신부 등과 당사자들이 직접 만나 최후의 담판을 지었으나 김민석 최고는 사퇴하지 않았다.

더 이상 끌다가는 구청장 후보, 시의원 후보, 구의원 후보들을 더 많이 잃어버릴 것이고, 무엇보다 야권단일화를 할 수 있는 시간이 절대적으로 부족했다.

나는 전격적으로 후보 경선을 수용하는 기자회견을 했다. 회견의 내용은 "경선을 수용한다. 합리적인 원칙하의 경선이라면 어떤 방식드 수용할 테니 경선 방식도 김민석 최고위원이 결정하라"는 것이었다.

민주당 부산 시장 후보 경선은 당원 투표와 여론조사 결과를 합산하는 방식을 택했다. 김민석 최고 쪽에서 주장한 경선 방식을 그대로 받았다. 경선 방식을 두고 씨름할 시간도 없었다. 나는 당원 동지들의 선택과 부산 시민들의 상식을 믿었다.

경선에서 이겼다.

김민석 최고는 경선 결과에 승복했고, 경선 후 부산 시장 선거에서 나름대로의 전략으로 나를 도와주었다. 김민석 최고와 일하던 캠프의 참모 몇 명도 우리 캠프로 합류했다.

민주당 내 후보 경선으로 언론의 조명을 받고 경선 과정이 언론에 부각되는 등 긍정적인 면도 있었지만, 이 과정에서 너무 많은 시간을 허비해서 더 많은 기초단체 후보를 내지 못한 점과, 공약개발 등 선거 준비를 더 충실히 하지 못했던 것은 뼈아팠다. 선거가 본격화될수록 더 많이 아팠다.

희생과 양보 위에 야권단일후보가 되다

경선 후의 일정도 정신없이 바빴다. 다른 야당들도 내가 후보에 당선되자 단일화협상에 나섰다. 물론 사전에 실무자 접촉을 통해서 사전 조율을 해둔 터였다. 시간이 절대적으로 부족했으므로 야권단일화를 위한 후보토론회를 하고 이후 여론조사를 통해 후보단일화를 했는데, 내가 단일후보로 결정되었다. 후보 등록 하루 전의 일이었다. 후보 등록 전에 단일화를 하면 '야권단일후보'라는 명칭을 사용할 수 있지만, 후보 등록 후라면 단일후보라는 명칭을 사용할 수 없기 때문에 아슬아슬했는데, 턱걸이로 야권단일후보로 등록할 수 있었다.

이 과정에서 부산지역의 야당 후보들과 시민단체가 보여준 희생과 헌신을 잊을 수 없다. 짧은 협상 시간과 불리한 여건이었지만 진보신당 김석준 후보와 민주노동당 민병렬 후보 등 야당 후보들은 기꺼이 야권단일화에 합의했다. 살신성인이었다.

특히 진보신당의 김석준 후보는 단독후보로 출마하라는 진보신당의 당명을 거스르고 야권단일화에 합의해주었다. 당론을 거역한 일에 대한 책임을 지고 결국 김석준 후보는 선거가 끝난 뒤 진보신당 부산시당 위원장직을 사퇴하기까지 했다. 정말 미안하고, 정말 고마웠다.

이로 인해 부산 시장 선거는 전국에서 유일하게 진보신당을 포함한 전국 유일의 완전한 야권단일화를 이루게 되었다.

나는 만약 부산 시장에 당선된다면 김석준, 민병렬 위원장을 차례로 정무부시장에 임명할 생각을 하였다.

야권단일화 과정에서 민주당, 민주노동당, 창조한국당, 진보신당, 국민참여당, 시민네트워크 등 부산지역의 야당과 시민단체는 공동 선거공약, 공동 선거운동, 공동 지방정부 구성이라는 3대 조건에 합의했다.

언론에서 '레인보우연합군' 또는 '무지개연합군' 이라고 부른 야 5당 공동의 선거캠프가 출범했다. 김석준, 민병렬 후보는 선거가 끝날 때까지 성심을 다해 부산 시장 선거의 승리를 위해 뛰어주었다. 그리고 민주당 중앙당의 선거공약집을 기초로 해서 부산지역에 맞는 민주노동당, 진보신당, 창조한국당 등의 선거공약들을 선거과정에 많이 받아들였다. 선거연합을 넘어 정책연합의 수준에까지 이르렀던 것이다.

그러나 선거 캠프를 꾸리고 선거를 치러가는 과정에 문제점들도 속속 노출되었다. 언론에서는 '무지개연합군' 이라고 화려하게 보도해주었지만, 각 후보들이 적극적으로 지원해주고 함께 선거운동을 한 것과는 달리, 캠프 내에서는 각 후보 진영이 유기적으로 화합하지 못했다. 캠프 준비도 시간에 쫓겨 급하게 이루어지고, 후보 경선과 야권단일화 등도 초스피드로 이루어지다보니 상층부에서의 단일화는 이루어졌지만, 캠프 내에서는 서로 낯설고 처음이라 다른 캠프에서 온 참모들이나 자원봉사자들은 조금 겉돌 수밖에 없었다. 상황을 알고는 있었지만 어떻게 조율하고 할 시간조차 부족했다.

동지들과 봉사자들의 헌신으로
열세를 뛰어넘다

그나마 다행인 것은 그렇게 부산 시장 출마를 반대하던 아내가 공식 선거운동이 시작되자 선거를 도와주기 시작했다는 점이었다.

큰아들 창희도 학교 동기들과 친구들을 불러 모아 아빠의 선거를 적극적으로 도와주었다. 선거 초기에 홈페이지 제작과 플래카드, 그리고 어깨띠 등을 맡은 외주업체가 아주 말썽을 부렸다. 홈페이지 제작은 더뎠고, 플래카드는 법정 플래카드 숫자조차도 공식선거운동 시작 날짜에 맞추지 못해 일주일 이상을 더 끌었다. 그나마 붙어 있는 플래카드도 눈에 안 띄는 구석진 곳에 붙거나 통행이 불편한 곳에 붙어 있어서 지지자들의 항의가 많이 들어왔다. 아내와 창희가 차를 타고 다니며 밤새 이런 플래카드들을 바로잡곤 했다.

진석규, 김희겸, 이영철, 이재호, 김상진 등 예전부터 내 선거를 도와주던 참모들, 자원봉사자들이 적극적으로 도와주었다. 그러나 직접 발로 뛰는 지상전을 뛰어야 할 자원봉사자들의 수는 절대적으로 부족했다. 선거자금도 넉넉한 편이 아니라 유급 선거운동원들을 많이 고용하지도 못했다.

그러나 서울에서 선거를 돕기 위해 내려온 노혜경, 황보 성, 임형욱 등이 1인 3역을 해가며 큰 힘을 보태주었다. 텔레비전 광고, 신문광고를 비롯해서 언론 인터뷰, 선거공약 개발, TV 토론, 연설문 작성 등을 도와주었다. 부족한 지상전 부분을, 홍보를 비롯한 공중전에서 많이 커버해주었다. 특히 부산 시민들의 감성을 자극한 세련된 선거광고 방송은 상대인 허남식 후보 쪽과 비교해 너무 월등한 차이를 보여서 광고가 나간 후 허남식 후보 캠프 쪽에서는 비상이 걸렸다는 이야기도 들려왔다.

김좌관 교수를 비롯한 부산지역의 자문교수단이 부산지역의 현안에 대해 일목요연하게 정리한 리포트들을 만들어 TV 토론을 도와주었다. 덕분에 TV 토론 등에서 이야기할 여러 부산 지역의 현황과 정책들에 대해 잘 이해할 수 있게 되었다.

일주일만, 아! 일주일만 더 시간이 있었다면…

그러나 시간이 부족했다. TV 토론을 준비하고, 부산 시내 곳곳을 누볐지만 아직은 열세인 상황을 뒤집기엔 많이 부족했다. 마지막 선거 일주일 정도를 남겨놓고는, 분명히 상대 후보를 따라잡고 있다는 확신이 들었지만 완전히 뒤집을 수 있다는 자신은 없었다. 선거 3일 정도를 남겨놓고는 이제 흐름이 우리 쪽으로 넘어오고 있다는 확신이 들었다.

길거리에서 사람들을 만나봐도 반응이 이전과 달랐다. 예전엔 쳐다보지도 않거나 명함이나 홍보물을 나눠줘도 받으려 하지 않았는데, 이제는 먼저 찾아와서 홍보물을 달라고 요청하는 분들도 있고 "힘내세요." "꼭 이기세요"라고 응원하는 분들도 있었다. 길거리를 다니다 보니 밑바닥 인심이 확연하게 이전 선거들과는 달라졌다는 체감이 왔다.

이길 수도 있겠다는 희망이 들었다. 문제는 시간이었다. 완전히 뒤집기에는 시간이 부족했다. 선거 캠프에는 이미 찍은 후보자 명함이다 떨어지고, 정책공약홍보물이 다 떨어졌다. 각 지구당 등에서 시민들 반응이 좋은데 홍보물이 부족하다고 난리였다. 예전에는 남아돌던 홍보물이 이번 선거에선 품귀현상을 빚었다. 홍보물 숫자가 법으로 정해진 것만 아니었다면 더 찍어야 할 상황이었다.

TV 토론도 시간이 갈수록 좋아졌다. 5월 13일 KBS에서 있었던 1차 TV 토론회에서는 감기 기운이 있어 약을 먹었는데, 컨디션이 워낙 안 좋았던 상황이라 토론 중에 식은땀이 나왔다. 방송 결과는 내가 봐도 만족스럽지 못한 정도였다. 그러나 이후 몇 번의 토론회를 거치며 예전 선거를 치를 때의 페이스를 찾았다.

3차 TV 토론회에서는 허남식 후보의 100대 공약에 대한 허구성들을 집중 공략하여 허남식 후보를 거의 공황상태에 몰아넣기도 했다. 이 토론을 위해 정책홍보본부장을 맡은 노혜경 비서관과 중앙당에서 파견된 조춘화 정책전문위원이 밤을 꼬박 새며 허남식 후보의 공약을 분석해서 표 한 장으로 정리를 해준 덕이기도 했다.

그런데 문제가 생겼다. 여론조사 결과를 마지막으로 발표할 수 있는 마지막 여론조사에서 허남식 후보와 나의 지지율 차이가 거의 20% 이상 난다는 기사가 났다. 사실과 전혀 다른 여론조사였다. 확인해보니 표본 및 응답률, 그리고 조사문항 등에서 문제가 많은 조사였다. 자체 여론조사 결과는 우리가 상승세에 있었고, 허 후보와의 지지도도 거의 10%대 중후반까지 따라잡고 있었는데, 언론에 발표된 기사는 정반대로 지지율 차이가 더 벌어지는 것처럼 나온 것이다.

선거를 일주일 정도 남겨놓고, 대책회의가 열렸다. 참모들은 "어차피 상대후보가 50%가 넘는 지지율을 보이고 있으니 우리가 이기기 위해서는 상대 후보로부터 표를 빼앗아 와야 한다. 부동층 표는 가져와 봐야 1표지만, 상대편 표가 넘어오면 2표가 된다"며 "상대 후보의 표를 공략해서 우리 표로 만들어야 한다"고 주장했다.

타깃은 주로 노인층과, 어린아이들을 둔 주부층이었다. 그래서 우리 공약 중 "노인수당 월 10만 원 신설"과 "아동수당 월 20만 원 지급" 공약을 집중적으로 홍보해야 한다고 했다. 기존의 기초노령연금에 신설 노인수당을 합쳐 월 20만 원 가량을 노인수당으로 드린다는 것을 방송이나 거리 연설 등에서 집중 홍보해야 한다는 것이었다.

나는 반대했다. "그 예산은 어디서 나오느냐, 현실성이 있느냐?"고 물었다. 참모들은 구체적인 예산 마련안을 보여주었다. 하지만 나는 돈으로 표를 사는 듯한 이런 공약으로 표를 구걸하는 것 같아 영 마땅치 않았다. 이 문제로 결국 참모들과 회의실에서 목소리를 높이며 건쟁을 벌였다.

인간 김정길, 당감동 독거노인 앞에서 무너지다

선거 일정 중에 노인정을 방문하고 당감동의 독거노인을 방문하는 일정이 있었다. 내가 방문한 노인정에는 상수도가 연결되지 않아 수돗물이 나오지 않았다. 그래서 생수통에 물을 길어다가 마실 물을 쓰고 있었다. 부산 시내 한복판에 이런 곳이 있다는 것이 믿어지지 않았다.

당감동의 한 독거노인을 방문했다. 나이가 70이 넘은 할아버지였는데, 혼자서 개 몇 마리와 함께 살고 있었다. 집안에 들어서자 온통 먹다 버린 빈 막걸리통과 개똥 냄새가 진동을 했다. 거의 움막처럼 생긴 그곳에 할아버지가 누울 자리에 깔린 이불을 제외하고는 온통 쓰레기더미였다. 집안 곳곳에 개털이 뭉쳐서 굴러다니고 개똥 냄새 천지였다. 할아버지는 정부에서 보조하는 생활보조금으로 개밥과 막걸리만 겨우 사서 먹고 살고 있었다. 이건 사람 사는 게 아니었다. 어떻게 사람을 이렇게 내버려둘 수가 있나 싶어서 저절로 눈물이 났다.

그때 YTN 텔레비전의 카메라가 같이 따라가 있었는데, 나는 잠시 카메라를 좀 끄라고 이야기한 후에, 할아버지의 마른 손을 붙잡고 한참을 울었다.

정치라는 게 국민들 눈에서 눈물을 닦아주는 것인데, 이게 말이 되는 상황인가 싶었다. 내가 명색이 정치인이라고 하면서 부산 시내에 이렇게 사는 독거노인들을 지금까지 있도록 내버려 두었다는 것이 죄송했다. 내가 선거에서 이기든, 허남식 후보가 이기든, 이건 아니라고 생각했다. 이런 노인들을 이렇게 내팽개치면서 부산 시장이 되어서 무엇 하는가 싶었다.

이후의 방송연설과 선거유세에서는 독거노인 문제를 집중적으로 이야기했다.

"제가 요 며칠 그늘진 곳, 소외된 곳을 직접 다녀보니 힘들게 사시는 분들이 너무 많다는 것을 다시 한번 알 수 있었습니다. 살아도 사는 게 아니라서 눈물이 북받쳐 올랐습니다. 그동안 알고는 있었던 일이지만, 며칠 전 당감동에 직접 가서 거기에서 우리 어르신들 사는 모습을 눈으로 보고 감정에 북받쳐, 흐르는 눈물을 주체할 수 없었습니다.

만약 허 후보가 부산 시장이 되더라도 이런 그늘진 곳, 소외된 곳을 꼭 돌아봐야 합니다. 이런 어려운 분들 눈물 닦아주는 게 진짜 정치고 행정 아닙니까? 한나라당 국회의원 눈치나 보고, 대통령 눈치만 보지 말고, 부산 시민들의 눈물부터 먼저 닦아줘야 합니다. 그게 정치고 행정이고, 부산 시장이 해야 할 일입니다.

저는 제일 먼저 이런 문제를 해결하겠습니다. 노인 수당을 10만 원 더 올려 지금보다 두 배 더 드리도록 하겠습니다. 10만 원이 많은 돈은 아닙니다. 그러나 혼자 사는 어르신들께 10만 원은 정말 큰 힘이 됩니다. 폐지를 주워 팔아서 하루에 몇 천 원씩 버는 분들께 10만 원은 정말 큰돈입니다. 몸 아플 때 병원 갈 수 있고, 점심 굶지 않아도 됩니다.

우리 어르신들이 어떤 분들입니까? 매일 야근하고 철야하면서 죽어라 일만 하신 분들입니다. 오늘날 우리가 이만큼 먹고 살게 만드신 주역들입니다. 그런데 자식들 다 키워놓고 보니, 자식들도 먹고 살기 힘든 시대가 되었습니다. 노후 보장도 안 되고, 자식들에게 용돈 눈치까지 보는 처지가 되어버렸습니다. 이래서야 되겠습니까?

시장이 '하겠다'는 의지만 있으면 반드시 할 수 있는 일입니다.

이것은 예산의 문제가 아니라 의지의 문제입니다.

지금은 118층 고층 빌딩 올리는 일이 아니라 내 옆에서 배가 고파도 밥 못 먹는 사람들, 밥 문제부터 해결하는 게 더 시급합니다. 그리고 애들 보육비와 애 봐줄 사람이 없어서 애 못 낳는 일이 없도록 복지와 육아 문제를 해결하는 것이 더 중요한 일입니다."

눈물 없는 부산을 위하여

나는 이번 부산 시장 선거의 모토로 '눈물 없는 부산' '범죄 없는 부산' '비리 없는 부산' 이 세 가지를 잡았다. 그중에서도 '눈물 없는 부산'을 만드는 것이 가장 시급하다고 생각하였다.

자식이 사업에 실패하여 부모를 모시지 못해서 우리 어머니 아버님들이 노후 대책 없어 하루 종일 폐지를 주우러 다니게 해서는 안 된다고 생각했다. 가난한 부모 만난 죄로 학원은커녕 점심때마다 아이들에게 눈칫밥을 먹게 해서는 안 된다고 생각했다. 진정으로 그렇게 생각했다.

그래서 나중에 허남식 후보가 당선된 뒤, 취임식에 참석하고 축하하는 자리에서도 나는 독거노인 문제만큼은 꼭 해결해주시라고 허남식 후보에게 신신당부하였다. 이 문제만큼은 내가 당선되기 위해서가 아니라 누가 당선되더라도 꼭 해야 할 문제라고 생각했기 때문이다.

이렇게 외치고 다니기를 며칠. 사람들이 움직이는 것이 눈에 보였다. 목이 다 쉬어 나중에는 마이크를 대고 말을 해도 목소리가 잘 안 나올 정도였지만, 사람들의 마음이 움직이고 있는 것이 보였다.

문제는 시간이었다. 당내 경선 하느라 날려버린 40일이 아까웠다.

'일주일만 딱 일주일만 더 시간이 있으면 뒤집을 수 있을 텐데….'

피눈물이 흘렀다. 실제로 안압 때문에 눈의 실핏줄이 터졌다.

'하늘도 눈물 없는 부산을 만들기 위한 비통한 내 심정을 아시는구나. 내가 부산 시민들의 눈물을 닦아주지 못했더니 하늘이 내 눈에 피눈물을 흘리게 하시는구나' 위로하였다.

310

남은 삼사일을 매일 새벽부터 밤늦은 시간까지 유세차를 타고 다니며 부산 시민들께 호소를 하며 부산 시내 곳곳을 돌아 다녔다. 마지막 날은 밤 12시가 다 되는 시간까지 마지막 한 표를 부탁했다. 내가 당선되기 위해서가 아니라 인간다운 삶을 살아야 할 더 많은 사람들 때문에라도 나는 간절했다.

　시간과 자금, 인력… 모든 면에서 절대적으로 불리한 선거였지만 최선을 다했다. 이제는 부산 시민의 선택, 하늘의 뜻만 남았다.

44.57%의 낙선,
웃을 수도 울 수도 없는…

6월 2일 아침. 아침 일찍 일어나 집사람과 함께 투표소로 갔다. 투표를 마치고 나서 아내가 "성체조배실에 기도하러 가자"고 권했다. 집사람과 늘 다니던 성당이 아니라 가난한 사람들과 노숙자들을 돌봐주는 범일동의 수녀님들 거처에 성체조배실이 있으니 거기 가서 함께 기도드리자고 했다.

나는 차마 당선시켜 달라고 기도하지는 못했다. 나는 하느님께 "부디 40%는 넘는 득표율이 나오게 도와주십시오. 누가 이기든 지든 지역주의의 벽에 균열을 일으킬 수 있는, 의미 있는 득표가 나오게 해주십시오" 라고 간절히 기도했다.

노무현 대통령이 부산 시장 선거에 나왔을 때 득표율이 36.7%였다. 나는 최소한 그 이상을 넘어서 40%대의 득표율이 나올 수 있기를 소원했다. 지금까지 여론조사 결과로는 30% 후반대의 여론조사가 가장 높은 득표율이었고, 심지어는 20% 이상 차이가 난다는 여론조사도 있었기 때문에 내가 승리할 수 있을 것이란 기대는 하지 않았다. 다만 의미 있는 득표율이 나올 수 있도록 하느님의 은혜를 구했다.

44.57%, 지역주의의 벽에 균열이 생기다

오후 5시까지 기도를 했다. 반나절 동안 오래 기도했다.

기도실에서 나와 선거 캠프로 가는 중에 사무실에서 전화가 왔다.

"언론사에 있는 간부로부터 미리 전화가 왔는데 득표율이 40%가 넘었다"고 전해왔다. 하느님께서 내 기도를 들어주셨구나, 하고 감사했다. "지금 캠프에 방송사 카메라가 와 있으니 캠프에 들어오실 때 웃는 모습으로 들어오십시오" 하고 참모들이 주문했다.

3당야합이 있던 4C대 중반부터 20년 동안 부산에서 국회의원 선거만 5번을 떨어졌다. 그런데 이번에 또 부산 시장 선거에서 떨어졌는데 참모들은 떨어지는 사람에게 웃고 들어오라고 하니 마음이 미묘하고 착잡했다. "앞으로 더 이상 선거에 나가지 않겠다. 이후로는 당신과 함께 시골 가서 농사짓고 봉사활동하면서 살겠다"고 했을 때 아내가 기뻐하던 모습이 떠올랐다. 떨어지기만 하는 선거가 얼마나 싫었으면 저렇게 기뻐할까, 싶었다.

선거 캠프로 들어갔다. 당원들, 사무원들, 그리고 참모들과 자원봉사자들이 모두 박수를 치며 나를 맞이했다. 카메라 플래시가 터졌다. 기분이 묘했다. 고생한 당원들과 일일이 악수를 하며 감사했다.

이윽고 6시가 되자 텔레비전 방송에서 일제히 사전출구조사 결과를 발표했다. 부산은 김정길 43% 대 허남식 57%였다. 나는 웃을 수도 울 수도 없는 묘한 상황이었다. 기대 이상의 득표율이 나왔다고 웃을 수도 없고, 그렇다고 예상보다 좋은 결과가 나왔는데 떨어졌다고 울 수도 없었다.

사전출구조사는 43%로 나왔지만, 실제 최종득표율은 그보다 더 좋은 44.57%였다. 거의 10% 차이로 허남식 후보의 턱밑까지 쫓아간 아슬아슬한 득표율이었다. 떨어지긴 했지만, 한편으로는 "한나라당 간판이라면 막대기만 꽂아도 당선"이라는 부산에서 "거의 기적이라고 할 만한 득표율"이라고 모두들 말했다.

웃을 수도 없고 울 수도 없는 어정쩡한 표정의 내 사진은 다음 날 국제신문과 부산일보에 "허남식 시장 당선"이라는 제목 밑에 작은 제목으로 "당선한 허남식 캠프는 초상집, 낙선한 김정길 캠프는 잔치집"이라는 제목과 함께 실렸다. 허남식 시장은 예상 밖의 결과에 침통한 표정의 사진이었고, 나는 웃는 것도 우는 것도 아닌 어정쩡하게 미소 짓는 표정의 사진이었다.

"민주당 글씨는 가리고 찍었습니다"

그날 저녁에 인터넷에 들어가 확인해봤다. 그 사진을 보고 "당신은 뭐가 그렇게 좋아서 웃나? 우리는 당신이 떨어져서 속이 쓰려 죽을 지경이다. 그까짓 45% 득표에 만족하려고 부산 시장에 출마했나?"라고 질타하는 젊은 청년의 글도 올라와 있고, "이 정도면 부산에서 지역주의의 벽을 깨뜨리는 기적 같은 결과다"라는 글도 올라와 있었다. 나는 웃고 싶어도 웃을 수 없고, 울고 싶어도 울 수 없는 신세였다.

그런데 낙선 이후 만나는 사람들마다 "축하한다"고 인사를 하고 악수를 청했다. 20년 동안 여섯 번이나 떨진 사람에게 축하라니?

어떤 분들은 "이렇게 많이 나올 줄 알았으면 좀 더 열심히 했으면 당선되었을 건데 미안하다. 축하한다"고 했다. 또 다른 분은 "나는 찍어도 안 될 줄 알고 아예 투표를 안 했는데 미안하다"고도 했다. 어떤 할아버지는 "나는 지금까지 민주당 아닌 후보는 한 번도 찍어본 적이 없다. 다음 번에는 꼭 민주당에서 당선할 거다"고 격려해주시기도 했다. 외국 교포들 중에서도 일부러 전화해서 "45%나 되는 득표율이 나온 것을 축하한다"고 전해준 분도 있었다.

선거가 끝난 뒤, 나는 다소 충격적인 이야기들도 몇 가지 들었다.

하나는 아내가 성당에 다녀온 뒤에 같은 성당에 다니는 30대 중반의 여성에게서 들었다는 이야기였다. 그분의 이야기는 "제가 김정길 장관님을 좋아해서 김정길 후보에게 투표는 했습니다. 그런데 민주당이라는 것은 싫어서 투표할 때 손으로 민주당이라는 글씨는 가리고 김정길 이름 밑에 투표했습니다" 라는 이야기였다.

나도 비슷한 이야기를 들었다. 그것도 먼 사이가 아니라 나와 오랜 동안 친분을 가져온 부산대학교 선배로부터였다. 부산대 총동창회장도 지내고 나와는 형님 동생 하는 막역한 사이인 L선배가 한 이야기였다.

"내가 투표소에 들어가서 자네한테 투표를 하려고 하다가 '민주당'이라 쓰인 글씨를 보고 1분 정도 투표를 안 하고 망설였었네. 무소속이나 한나라당이었으면 그냥 찍었을 텐데, 왜 하필 전라도당인가? 민주당이란 것 때문에 1분 동안을 망설이다가 겨우 자네한테 투표하고 나왔네."

정말 충격적인 이야기였다. 부산에서는 '민주당=전라도당' 이런 인식이 심심치 않게 있다는 것은 알고 있었지만, 나와 아주 절친한 지인들까지도 부산에서 민주당이란 간판으로 나온 것에 대해 이렇게 갈등을 했다는 것은 충격이었다. 내가 깨뜨려야 할 지역주의의 벽이 얼마나 두껍고 견고한지를 실감했다.

예상 외로 높았던 44.57% 득표의 원인은?

그럼에도 불구하고 이번 부산 시장 선거를 통해 지역주의의 벽에는 분명히 균열이 갔다. 한나라당 안에서조차도 "부산에서 민주당이 44.57%를 득표한 것은 그동안의 견고한 지역주의의 벽에 균열이 간 것"이라는 분석이 나오기도 했다.

무엇 때문에 44.57%라는 예상 외의 높은 지지율을 보인 것일까? 여러 가지 원인들이 있을 것이다.

첫 번째는 아마도 야권단일후보의 효과가 아닌가 생각한다. 야권 단일화를 위해 희생과 헌신한 여러 후보들과 시민단체에 감사한다.

두 번째는 노무현 대통령 서거 1주기를 맞아 분 '노풍' 때문일 것이다. 안타깝게 우리 곁을 떠난 노무현 대통령에 대한 그리움과 미안함이 노무현의 사람들에 대한 투표로 상당 부분 나타났을 것이다. 이광재, 안희정, 한명숙, 김두관, 김정길, 유시민 등 노무현의 사람들이 이번 광역단체장 선거에 대거 후보로 나섰고, 이광재, 안희정, 김두관이 당선하고 다른 후보들도 당선권에 가까운 아슬아슬한 표차로 낙선한 것이 그 증거일 것이다.

세 번째는 젊은층과 지식인층의 적극적인 투표 참여가 그 원인이라고 본다. 계속된 이명박 정부의 실정과 거수기로 전락한 한나라당에 대한 실망감, 그리고 천안함 사건을, 의혹을 밝히기보다는 안보심리를 자극해 선거에 이용하려고 했던 것에 대한 역풍이라고 본다.

네 번째는 부산에서 오랫동안 민주당 간판으로 뛰어온 민주당 당원 동지들의 헌신과, 지지자들과 자원봉사자들의 희생 덕분이다. 이번 선거 결과는 나도 놀랐지만 부산 시민들도 깜짝 놀란 결과였다. 우리 모두가 놀란 결과가 나오기까지는 척박한 부산에서 야당을 지켜온 당원 동지들의 희생과 헌신이 컸다.

다섯 번째로는 한나라당 허남식 시장의 시정에 대해 실망한 부산 시민들이 허남식 시장에게서 돌아섰기 때문이다. 견제 없이 한나라당이라면 무조건 찍어줬더니 그 결과 부산은 제2의 도시에서 제3의 도시로 전락했고, 출산율, 고용률 등 주요 지표가 전국 최하위를 기록한 현실에 대한 불만이 표로 나타난 것이라고 본다.

거기에 마지막으로, 20년이 넘는 세월 동안 부산에서 지역주의와 맞서 싸워온 내 삶을 부산 시민들이 이제는 조금은 더 이해하고 인정해주신 까닭도 있을 것이다.

이 모든 것들이 결합하여 최종적으로는 44.57%라는 득표율이 나왔고, 견고할 것만 같았던 부산의 지역주의에 균열이 생기는 의미 있는 결과가 나타난 것이라고 생각한다.

실제로 구별 투표율을 살펴보면 허남식 후보가 간발의 차이로 아슬아슬하게 따라잡은 곳도 많았다. 사상구 49%, 북구와 강서구 48%, 영도구 47%, 부산진구 46% 등 지역적으로 보면 거의 한나라당과 대등한 표 차이를 보인 곳도 많았다.

이런 선거 결과를 보고 내게 "무소속으로 출마하라"고 권했던 친구들은 "봐라. 무소속의 김두관은 당선했고, 민주당의 김정길은 낙선했다. 진즉에 우리말 듣고 무소속으로 나왔으면 당선되었을 텐데 당신 고집 때문에 또 떨어졌다"라고 핀잔을 주기도 했다.

정치란 '버림으로써 얻는 것' 이다

나는 지금까지 무엇이 되느냐가 중요한 것이 아니라 어떻게 사느냐가 중요하다는 신념으로 살아왔다. 당선이 목적이었다면 나는 3당 합당 때 YS를 따라갔을 것이다. 당선이 목적이었다면 무소속 출마를 했을 것이다.

'정치' 란 원래, '버림으로써 얻는 것' 이다.

당선이라는 결과보다는, 낙선을 했지만 그 과정에서 추구했던 것이 국민들에게 인정을 받음으로써 얻는 것이 더 많다고 나는 생각한다.

그런 버림과 희생을 통해 노무현은 국민들에게 감동을 주었고, 마침내 대통령에 당선되었다. 나는 아직 아무것도 얻은 것이 없고 이룬 것이 없다. 적어도 외관상으로는.

그러나 20년 세월을 부산을 포기하지 않고 여섯 번이나 떨어지면서 온 몸으로 지역주의에 부딪쳐온 결과, 드디어 44.57%라는 의미 있는 균열을 만들었다. 기적의 시작을 만들었다. 이제는 할 수 있겠구나, 이제는 넘을 수 있겠구나, 하는 희망을 부산 시민들과 국민들에게 심어주었다.

그것이 지난 선거에서 내게 맡겨진 역할이었다고 나는 생각한다. 그것이 노무현이 부엉이바위 위에서 남겨진 동지들에게 바랐던 마지막 바람이었을 것이라고 생각한다. 다른 사람이라면 몰라도 적어도 20년을 지역주의와 맞서 싸워온 나는 절대로 민주당 간판을 포기할 수가 없다.

지금 다시 선택을 하라고 해도 나는 민주당 간판을 포기하지 않을 것이다.

그것이 김정길의 길이다.

민주당 간판을 포기하지 않고 44.57%의 득표를 통허 얻은 것은 자신
감이다. 이제는 할 수 있겠구나, 우리 손으로 바꿀 수 있겠구나 하는 자
신감.

그리고 희망이다. 지금까지 이루진 못한 꿈을 드디어 이룰 수 있겠
구나 하는 희망.

이 희망과 자신감은 두엇과도 바꿀 수 없는, 이번 선거의 가장 소중
한 자산이다.

부산 시장 선거 이후 나는 이 희망과 자신감을 키우는 일에 전력했다.

나처럼 영남 지방에서 야당으로 나와 낙선한 사람들을 모아 위로연
을 갖고, 이런 희망과 자신감을 함께 나누었다.

이 자리에서 시도당 위원장들을 만났더니, 많은 사람들이 영남 지역
에서 구심점 역할을 내게 부탁해왔다. 그래서 '영남민주회'(영민회)를
결성하고 해운대에서 결성식을 가졌다.

그리고 경남 함안어서 4대강 반대시위를 하는 환경운동가들도 지지
방문하였다.

"김정길에게서 희망을 보았습니다"

부산 시장 선거가 끝난 뒤 광주 전남 쪽에서 나를 자주 불렀다.

6 · 2 지방선거가 끝난 이후, 조선대학교 총동창회에서 연락이 왔다.

조선대학교는 김주훈 총장으로 인해 인연이 있었다. 김주훈 총장은 내가 대한체육회장 재임 당시 알게 된 태권도인이다. 하루는 김주훈 총장이 "장관님께 명예박사 학위를 드리고 싶다"고 했다. 나는 이미 부산대학교에서 명예정치학 박사 학위를 받은 적이 있기 때문에 "부산대에서 이미 명예박사 학위 받은 게 있으니 괜찮습니다" 하고 사양했다.

김주훈 총장은 "장관님께서 영호남 화합을 위해서 일하신 정치인인데, 호남의 명문 사학에서 명예박사를 하나 받으시는 것도 의미 있는 일입니다. 조선대가 호남지역에 있는 대학이고, 한강 이남에선 제일 큰 사학입니다. 조선대에서 명예박사 학위를 받으시는 것도 앞으로 영호남 화합을 위해 일하시는 데 도움이 될 겁니다"라는 말로 설득했다.

듣고 보니 옳은 이야기였다. 그래서 그해 조선대학교 여름학기 졸업식에서 명예경제학박사 학위를 받았다.

그렇게 인연을 맺은 조선대학교 총동창회에서 연락이 왔다. 조선대학 출신으로 6·2 지방선거에 출마해서, 광주교육감을 비롯해서 기초단체장과 시의원 등으로 당선한 당선자 60여 명의 축하연이 있는데, 거기에 참석해 축사를 해달라고 했다. 그래서 축하 겸 다녀왔다. 6·2지방선거에서 낙선한 내가 당선한 사람들을 축하하는 재미난 자리였다.

광주로 가는 길에 망월동 5·18 민주화묘역도 들러서 참배도 하고, 광주 전남 지역 기자들과 간담회도 했다. 그리고 광주 전남에 있는 지인들도 만났다. 거기에서 지인들이 "다음 선거를 준비하시라. 지금 민주당에 사람이 없으니 장관님 같은 분이 서서히 준비하셔야 한다"고들 이야기했다.

조선대학교에서는 내게 특강도 부탁했다. 조선대학교 경상대학 교수들과 학생들 약 250여 명이 모인 자리에서 '대한민국, 어디로 갈 것인가'를 주제로, 현 정치상황을 분석하고 바람직한 방향을 모색해보는 강연을 했다.

이후, 광주 전남지역의 많은 단체나 학교에서 내게 초청강연을 부탁했다. 그리고 20년 넘게 영호남 화합과 지역주의 극복을 위해 보내온 내 정치인생에 대한 격려를 보내왔다.

내 정치 인생은 줄기차게 지역주의와 맞서 싸워온 시간들이었다 비록 부산 시장 선거에는 낙선했으나 광주 전남에서 그런 나의 정치 인생을 인정해준 것이다.

민주화의 성지 광주가 '김정길'을 인정하다

5·18민주화의 성지 광주는 내 고향 부산에서 인정받지 못한 내 정치역정을 인정해주었다. 끊임없이 떨어지고 떨어지면서 버림과 희생을 통해 영호남 화합을 위해 애써온 내 가치를 새롭게 발견해주었다. 광주 전남에서 김정길의 재발견을 해준 셈이다.

광주의 지인들이나 나를 초청한 분들은 나를 "김대중과 노무현의 정신적 이념을 계승할 유일한 사람" "정치공학적으로 호남의 지지를 받을 수 있는 유일한 영남 정치인"으로 나를 평가해주었다. 고마운 일이다.

나는 그런 평가가 단지 나를 위로하기 위한 평가일 수도 있고, 진심에서 우러난 평가일 수도 있다고 생각한다. 어느 쪽이든 영남과 호남의 화합, 그리고 2012년 대선에서 무엇인가 내가 해야 할 역할이 있다면 마다하지 않을 생각이다.

그것이 씨앗을 뿌리는 역할이든, 거름이 되는 역할이든, 아니면 꽃과 열매를 맺기 위한 둥지의 역할이든 가지의 역할이든 상관없다. 무엇이든 나는 내가 해야 할 역할을 피하지 않을 것이다.

지난 부산 시장 선거에서도 문재인 실장이 끝내 하지 않겠다고 했을 때, 내가 좀 더 일찍 나섰어야 했다고 뒤늦게 후회했다. 할 사람이 없으니까 어쩔 수 없이 나설 것이 아니라 내가 하겠다고 적극적으로 나섰어야 했다고 생각한다.

김민석 최고와의 경선도 당 대표나 중앙당에서 정리해줄 때를 기다릴 것이 아니라, 내가 먼저 경선을 주장해서 처음부터 정면대결을 했었어야 했다고 생각한다.

그렇게 해서 만약 한 달 또는 일주일 정도의 시간만 더 있었어도 부산 시장 선거의 결과는 달라졌을 것이다. 그러면 그 이후의 정치 판도는 또 어떻게 바뀌었을지 모른다.

사람 중심 행복사회를 함께 만들어 가는 사람들

지난 부산 시장 선거를 통해 희망과 자신감을 찾은 사람들이 자발적으로 모임을 갖기 시작했다. 광주 지역에서 굴렁쇠산악회와 국민포럼 러브코리아 같은 자발적인 조직들이 생겨났다. 2012년 정권 교체의 희망을 갖고, 다시 민주 정권이 집권할 수 있다는 자신감들을 갖기 시작했다.

나와 함께, 사람 중심의 행복사회를 함께 만들어보자는 팬클럽도 생겨났다. 길벗산악회가 그것이다. 서울과, 광주, 대전, 부산, 강원도, 제주도 등 전국 각지에서 길벗산악회 모임이 자발적으로 생겨났다.

2011년 1월 22일에는 대전 길벗산악회를 시작으로 최초의 길벗산악회 산행 모임을 가졌다. 1천 명이 넘는 사람들이 모여 함께 산행을 했고, 대전 모임 창립식을 했다.

마침 1월 22일은 1990년 1월 22일 3당 야합이 일어났던 바로 그날이라 더욱 뜻이 깊었다. 당시에는 몰랐으나 지나고 보니 3당 야합을 거부한 지 21주년이 되는 날이었다.

나는 1971년 부산대 총학생회장이 되면서부터 지금에 이르기까지 길게 보면 40년, 1990년 3당 야합을 거부한 이후부터 지금까지 짧게 보면 21년에 이르는 긴 세월을 영호남 화합과 지역주의 극복과 국민통합을 위해 살아왔다.

3당 야합 이후부터 지금까지 단 한 번도 부산을 벗어나지 않고, 민주당이란 이름을 포기하지 않고, 지역주의를 극복하는 일에 내 정치 인생 전부를 바쳐왔다.

앞으로 내 남은 정치 인생이 어떻게 될지는 나도 모른다.

나는 우리 국민들을 믿는다

2012년 4월 총선에서 다시 한번 도전할 나의 도전이 성공을 할지 또 다시 높은 지역감정의 벽에 부딪혀 좌절할지 지금으로선 장담할 수 없다.

그리고 2012년 대통령 선거에서 내가 어떤 역할을 하게 될지도 잘 모르겠다. 민주 진영 내 누군가가 국민적인 지지를 받고 승리의 가능성을 보인다면 나는 기꺼이 그를 위한 밑거름이 될 생각이다. 내 도움이 조금이라도 필요하고 도움이 된다면 나는 내 혼신의 힘을 다해 도울 겻이다. 그래서 2002년 대선을 제대로 돕지 못한 내 한을 씻을 것이다.

그리고 그때 가서 정말 내가 필요하다면, 내가 승리를 위한 최선의 카드라고 국민들이 믿어주신다면 더 이상은 주저하지 않을 것이다.

선택과 결정은 내가 하는 것이 아니다. 우리 국민들이 하는 것이다. 나는 대한민국 국민들의 위대한 힘을 믿는다. 우리 국민들이 내게 거름이 되라고 명령한다면 나는 지금까지 그래왔듯이 기꺼이 나를 던져 나를 버리고 희생할 것이다. 만약 국민들이 내게 꽃이 되라고 명령한다면 그때는 주저하지 않을 것이다. 노무현과 내가 함께 꾸었으나 아직은 이루지 못한 꿈을 이루기 위해 최선을 다할 것이다.

나는 늘 "무엇이 되기 위해 사는 것보다는, 어떻게 사느냐가 더 중요하다"는 신념으로 살아왔다.

2012년 총선과 대선을 지나면서 내가 무엇이 되어 있을지는 나도 잘 모른다.

그러나 한 가지 분명한 것은 그때도 분명 나는 동서화합과 민주 진영의 승리를 위해 나를 버리고 희생할 것이란 점이다.

나는 우리 국민들을 믿는다. 나는 희망을 믿는다.

내가 사람에게서, 우리 국민들에게서 희망을 찾았듯이 누군가도 나에게서 희망을 찾았으면 좋겠다. 나는 누군가에게 희망을 주는 사람이 되고 싶다.

사람이 희망이다.

언제나 고마운 사람들

지금의 내가 있기까지 참 고마운 사람들이 많다. 이분들이 없었다면 오늘의 나는 존재하지 않았을 것이다.

나를 키운 9할은 친구들과 동지들의 희생과 헌신이다

오늘의 내가 있는 것은 그동안 정치를 하고, 중소기업을 하기도 하면서 때때로 좌절할 때마다, 나에게 힘이 되어주기도 하고 물심양면으로 도와준 많은 친구들, 동지들, 지지자들이 있었기 때문이다.

나를 위해 희생해준 많은 친구들과 동지들이 있다. 때로는 내가 그 희생과 헌신을 몰라주는 것 같아 돌아서서 나를 떠났다가도 내가 어려운 일을 당하면 다시 쫓아와서 나를 도와준 수많은 고마운 사람들이 있다. 그분들께 늘 미안하고 감사한 마음이다.

선거 때가 되면 자발적으로 찾아와 밤을 새워가며 도와준 많은 지지자들과 자원봉사자들이 있다. 그분들께도 정말 감사한다. 내가 좌절하고 실망할 때 그분들이 힘이 되고 위로가 되었다.

내가 맨처음 국회의원에 출마하던 시절부터 지금까지 변함없이, 아무런 대가를 바라지 않고 나를 도와주는 분들도 있다. 정말 고마운 일이다. 자기 돈을 써가면서 자기 일처럼 열심히 도와주던 분들에게 정말 감사한다.

지금까지 나를 도와준 많은 선생님들, 친구들, 선후배들, 동지들, 참모들, 지지자들, 자원봉사자들, 그리고 오늘의 나를 만들어준 지역구민들, 그분들의 헌신과 희생 위에 지금의 내가 서 있는 것이다.

그분들의 기대에 어긋나지 않게 당선하여 기쁨과 보람을 드렸어야 하는데 지금까지 수많은 낙선으로 그분들께 실망을 드린 것 같아 죄송한 마음을 금할 수 없다. 이제는 더 이상 그분들을 실망시키지 않겠다.

부모님의 희생과 헌신이 내게 세상의 전부를 주었다

누구나 그렇겠지만 부모님에 대해서는 몇 마디 말로는 감사를 다 표현할 수가 없다.

아버님은 한학자의 아들로 태어났지만 할아버지는 늘 책만 읽는 한학자라 가족을 부양하는 일에는 재주가 없으셨다. 게다가 둘째인 삼촌에게는 한학 교육을 시키셨지만 장남인 아버님은 집안 일을 돌보게 하려고 서당도 안 보내고 교육을 시키지 않으셨다. 그래서 아버님은 어깨 너머 독학으로 천자문을 떼고 공부를 하셨다. 할아버지가 50대의 나이로, 아직 아버님이 젊은 시절에 돌아가셨기 때문에 아버님은 가진 땅이 없어 남의 땅을 소작해서 그 품삯으로 겨우 가족을 먹여 살려야 했다. 그러나 워낙 성품이 성실하신 분이라 내가 태어날 무렵에는 그래도 먹고살 만큼은 가정을 일구었고, 동네에서는 나름대로 살만하다는 소리를 듣는 편이었다.

아버님은 항상 남을 배려하고 어려운 사람들을 돕는 분이었다. 장목면 율천리에 살 때 아버님은 농사도 짓고, 조그마한 구멍가게와 함께 기와공장도 하셨는데, 그 무렵 한국전쟁이 발발했다. 거제도로도 많은 피난민들이 몰려왔는데 아버님은 길거리에 노숙하는 피난민들을 그냥 보지 못하시고 아버님의 기와공장을 내줘서 거기서 먹고 잘 수 있도록 하셨다. 그래서 피난민들이 있는 동안 기와공장을 오랫동안 쉬었던 기억이 있다. 내가 5~6살 무렵 아직 어린 나이였지만 그때 거제도 앞바다까지 폭격기가 와서 폭탄을 떨어뜨리고 가는 것을 본 기억도 있다.

내가 초등학교에 들어갈 무렵을 전후해서, 울산농고를 졸업한 후 의사 일을 배워서 의사 노릇도 하던 막내 삼촌이 젊은 나이에 수면제를 먹고 자살을 했다. 보도연맹에 가입하면 쌀을 배급해준다는 말에 보도연맹에 가입한 게 화근이었다고 한다. 계속되는 괴롭힘에 견디다 못한 삼촌의 자살에 충격을 받은 아버님은 가족들을 이끌고 문중 사람들이 많이 사는 장목면 면소재지로 이사를 하셨다. 장목에서는 가게도 하고 잠수부를 둔 머구리배도 운영하면서 나름대로 면내에서는 유지 대접을 받으셨다.

자유당 시절 제1대 면의원 선거에도 나가 압도적인 표 차로 1위에 당선하여 면의원도 지내셨다. 또한 내게는 삼촌뻘 되는 친척도 아버님의 도움을 받아 민선 면장 선거에 나가 면장으로 당선되기도 하셨다. 거기다 큰자형도 김영삼 전 대통령의 민의원 시절 수행비서를 했으니 내가 정치인이 된 것도 이런 집안의 내력과도 무관하지는 않을 것이다. 아버님은 김영삼 전 대통령의 부친인 김홍조 옹과도 한 살 터울로 가깝게 지낸 친구 사이다.

아버님 어머님은 총 10남매를 낳으셨는데 셋은 어려서 죽고 7남매가 남았다. 내 위로 누님이 셋이고 아들이 둘 있었는데 형 둘은 아기 때 홍역으로 죽고 내가 실질적인 장남이 되었다. 아들 둘을 잃고 오랜 불공을 드린 후에 귀하게 얻은 아들이라 나에 대한 부모님의 애정은 각별하셨다.

부산대학교 총학생회장이 되어 데모를 주동하다 수배를 피해 도망다닐 때도, 구속되어 너무 많이 맞아 한 달 넘게 치료를 받을 때도 가족들은 내게 큰 힘이 되었다. 이후, 국회의원 선거에 나갈 때나 사업을 하기 위해 목돈이 필요할 때 아버님은 하시던 사업을 정리해서 나를 도와주셨다. 오늘의 내가 있게 된 것의 절반은 아버님 덕분이다.

아버님은 1999년 8월 25일, 내가 청와대 정무수석으로 있을 때 향년 88세로 돌아가셨다. 치매와 합병증으로 6개월 가량 병원에 입원했다가 임종을 며칠 앞두고 집으로 모셔와 집에서 편안하게 눈을 감으셨다. 그때 아내는 특검까지 동원해서 샅샅이 파헤쳤으나 결국 실체가 없는 것으로 드러난 옷로비 사건 때문에 국회 청문회를 하는 도중이었다. 아버님이 돌아가셨다는 소식을 들은 청문회 위원들이 아내에게는 모질게 대하지 않아 아내가 "아버님이 돌아가시면서까지 며느리 생각을 해주시느라 그때 돌아가셨나 보다"며 눈물을 흘렸다.

어머님은 18세의 나이로 아버님께 시집 왔다. 아버님보다는 한 살 위였다. 어머님은 우리 7남매를 기르시느라 고생을 많이 하셨다.

내가 사하구 보궐선거에서 떨어진 후 정치계에 실망하고 미국 미시건대학에 객원교수로 갈 때 어머님은 내가 미국에 가는 것을 많이 서운해 하셨는데, 아마도 내가 그로 인해 임종을 지키지 못할 것을 예감하셨던 듯하다.

어머님은 1993년 4월 1일, 내가 미국에 있을 때 돌아가셨다. 양산의 큰누님 댁에 잠시 다니러 가셨다 뇌출혈로 쓰러져 병원으로 가시는 도중 돌아가셨다. 장남으로서 어머님의 임종을 지키지 못한 것이 늘 죄스러웠다.

최근 부모님 묘소 위로 거가대교가 놓이면서 부모님 묘소를 이장해야 하는 일이 생겼다. 경기도 광주 삼성공원묘원으로 묘소를 이장하는 김에 부모님 묘비를 새로 세웠다.

묘비에는 아래와 같이 새겼다.

"부모님께서 저희에게 주신 것은 작은 사랑과 희생이었지만
저희가 부모님으로부터 받은 것은 이 세상의 전부였습니다."

유능한 참모이자 가장 강력한 야당인 아내

오늘의 내가 있게 된 것의 절반이 아버님 덕분이라면 나머지 절반은 아내 덕분이다.

10살 나이 차이에, 애가 셋이나 딸린 무일푼의 이혼남. 그럼에도 불구하고 아내는 오빠들의 반대를 무릅쓰고 나와 결혼해주었다. 나로선 아내가 나와 결혼해준 자체만으로도 평생 감사할 일이다.

나는 아내에게 고생을 참 많이 시켰다. 신혼살림부터 큰누님 집에 방 한 칸을 겨우 얻어 시작했고, 사업을 한다, 국회의원 선거에 나간다

며 참 마음 고생을 많이도 시켰다.

아내는 우리 집에서는 가장 강력한 야당, 그것도 남편 탄핵권까지 가진 제1야당이다. 여러 번 선거에 떨어지고 나니, 가끔씩은 내가 선거에 나가는 것을 반대해서 몸져눕는 등 농성을 벌이기도 한다. 하지만 막상 선거전에 돌입하면 가장 강력한 선거참모이자 운동원으로 돌변한다.

내가 12대 국회의원 선거와 13대 국회의원 선거에 당선될 수 있었던 것은, 선거 때만 되면 몸뻬바지를 입고 선거전 최일선에서 열심히 뛰어준 아내 덕분이다.

그러나 선거 과정에서 "김정길이 둘째 부인이네, 셋째 부인이네" 하는 소리와 "돈 많은 과부"라는 소리, "전라도 마누라가 경상도 김정길이 다 망쳐놓았다"는 근거 없는 악담에 많은 상처를 받았다. 그래서 선거전에서 후보자가 아니라 후보자의 배우자를 공격하는 것을 아주 싫어한다.

내가 국회의원을 하고, 장관과 정무수석을 할 때도 아내는 일하는 사람을 두지 않고 모든 살림을 혼자 직접 꾸려나갔다. 많든 적든 내가 가져다주는 월급을 쪼개어 야무지게 살림을 사는 살림꾼이자, 세상에 둘도 없는 효부다.

아버님이 돌아가시기 직전 치매기가 있으셔서 삼성의료원에 입원하셨다. 6개월 넘게 입원하는 동안 등에 욕창도 생겨서 아버님도 고생이셨지만, 아내의 고생도 이루 말할 수 없었다. 아내와 둘째딸이 아버님의 대소변을 받아내고 목욕을 시키는 등 그 뒷바라지를 다했다. 나도 몇 번은 도와줬는데 아들인 나도 참 힘든 일을 아내는 싫은 내색 한 번 없이 모두 잘 해주었다. 평생을 두고 갚아야 할 고마움이다.

게다가 창희와 기범, 두 아들을 낳아주었고, 가슴으로 낳은 세 딸을 친딸처럼 훌륭하게 잘 기르고 잘 출가시켜 주었다.

그러나 내가 치르는 선거전의 절반은 아내를 설득하는 것이고, 나머지 절반은 유권자를 설득하는 일이다. 때때로 내게는 후반전보다는 전반전이 더 힘들 때가 많다.

잘 자라주어서 고마운 아이들

내가 또 고마운 사람들은 세 딸과 두 아들이다. 무엇보다 잘 자라주어서 고맙다. 아빠가 정치를 하느라 제대로 보살펴주지 못하는 시간들이 많았는데, 엄마를 믿고 따르며 잘 커서 이제 다들 일가를 이루어 가고 있으니 고맙고 대견할 따름이다.

큰딸 미경이는 홍대 미대를 다녔다. 국제변호사인 큰사위는 미국인 회사의 법률 책임자로 있다. 딸 하나 아들 하나를 두었다.

둘째딸 미영이는 고려대 독문과를 졸업했고 법률가 집안의 장남과 결혼했다. 둘째 사위는 분당에 있는 모 공사에서 근무한다. 딸 하나 아들 하나를 두었다.

셋째딸 성지는 고교를 졸업할 때까지는 아빠와 살다가 졸업 후에는 친엄마를 모시고 살고 있다.

큰아들 창희는 부산대 회계학과를 졸업했다. 4학년 때 군에 입대해서 정읍에서 군 생활을 하다가 자이툰부대에 지원하여 이라크에서 6개월 근무했다. 문화 예술 쪽으로 관심이 많아 영화나 음악 쪽 일을 하고 싶어 한다. 전자음악의 한 장르인 IDM으로 CD 음반을 이미 석 장 냈다. 그쪽 분야에서는 꽤 주목 받는 신인이라고 한다. 지금은 영화감독이 되려고 준비 중에 있다.

막내아들 기범이는 아토피와 알러지 때문에 어려서부터 병치레를 많이 했다. 알러지에 맞는 환경을 찾아다니느라 학교를 자주 옮겼다. 철학과 신학에 관심이 많아 나중에 성직자가 되겠다고 한다. 지금은 고등학생으로 대안학교에 다니고 있다.

나의 정치적 스승과 동지

정치적으로 나는 몇 분의 정치인에게 정치적인 빚과 고마움이 있다.

첫 번째는 김영삼 전 대통령이다.

YS에 대해서는 만감이 교차한다. 고향 선배이자 정치적 스승이다. 젊은 시절의 나를 동지로 불러주었고, 내가 정계에 입문한 후에는 각별한 총애를 보여주었다. 나를 TV 토론이나 주요한 정치적 협상에 많이 내보내 내가 정치적으로 성장할 수 있는 기회도 주었다.

그러나 밀실합의에 의한 3당 합당이라는, 내가 도저히 동의할 수 없는 정치적 결정을 했다. 이후 나는 3당 야합이 만들어낸 호남의 고립, 비호남 야당의 말살이라는 사슬을 끊기 위해 20년이 넘는 기간 동안 지역주의의 벽에 부딪쳐가며 싸워야 했다. 3당 야합으로 인해 나는 지난 부산 시장 선거를 포함, 부산에서만 여섯 번의 낙선을 경험해야 했다.

이런 정치적 입장 차이에도 불구하고, YS가 성공한 대통령이 되기를 바라는 마음은 한결 같았다. 정치적 행로는 달랐지만 YS에 대한 인간적인 신뢰는 남아있어서, 3당 야합 이후에도 YS와의 관계는 나쁘지 않은 편이었다.

두 번째는 김대중 전 대통령이다.

나로서는 무한한 존경의 대상인 정치적 거인이다. DJ는 교통사고, 동경납치 사건, 사형 선고 등 세 번의 죽을 고비를 넘기면서도 이 땅의 민주화를 위해 헌신했다. 내가 만약 그 입장이었다면 저렇게 살 수 있었을까를 생각하면 저절로 고개가 숙여진다.

DJ가 민주화와 남북화해를 위해 기울인 노력에 대해서는 경외감마저 느껴진다. 꼬마 민주당과 신민당과의 통합 때 보여준 그의 통 큰 양보는 그의 큰 그릇에 대한 존경심을 갖게 했다.

그러나 이후 민주당에서 국민회의를 창당해서 분당해 나가는 과정만큼은 동의할 수 없었다. 야권통합과 지역통합을 지상명제로 살아온 내게는 그때의 분당은 DJ에게서 발견한 커다란 흠결이었다.

1992년과 1997년 대선 과정에서 지원연설을 하느라 함께 동행하며 발견한 DJ의 인간적인 모습들은 DJ에 대한 사랑과 존경을 더욱 깊게 만들어주었다.

DJ는 나와 노무현에게는 각각 행자부 장관과 해수부 장관으로 일할 수 있는 기회를 주었고, 이는 특히 노무현이 차기 대통령에 출마할 수 있는 발판이 되었다.

2009년 8월 18일, 그가 서거하였을 때 나는 내 인생의 절반이 떨어져 나가는 듯한 아픔을 느꼈다.

마지막 한 사람은 노무현 전 대통령이다.

그 이름을 부르는 것만으로도 눈물이 나는 '노무현.' 노무현은 내 가장 오랜 친구요, 내 평생의 동지였다. 이 말 외 다른 말로는 더 이상 설명할 것이 없다.

이름 없이 빛도 없이 나를 도운
정말 고마운 사람들

또한 지금의 내가 있기까지는 어려울 때 도와주거나, 힘들 때 함께한 친구들이 있었다. 그리고 내가 부족한 부분들을 늘 함께 채워주는 동지들과 참모들도 있었다. 그들의 도움이 없었다면 오늘의 나는 존재할 수 없었을지도 모른다.

그러나 일일이 이름이나 인연을 언급하기가 벅차다. 여기에 이름이 직접 언급되지 않았다고 섭섭해 하는 사람이 없었으면 좋겠다. 일일이 이름을 언급하고 사연을 소개하자면 몇날 밤을 새도 모자랄 것이다. 그만큼 많은 분들에게 많은 빚을 졌다.

선거를 치를 때마다 느끼는 일이지만, 이름을 드러내놓고 선거를 돕는 사람들도 중요하지만, 선거의 가장 밑바닥에서 표심을 움직이는 것은 역시 보이지 않는 곳에서 이름을 드러내지 않고 일하는 참모들, 운동원들, 그리고 자원봉사자들이다.

그 모든 분들께 깊이 고개 숙여 감사의 마음을 전한다.

부자에겐 명예를, 빈자에겐 존엄을!

지나고 나서 보면 정치가 내게 참 많은 것을 가르쳐 주었다.

행정자치부 장관을 하면서는 공무원 사회의 내면을 속속들이 들여다보게 되었다. 공무원이야말로 우리나라를 이끌어가는 주역이지만 동시에 공무원 사회의 개혁 없이는 우리나라의 발전은 불가능하다는 것도 동시에 배웠다.

대한체육회장을 하면서는 전 세계 곳곳을 돌아다니게 되었는데, 이런 과정을 통해 이전에는 미처 보지 못했던 우리의 다른 모습을 돌아보게 되었다.

우리가 당연하게 여기는 것들이 절대 당연한 것이 아니란 것도 발견하게 되었고, 우리의 장점이 단점이 될 수도 있고, 단점이 장점이 될 수도 있다는 것을 깨닫게 되었다. 발상의 전환을 배우게 된 좋은 계기였다.

투표하지 않는 국민에게
정치는 귀 기울이지 않는다

무엇보다 나에게 많은 것을 가르쳐준 것은 선거다. 선거에 나가면서 나는 국민들 삶 속으로 들어가 그들의 목소리에 더 귀를 기울이게 되었다. 물론 정치인이라면 평소에 국민과 소통하면서 국민들이 바라는 바를 정치에 반영하는 것이 최상의 모델이겠지만, 실상은 그렇지 못한 것이 현실이다. 그나마 정치인들이 투표권자인 국민에게 유일하게 허리를 굽힐 때가 선거 때라고 하지 않는가.

그렇기 때문에 국민들도 반드시 투표에 참여해야 하고, 투표로서 정치인에게 최고의사결정권자로서의 권리를 행사할 줄 알아야 한다. 투표 때조차 국민의 소리에 귀 기울이지 않는 정치인은 평생 가도 국민의 목소리에 귀 기울이지 않는다. 지난 몇 년간 우리는 생생한 산 경험을 하고 있다.

정치인이 대통령이나, 공천권자보다 국민의 소리를 더 듣게 하려면 국민들이 더 적극적으로, 더 지혜롭게 투표를 하는 수밖에 없다. 대통령이 국민의 소리를 듣게 하려면 국민이 제대로 투표하는 것 외에는 방법이 없다.

대통령이든, 국회의원이든 정치인이 두려워하는 유일한 것은 투표다.

국가는 모든 국민을 위한
행복한 집이 되어야 한다

　최근에 부산 시장 선거에 나갔던 것은 나로서도 좋은 교육과 교훈이 되었다. 내게 가장 큰 산교육은 당감동에서 독거노인을 만난 그 순간이었다. 뭐랄까. 그 전에는 머리로 이해했던 것을, 나도 모르게 눈물이 북받쳐 오르던 그 순간부터는 가슴으로 이해하게 되었다고 할까, 그런 터닝포인트 같은 순간이 그때 내게 찾아왔다.

　'눈물 없는 부산'을 만들겠다는 선거공약을 만들고 열심히 선거 운동을 했었지만, 정말 나도 모르게 내 눈에서 눈물이 터져 나오는 그 순간, 그 '눈물'의 의미가 무엇인지를 이해했다.

　그 눈물은 '내가 정치인이라면 이 노인이 이렇게 살게 해서는 안 된다'는 자각이자, '이분이 이렇게 사는 것은 결국 정치를 잘못한 내 책임이다'라는 반성이었다. 머리가 아니라 가슴으로 해야 할 일, 말이 아니라 몸으로 해야 할 일에 대한 발견이었다.

　그전에는 보편적 복지니 무슨 복지니 하면서 국민들의 복지를 어떻게 하는 것이 옳으니 그르니 하는 토론도 많이 하고 논쟁도 많이 했다. 그러나 당감동의 독거노인을 마주한 그 순간, 내가 한 생각은 아주 단순한 것이었다.

　'이렇게 살도록 해서는 안 된다. 이건 아니다.'

　국가가 존재한다면, 정치인이 정치를 제대로 한다면, 국민들을 이런 식으로 내팽개쳐서는 안 된다는 것. 그것 하나였다.

그래서 속상하고, 부끄럽고, 화가 나서 나는 하염없이 울었다. 그 순간 당장 내가 할 수 있는 일이란 게 아무것도 없어서, 그냥 울었다.

이 노인 한 분이라면 내가 어떻게든 내 사재를 털어서라도 해결해드릴 수 있지만, 그 옆집은, 그리고 그 옆동네는 어쩌란 말인가. 이 땅의 백오십만 독거노인들은 어떻게 해야 한단 말인가.

그때만큼은 나도 한낱 무기력한 정치인에 불과했다. 그 순간 내가 할 수 있는 일은 우는 일밖에 없었다.

그리고서는 결심했다. 정말로, 말로만 아니라 진실로 '눈물 없는 부산'을 만들겠다고, '눈물 없는 대한민국'을 만들겠다고. 더 이상은 나도 남도, 할 수 있는 게 아무것도 없어서 무기력하게 눈물만 흘리고 있도록 하지는 않겠다고.

"국가는 모든 국민을 위한 행복한 집이 되어야 한다"고 한다. 전적으로 동의한다. 그런데 지금 이 순간, 우리는 어떤가. 우리나라는 어떤가.

지금 대한민국은 국민을 위한 행복한 집인가. 솔직히 고백한다. 지금 대한민국은 부자들만을 위한 행복한 집이다. 지금 대한민국은 서민들에게는 가혹한 집이다. 너무너무 가혹한 집이다.

지금 대한민국은 부자들의 나라다. 부자들이 다스리는 나라, 부자들을 위한 나라, 부자들이 자자손손 부를 세습하는 나라. 부자들은 돈도, 명예도, 권력도 얻고, 가난한 사람은 아무 것도 갖지 못하는 나라.

부자에겐 명예를, 빈자에겐 존엄을!

부자들이 돈 위에 더하여 명예도 얻고 권력도 얻으려는 것은 추하다. 권력을 가진 사람들이 권력에 더하여 돈까지 가지려는 것은 더 추하다. 더럽다.

그런데 부자들이 명예는 물론이고 권력까지 가지려 한다. 권력자들이 권력은 물론이고 돈과 명예까지 가지려고 한다. 가질 수 없는 것이고, 가져서는 안 되는 것을 가지려고 하니 추해진다. 법 위에 군림하려하고, 법을 입맛대로 바구려 하고, 가진 자들끼리 패거리를 짓는다.

그러다보니 돈에 권력이 더해져도, 권력에 돈이 더해져도, 절대로 명예는 갖지 못한다. 가질 수 없는 것을 가지려다 보니 더 추해지고 더 잔인해진다.

부자들이 명예를 가질 수 있는 방법은 단순하다. 나누면 된다. 내게 많은 것을 나누면 내게 없는 것이 온다. 내게 있는 많은 돈을 가난한 사람들을 위해 나누면 명예는 저절로 찾아온다. 이미 그런 사례는 수없이 많다. 빌 게이츠가 그렇고 유일한이 그렇다.

가난한 사람에게도 끝까지 포기할 수 없는, 포기해서는 안 되는 것이 있다. 그것은 존엄이다. 존엄은 자기 자신의 존재에 대한 자존심이다. 자기 인정이다.

그런데 부자들은 돈으로 그것을 짓밟으려 한다. 돈이 있다고 매 한 대에 백만 원씩 계산해 야구방방이로 가난한 사람을 폭행한다. 유전무죄 무전유죄. 매를 때린 사람은 집행유예로 풀려나고 매를 맞은 사람은 기소된다.

장담한다. 가난한 자의 존엄을 짓밟은 그 부자는 평생 죽을 때까지 명예를 얻지 못할 것이다.

법 위에 군림하려는, 또는 군림한 부자들에게 가난한 사람들이 할 수 있는 유일한 저항은 그에게서 명예를 빼앗는 것뿐이다. 부자가 빈자의 존엄을 빼앗으면 빈자는 부자의 명예를 빼앗는다.

눈물 없는 대한민국

부자가 가난한 사람의 눈에서 눈물을 흘리게 해서는 안 된다. 눈물은 힘없는 자들의 마지막 기도다. 눈물은 가난한 자의 존엄을 지키려는 최후의 저항이다.

국가는 가난한 자들의 존엄을 지키는 마지막 보루다. 국가는 가난한 사람들의 눈물을 닦아주는 손수건이 되어야 한다.

내가 꿈꾸는 대한민국은 더 이상 눈물이 없는 대한민국이다. 부자에게는 명예가 돌아가고, 가난한 사람에게는 존엄이 지켜지는 그런 나라다. 병든 노인이 병원비가 무서워 병원에 가지 못하고, 아이들이 가난한 부모를 만난 죄로 눈칫밥을 먹지 않아도 되는 나라. 애 키울 돈이 없어 젊은 부부가 아이를 낳지 못하는 일이 없도록, 애를 봐줄 데가 없어 출산을 포기하는 일이 없도록 아기를 낳고 키우는 문제는 국가에서 책임져 주는 나라. 부자에게는 명예를, 빈자에게는 존엄을 지켜주는 나라.

이런 나라가 되지 못하는 이유는 무엇일까. 여러 가지 원인이 있겠지만 그 근본적인 원인 중의 하나가 지역주의 때문이라고 생각한다. 지역주의가 이 나라를 망치고 있다고 나는 생각한다. 투표를 할 때 후보의 정책이나 이념은 무엇인지, 살아온 경력이나 능력은 어떠한지를 살피기 전에 어느 지역 출신인지가 더 우선시되는 지역주의가 이 나라를 망치고 있다.

그래서 그 지역 출신의 지역이기주의에 빠져 자기 이익부터 챙기기에 바쁘다. 그러다보니 미래에 대한 비전도, 다음 세대를 위한 준비도, 모든 것이 뒷전이다. 그렇게 모든 일의 우선에 지역이 최우선 순위가 되다보니 노인, 장애인, 여성과 아동 등 사회적 약자에 대한 배려나 관심은 점점 사라지고 있다.

모든 불평등과 부조리의 근원에는 지역주의가 있다

이 모든 불평등과 부조리를 극복하는 출발점은 지역주의를 깨뜨리는 데 있다. 지역 이기주의를 넘어서야 대한민국은 한 걸음 더 전진할 수 있다. 지역주의를 넘어서야 견제가 가능하다. 영남의 저 견고한 지역주의가 아니었다면, 하늘이 주신 자연을 파괴하고, 미래세대에까지 대재앙을 가져올 저 4대강 사업이 어떻게 추진될 수 있었겠는가.

대학생들의 십수년치의 대학등록금 전액을 지원할 수 있는 예산 수십조 원을 강바닥에 콘크리트로 바르는 일을 영남 출신 대통령이라 눈감아주는 일은, 4대강 공사대금 얼마라도 영남에 떨어지지 않을까 기대하는 지역이기주의가 아니었다면 시작조차 불가능한 일이었을 것이다.

그래서 나는 지역주의를 넘어서야 우리 사회가 발전한다고 믿는다. 지역통합이 이루어지 고국민통합이 이루어져야 비로소 미래세대를 위한 투자도, 사회적 약자를 위한 국가의 보살핌도 정상적으로 돌아간다고 믿는다. 국가의 당연한 의무인 복지를 마치 국가의 대단한 시혜인 것처럼 착각하는 그 밑바닥에는 나는 역시 지역주의가 자리한다고 믿는다. 지역분할을 기초로 한 정당구조에 있다고 나는 확신한다.

영남당이니까 무조건 한나라당, 호남당이니까 무조건 민주당, 충청당은 그럼 선진당… 이런 구조에서는 미래도, 발전도, 정책도 아무 것도 존재할 수 없다.

이명박 정부의 탄생에는 여러 가지 원인들이 있을 것이다. 경제대통령에 대한 착각, 내 집값이 오르고 내가 산 땅값이 오를 것이란 기대감. 그러나 태어나지 말았어야 할 이 정부의 탄생은 지역주의라는 더 큰 괴물이 이미 존재했기 때문에 가능했던 일이다. 이명박 정부는 지역주의라는 어미가 낳은 결과물이다.

용산참사라는 비극의 이면에는 '뉴타운'이라는 광풍에 휘말려 이명박에게 투표한 우리의 무지와 욕망이 숨어 있다. 실제로 불을 낸 것이 누구이든 상관없이, 국가 공권력이 부자와 대기업의 사유재산을 보호하기 위해 가난한 자의 생명을 빼앗아버린 이 어이없는 참사 뒤에는 빈자의 존엄을 벼랑 끝으로 밀어버린 우리의 욕망이 있다. 내 집값이 오른다는 이유로, 단 하나뿐인 집과 가게를 빼앗기는 가난한 자의 존엄을 외면한 우리의 개인이기주의가 있다.

아직도 해결되지 않은 용산참사의 아픔 뒤에는 지역주의로 고착된 정치 구조와, 작은 이익과 욕망에 눈가려버린 개발지상주의가 있다.

높은 문화의 힘을 가진 대한민국으로 우뚝 서자

나는 다음 정부는 통일지향적인 정부가 되어야 한다고 생각한다. 서민들에게 꿈과 희망을 주는 정부가 되어야 한다고 생각한다. 국민들의 눈물을 닦아주는 정부가 되어야 한다고 생각한다.

아이들을 교육시키는 데 돈 걱정 먼저 하지 않아도 되는 나라, 대학을 졸업하고도 일자리 걱정을 하지 않아도 되는 나라, 부자와 빈자가 공존하고 대기업과 중소기업이 공존하는 나라가 되어야 한다고 생각한다.

나는 우리나라가 높은 출산율과, 높은 수준의 교육과, 질 높은 복지 위에 김구 선생이 꿈꾸던 '높은 문화의 힘을 가진 나라'가 되었으면 한다.

베네주엘라의 〈엘 씨스테마〉는 단순히 빈민가의 아이들에게 음악을 가르쳐서 음악가를 길러내려는 것이 아니다. 예술을 통해 삶이란 살만한 가치가 있다는 것을 가르치는 것이다.

미국의 노숙자와 빈민들에게 철학과 인문학을 가르치는 〈클레멘트 코스〉도 단순히 인문학을 가르치는 코스가 아니라, 가난한 사람들에게 자신의 존엄을 깨우치게 하는 희망의 인문학이다.

나는 우리나라도 가난한 사람들에게 예술과 문화가 멀리 있지 않은, 높은 문화의 나라가 되어야 한다고 생각한다. 문화대국은 문화산업대국이나 문화관광대국이 아니라 사람답게 사는 문화가 꽃피는 나라다. 가난한 자의 존엄 속에 부유한 자의 명예가 꽃피는 나라다. 부유한 자의 명예 속에 가난한 자의 존엄이 뿌리 내린 나라다.

세계의 시각에서 바라보는
발상의 전환이 필요한 때다

우리나라가 가진 가능성은 무궁무진하다. 세계에서 가장 높은 교육 수준, 세계에서 가장 높은 IT 기술을 가지고 있다. 세계에서 가장 빠른 AS시스템을 가지고 있고, 세계에서 가장 개척정신도 강한 민족이다.

조금만 발상을 바꾸면 우리가 단점이라고 생각했던 것도 얼마든지 장점으로 바뀔 수 있다.

우리 국토의 70% 이상이 산지다. 세계를 돌아다니며 산지를 잘 이용하는 나라가 잘 사는 나라인 것을 많이 보았다. 지금처럼 산지를 그냥 내버려둘 것이 아니라 골프장 늘리는 대신 과수밭과 포도밭을 만들고, 한의학과 약재 재배를 결합하고, 경제작물을 심고, 둘레길과 삼림욕장을 만들고, 치료와 휴양을 함께 할 수 있는 펜션형 휴양단지, 서민들을 위한 테마공원을 만드는 등 활용하기에 따라서는 얼마든지 산지가 장점이 될 수도 있다.

3면이 바다인 것을 적극적으로 활용해 해양산업을 보다 육성해 바다로 바다로 더 뻗어나갈 수도 있고, 분단된 현실을 오히려 역발상으로 이용해 DMZ를 세계적인 관광자원으로 활용할 수도 있다.

그리고 분단된 현실 때문에 막혀 있는, 북쪽 길도 잘 개발해야 한다. 빠른 시간 안에 통일이 된다면 더 좋겠지만, 통일 전이라도 북한과의 긴밀한 협력을 통해 북한을 지나 중국으로, 러시아로 갈 수 있는 길을 열어야 한다.

이명박 정부 들어서면서 막혀버린 금강산관광, 개성공단, 경의선 열차 등 막힌 남북의 통로를 다시 여는 것은 물론, 참여정부에서 추진하였던 '서해평화협력특별지대' 도 다시 추진해야 한다. 중국에게 손수를 빼앗긴 나진지구, 황금평 개발처럼 중국과 인접한 곳에 남북한이 공동으로 개발할 수 있는 남북공동개발지구도 모색해야 한다.

나는 우리 국민을 믿는다, 희망을 믿는다

김대중 대통령과 노무현 대통령이 참 그립다. 두 대통령은 남북화해와 남북통일이야말로 우리나라가 한 단계 더 도약할 수 있는 발판이란 것을 잘 알고 계셨던 것 같다. 평화를 유지하기 위한 비용이 전쟁에 대비하는 비용보다 훨씬 싸고 안전한 비용이란 것도 알고 있었다.

정주영 회장이 몰던 소떼가 판문점을 넘어가고, 금강산으로 관광객들이 오가고, 개성공단에 우리 공장들이 들어설 때 우리 가슴은 얼마나 설레었던가. 더 이상 전쟁 걱정은 하지 않고 얼마나 편안한 마음으로 평화를 누리며 산업현장에서 열심히 일만 할 수 있었던가.

남북의 두 정상이 얼싸안으며 포옹을 나누고, 남북 공동성명을 발표할 때 우리 가슴은 얼마나 벅찼던가. 그때 우리에게는 신명이 있었고 흥겨움이 있었다.

김대중 대통령과 노무현 대통령도 물론 역사에서 냉정하게 평가할 공과가 분명히 존재하는 분들이었다. 신자유주의, 양극화, 비정규직 등등의 문제에는 분명히 논란의 소지가 있다.

그러나 그럼에도 불구하고 두 분이 있을 때 우리에게는 신명과 열정이 있었다. 마음껏 누릴 수 있는 자유와 소통이 있었고, 내가 살고 있는 사회가 점점 발전하고 있다는 믿음, 그리고 민주주의가 전진하고 있다는 확신이 있었다.

나는 우리 국민이 그런 신명과 그런 열정을 다시 찾았으면 좋겠다. "대한민국은 민주공화국이다. 대한민국의 모든 권력은 국민으로부터 나온다"는 헌법 제1조 제1항의 당연한 권리를 제대로 누렸으면 좋겠다.

더 이상 대한민국의 권력이 검찰이나 언론, 대기업에서 나오지 않았으면 좋겠다. 검찰 위에 국민, 언론 위에 국민, 기업 위에 국민, 대통령 위에 국민…. 모든 권력의 가장 꼭대기에는 언제나 국민이 있는 그런 세상이 하루빨리 왔으면 좋겠다.

다시금 사람과 사람 사이의 소통을 즐기고, 사람과 사람 사이에서 희망을 찾았으면 좋겠다.

그리고 그 희망을 찾는 일에 내가 조금이라도 보탬이 되었으면 좋겠다.

사람이 희망이다. 우리 국민이 나의 희망이다.
나는 우리 국민들의 위대한 힘을, 희망을 믿는다.

부록

연표 | 저서 | 소통 | 기록

연표

1945. 5. 28. 경남 거제군 장목면 율천리 출생

1958. 거제 장목초등학교 졸업

1961. 거제 장목중에서 부산 남중학교로 전학

1964. 부산 동아고등학교 졸업

1970. 부산대학교 생물학과 졸업

1970. 부산대학교 정치외교학과 학사편입

1970. 9. 부산대학교 총학생회장 당선

1971. 10. 학생운동으로 구속. 부산대학교 정치외교학과 제적

1978. 9. 자전에세이집 『우리의 가을은 끝나지 않았다』 출간. 곧 판금됨.

1985. 2. 제12대 국회의원 당선(부산 중·동·영도구. 민한당). 12정민회 결성

1985. 4. 민한당과 신민당 통합. 통합 신민당 출범

1987. 1. 미국 국무성 초청으로 방미

1987. 5. 김영삼·김대중, 통일민주당 창당

1987. 11. 김대중, 평화민주당 창당

1988. 4. 제13대 국회의원 당선(부산 영도구. 통일민주당)

1988~1990. 민주당 원내수석부총무

1990. 1. 민주당, 공화당, 민자당이 3당 야합하여 민정당 창당. 3당 합당 거부.

1990. 2. 꼬마 민주당 창당

1990. 7. 국군조직법과 방송관계법 등 악법 날치기통과에 반대하여 의원직 사퇴(김
        정길, 노무현, 이철, 이해찬)

1990~1991 민주당 야권통합협상대표 단장

1991. 9. 민주당과 신민당 통합. 통합 민주당 창당

1991~1992. 민주당 초대 원내총무

1992. 3. 제14대 국회의원 선거 낙선(부산 영도구. 민주당)

1992. 5. 민주당 전당대회에서 최고위원으로 선출

1992. 12. 김대중, 대통령 선거 패배 후 정계 은퇴 선언

1993. 3. 민주당 최고위원 선거에 낙선. 노무현, 최고위원 당선.

1993. 4. 부산 사하구 보궐선거 낙선(민주당)

348

1993. 7. ~ 1994. 6. 미국 미시건대 국제관계대학원 객원교수로 도미

1994. 4. 1. 어머님 별세(향년 83세)

1995. 6. 노무현, 부산 시장 선거 낙선(선대위원장 김정길)

1995. 9. 김대중, 새정치국민회의 창당

1996. 4. 제15대 국회의원 선거 낙선(부산 중·동구. 민주당). 노무현, 서울 종로구
　　　　에서 낙선.

1996 ~ 1997. 민주당 부총재

1996 ~ 1997. 국민통합추진회의(통추) 상임집행위원

1997. 11. 새정치국민회의 입당

1997 ~ 1998. 새정치국민회의 부총재

1997. 12. 김대중, 제15대 대통령 당선

1997. 12 ~ 1998. 2. 대통령직인수위원회 정무분과 간사

1998. 3. ~ 1999. 2. 초대 행정자치부 장관

1998. 10. 에세이집 『공무원은 상전이 아니다』 출간

1999. 2. ~ 1999. 11. 대통령 정무수석비서관

1999. 8. 25. 아버님 별세(향년 88세)

1999. 청조근조훈장

2000. 1. 새천년민주당 창당

2000. 4. 제16대 국회의원 선거 낙선(부산 영도구. 민주당)

2000. 6. 남북정상회담 개최(6·15 공동선언)

2000 ~ 2001. 새천년민주당 지도위원, 당무위원

2000 ~ 2002. 새천년민주당 부산영도지구당 위원장

2002. 12. 노무현, 제16대 대통령 당선

2003. 11. 열린우리당 창당.

2004. 1. 열린우리당 상임중앙위원에 선출

2004. 2. 부산대학교 명예정치학 박사

2004. 3. 한나라당·민주당, 노무현 대통령 탄핵소추안 가결

2004. 4. 제17대 국회위원 선거 낙선(부산 영도구. 열린우리당)

2004. 5. 헌법재판소, 노무현 대통령 탄핵소추안 기각

2004 ~ 2005. 경희대학교 행정대학원 객원교수

2004 ~ 2005. 열린우리당 상임중앙위원/상임고문

2004 ~ 2005. 제22대 대한태권도협회 회장

2005 ~ 2008. 제23대 대한태권도협회 회장

2005 ~ 2006. 캘리포니아 샌디에이고대학교 국제관계대학원 객원교수

2005 ~ 2008. 제35대 대한체육회 회장

2005 ~ 2008. 제25대 대한올림픽위원회 위원장

2005 ~ 2008. 민족화해협력범국민협의회 상임의장/상임고문

2005. 8. 조선대학교 명예경제학 박사

2006 ~ 2008. 대통령 통일고문

2006. 4. 에세이집 『3인행』 출간

2007. 10. 제2차 남북정상회담 특별수행원(10 · 4 공동선언)

2007. 10. 2014인천아시아경기대회 조직위원회 위원장 선출

2007 ~ 2011. 대구세계육상선수권대회조직위원회 고문

2008. 2. 열린우리당과 민주당 합당, 통합민주당 창당

2008. 4. 대한체육회 회장, 대한올림픽위원회 위원장, 대한태권도협회 회장, 2014인천아시아경기대회 조직위원회 위원장 사퇴

2008 ~ 현재. 베이징대학교 동북아연구소 객좌연구원

2009. 5. 23. 노무현 전 대통령 서거

2009. 8. 18. 김대중 전 대통령 서거

2009. 11. 『공무원은 상전이 아니다』 개정판과 중국어판 출간.

2010. 6. 제5회 지방선거 부산 시장 범야권단일 후보(44.57% 득표로 낙선)

2010. 3. ~ 2011. 2. 경희대학교 행정대학원 객원교수

2010 ~ 현재. 민주평화복지포럼 공동대표

2010 ~ 현재. 민주당 고문

2011. 6. 자전에세이집 『김정길의 희망』 출간

저서

『우리의 가을은 끝나지 않았다』 (1978. 효석출판사. 절판)

『공무원은 상전이 아니다』 (1998. 베스트셀러 출판사. 절판)

『3인행 - 사람의 숲을 거닐다』 (2006. 돌을새김. 9,000원)

『공무원은 상전이 아니다』 개정판 (2009. 행복한책읽기. 12,000원)

『公務員幷非官老斧』 중국어판 (2009. 중국 세계지식출판사. 22위안)

『김정길의 희망』 (2011. 행복한책읽기. 15,000원)

소통

공식 홈페이지: www.jkdream.com

이메일: jkkim45@hanmail.net

블로그: blog.naver.com/77jkkim

페이스북: http://ko-kr.facebook.com/people/김정길/100001147159554

트위터: twtkr.com/jkkim45

미니홈피: www.cyworld.com/cleansports

팬클럽 · 팬카페:

사람중심 행복사회 함께가는 길벗산악회 http://www.jkgilbut.co.kr/

사람중심 행복사회 길벗 http://cafe.daum.net/jkfellowship/

김정길이 꿈꾸는 세상 http://cafe.daum.net/KimJungKil/

굴렁쇠(김정길 서포터즈) cafe.daum.net/asktheway/

기록

• 김대중 대통령 추도사(오마이뉴스 2009년 8월 22일자)

가해자들에 대한 포용, 당신은 '용서의 사람'

[DJ와 나] 김대중 전 대통령님을 떠나보내며

http://www.ohmynews.com/nws_web/view/at_pg.aspx?CNTN_CD=A0001201249

• 노무현 대통령 추도사(부산일보 2009년 5월 29일자)

[추도사] 친구 노무현을 보내며

http://news20.busan.com/news/newsController.jsp?subSectionId=1010010000&newsId=20090529000136

• 띄우지 못한 편지(오마이뉴스 2009년 7월 11일자)

나를 필요로 한 그때, 도와주지 못해 미안합니다

[마지막 고백] 고 노무현 전 대통령의 49재를 맞이하여

http://www.ohmynews.com/nws_web/view/at_pg.aspx?CNTN_CD=A0001172574

• 구제역 관련 오마이뉴스 기고문(오마이뉴스 2011년 1월 21일자)

4대강에도 돼지 핏물이? 나는 두렵다

구제역 사태, 안이한 정책이 부른 국가 재앙…국가 재난방제시스템 제도화 필요

http://www.ohmynews.com/nws_web/view/at_pg.aspx?CNTN_CD=A0001512445

• 구제역 관련 성명서/서프라이즈 기고문(서프라이즈 2011년 1월 13일자)

대통령과 여/야 정치 지도자는 지금이 국가재앙사태라는 것을 아직도 모르는가!

http://www.seoprise.com/board/view.php?table=seoprise_13&uid=10368

• 1985년 10월 17일 대정부질문(국회속기록)

http://likms.assembly.go.kr/kms_data/record/data1/128/128za0007b.PDF#page=5